東大夢教授

遠藤秀紀

リトルモア

東大夢教授

もくじ

1 桜の夜 …… 4
2 孤島のバイオリニスト …… 18
3 非対称な死 …… 34
4 獣医師の仕事 …… 52
5 子羊たちの昼食 …… 66
6 葱を買う …… 76
7 あの日の動機 …… 96
8 雨の花 …… 112
9 二十一世紀の迷い犬 …… 132
10 解剖室の大地 …… 144
11 日曜日の解剖図 …… 164
12 摩天楼の月 …… 180

13 戦場《いくさば》の友 …… 190
14 熱砂のお喋り …… 210
15 華僑、巨卵に会う …… 226
16 奥さんの宝物 …… 244
17 不意の来訪者たち …… 256
18 血糊とピアノ線の含意 …… 272
19 理事詣で …… 288
20 愛すべきエンジン …… 302
21 良い子が育つ正しい大学 …… 314
22 火を飲む「女」 …… 328
23 時を継ぐ展示室 …… 346
24 〝オブジェ〟の晴れ舞台 …… 362
25 残雪のＪＯＬＦ …… 374
26 茶請けの紙製品 …… 390
27 アトリエよ、幸福なれ …… 400
28 小さな願い …… 414
あとがき …… 432

1　桜の夜

目に映っているのは、動物園の人気者、サブだ。ちょっと前まで彼の心臓は鼓動を繰り返し、彼の肺は好きなだけ酸素を取り入れて、肢の底、耳たぶの縁、尾の先、鼻の奥、鎧さながらの皮膚、そしてあの角の先端にまで、熱気と生気をみなぎらせていた。しかし、サブはいま、二トンの血と肉と骨の塊に化けようとしている。死後八時間。黄泉の国へと旅立っていくサブの、巨体に不釣り合いな可愛い眼球は乾燥し始め、力なく垂れ下がった舌は青白く色褪せかけていた。子供たちの歓声を一心に受けていた主人公から、〝もの〟に変わる時間を迎えているのだ。

サブの口の端から覗く太い舌を睨みつけた。舌を出したままのこの動物の死体は、初めて見る。

無骨な獣舎だが、なんとか電波は届くようだ。普段けっして持つことのない携帯電話を握りしめ、慣れない手つきで番号を打つ。

「いま、獣舎です。セイさん、上に、建物の上に電線が走ってるんだ。園の人の勧める場所でク

レーンで吊り上げるのはちょっと難しい。動物舎の前の地面は硬いと思うけど、まっ平らじゃない。死体まで腕が届かないなあ。でも、フォークリフト、電動のが、一台ある。あいつで、うん、トラックの荷台の場所まで水平に持っていけると思う」

セイさんに、こちらの言葉がちゃんと聞こえているかどうか不安だ。

動物園の職員というのは、園の敷地のことはすみずみまで理解しているものだ。だが、彼らであっても、停めた車から伸ばしたクレーンの腕が死体まで到達しないとか、水平で硬い地面がないとユニック車を固定できないなどという死体の前で起こる思いがけない出来事に、臨機応変に対処できるとは限らないのだ。可能な限り早く初動で現場に入り、人と道具を適切な時間にしかるべき場所に導くのが、この時間帯の僕の仕事のひとつだ。

「ZZZ……PCBのタンク、積みましたから、三つZZZ……、水ものはご心配なく」

「了解です。リミットは朝八時三十分。お客さんが門の前に姿見せないうちに、終わらないと。いつ頃までに着きますかね?」

「三時までにはZZZ……ますよ。入口で……ZZZいいですかね?」

「はい、そうしてください。また電話します」

「先生、さっきかけたんですけど、出てくだZZZ……」

「いやあ、わりぃ。かみさんの携帯なんで、鳴っても、出方が分からないんだ。じゃあよろしく……」

僕は舌を打った。通話が切れてしまったのだ。とにかく、血が溢れ出てしまう臓器を隔離するタンクさえあれば、あとはどうにかなる。僕のＳＯＳに応えてセイさんが用意したのは、昔、廃棄変圧器のＰＣＢ処理用に拵えたという完全密閉の金属タンクだ。これ以上都合のよいものもない。あれさえあれば、百人力だ。

巨体に目をやった。

サブ。本名鈴江辰三郎。この動物園で三十三年飼われていたインドサイだ。地元の鉄道会社が開園十周年だかに寄贈してくれたものらしい。愛称には、輸入に携わった当時の飼育課長の名前をそのままつけたが、いかにも語呂が良くないので、サブとしか呼ばれない。一方のセイさんは、本名は、佐藤誠一。四十手前の職人である。大量の廃棄物の運搬と処理を本業とするが、動物の大きな死体を運ばせたら、巧みさにおいて右に出る者はいない。

サイの死体の現場は、これで十一頭目になる。二桁分の経験が蓄えられれば、無用の高揚や素人くさい混乱は過去のものだ。いまは、これを研究室へ運び、死体が隠しもつ進化の謎をいかに人類の知に換えられるかが、僕の闘いどころだ。二トンの塊とて、大きさゆえに恐れる相手ではない。ただそれでも畏怖を覚えるのは、この死体がいくつもの謎を隠しもっているからだ。

深く呼吸すると、サイ舎の外へ出た。

夜桜である。

昼は来園者を迎えるプロムナードが、薄桃色の花びらで隙間なく満たされている。花たちは、春にしてはちょっと冷たい微風に震えていた。咲き溢れていながらも、まだ一枚の花びらも散ることのない、至福の瞬間だ。

真上にちょうど半分に欠けた月が昇っている。

ライトの下にぽつんと残されたゴミ箱を二羽のカラスがついばみ始めた。今日は土曜日だから、昼間はさぞ賑やかだったことだろう。お花見気分のお客さんが残していった弁当のゴミらしい。真黒な夜の主が、金網の屑かごのビニール袋を切り裂いて、コンビニの弁当を散らかし始めた。毎日閉園時にゴミを収集すればいいのだが、人手も足りないことだろう。

朝、収集に来るおばさんが現れるまで、ここはしばらく、カラスにとっては宴の場。他方、僕にとっては学者としての勝負のときだ。

僕は七つの物語を脳内に同時に走らせた。七つの話とは、解剖の作戦だ。腐っていくサブを前に、研究テーマを七つくらいは同時進行させなくてはならない。

たとえば、インドサイの腸のつくりはいまだによく分かっていない。脛の筋肉も謎だらけだ。顔の横に立ち上がるあの耳の奥の構造も何もつかめていない。そして鎧の裏には、遺体科学者遠藤が狂喜する最高の謎が隠されている。死体はいまかいまかと、僕の刃を待っているのだ。

「遠藤せんせぇ。車はどうですやろ？」

森田さんが、背後から声をかけてきた。

そろそろ現れてくれるものだと思っていた。「先生」ということばのまったく異なるアクセントが、今日の仕事場が東京から五百キロ離れていることを思い出させてくれる。

「いま、愛知の西だそうで、もう少しかかります。解剖を始めて、着いたら積載と解体を並行して。朝までには確実に終えましょう」

森田さんが頷いた。六十手前の彼は、飼育現場の親方である。パドック一筋に生きてきた人だった。

「えっと、種の保存法の書類と、市の譲渡文書、忘れずに送りますから」

「ああ、すんませんなぁ」森田さんはそう答えると、「せんせぇ、どうぞええように使ってやってください。せんせぇに切ってもおたら、サブもよろこんどりますわ」と続けた。

僕は親方の目を見て、深く頭を下げた。

「ありがとうございます」

動物園の死体の現場で刃物を持ち出すのは、この、どうぞあとは自由にやってください、と言われた瞬間からだ。このサイは、僕が小学生のときには、もうこの動物園で大切に飼われていた動物だ。青二才の東大教授がのこのこ上がりこんでいるのは、そんな大切な命を送る、通夜の晩なのである。

森田さんにもう一度、心をこめて深く頭を下げた。

「それでは、仕事、始めます」

時計を見る。セイさんが着くまであと二時間以上はかかるだろう。薄手のビニール手袋をはめて二、三度指を屈伸した。刃渡り百七十ミリの剝皮刀を手に取ると、左手でサイの顔の皮膚をつかんだ。

今日の相手は何よりもまず皮膚だ。世に知らぬ者はない、誇り高きインドサイ。だが、彼らがそのシンボルともいえる皮膚の鎧を何故にまとっているのか、人類は答えを持ち合わせていなかった。

今晩こそ、あの鎧の秘密を解かなくてはならない。時計に目を走らせた。ざっと時間配分を計算すると、死体の脇に屈みこんだ。

動物園の病理解剖で既に切られているのが喉の周辺だ。その隙間に左手の親指を引っ掛けると、力を入れて皮膚を引き上げ、右手の剝皮刀を皮膚と筋肉の間に走らせた。左手は皮をつかむだけでその重さで早くも痙攣寸前だが、右手はシャーと微風よりも軽い力で筋を裂いていく。

差し当たりA3一枚分くらいの筋肉を切り裂いたあと、予め決めていた範囲の五角形に刃を入れた。耳の後ろ、肩の直後、肘の上、頸の裏、そして下顎の後ろで、五角形をつくる。まずは耳から肩の後ろまで、五十ミリの深さで一気に刃を入れる。残念だが、サイの分厚い皮膚は一度では引けない。厚みのある皮膚が両側から閉じようとして、刃先を摩擦で止めてしまうのだ。

躊躇しても意味はなかった。刃を抜いてから、もう一度突き立てる。その繰り返しの間、ずっと皮膚をつかんでいた左掌は悲鳴を上げ続けた。以前から右肩が十分に利かない僕には、左掌が頼みの綱だが、もう震えが止められない。

だが、僕には自分の左手がどうなろうと、必ず対象を正確に切り開く自信がある。もともと大物を切ってきた自分だけの奇策がある。左手をかばうと、大物は切れない。筋力トレーニングで利き手ではない手を鍛えて解決がつくなら、さっさとそうしていただろう。サイやカバやゾウの皮切りは、そんなスポーツごときの鍛錬では克服できるものではない。痙攣した左手をそのままに操れて、初めて現場が全うされる。

狙い通り、五角形の皮膚を切り出していく。

「その面積を、休まんと切ってしまわはるんですかぁ？」

背後に森田さんが居るのを忘れていた。

「あたしはもともと筋力も筋持久力もありませんから、左手だけで皮を思うように固定する動作は苦手で。それよりも、思い通りにならない左手は皮に添えるだけにして、あとは左手に自分の体重をかけて皮膚ごと押さえこむのは、自分で編み出した方法です」学生に講義するように説明を加えた。「こんな左の腕《かいな》でも、サイの肩まで開くのに、棍棒くらいの役割は果たします。やっているうちに、これが一番仕事ができることに気づいたので」

「見とったら、休まんと切ってはる。よぉできるもんやと……」

血だらけの手で、切り剝がしたインドサイの皮膚を、胸の前に広げてみた。表は暗灰色。裏は眩しいくらいの黄白色だ。

「いいえ、褒められたものではありません。ただ、ほら、これでホームベースみたいな形の皮膚が丸ごと手に入りました。相手はそんじょそこらの肉牛じゃありません。いつどう切るかの見極めは、前々からの訓練ですね。若者の言うイメージトレーニングってやつですよ。ただ死体を細かく寸断していくだけなら、何も考えなくてもいいのでしょうが、皮膚の下に見たいものがあるからこそ、切り方をその場で考案していくんです」

切り出した皮膚を、今度は森田さんの顔の前に持っていった。厚さが五センチを超える代物だ。

「こんな我流の剝皮、屠場でやったら、職人さんに怒鳴られちゃいますよ」

森田さんと顔を見合わせて笑った。屠場の刃物使いは流儀を譲らぬ頑固者ばかりだ。だが大学教授も、プロの仕事場を抱えて道を極めた人間なのだ。

皮を削ぎながら、深部の皮下組織を切り出す。至極まじめに呟いた。

「向こうが透けるくらいに、薄く切ろう」

相方が森田さんほどのベテランでなかったら、こんな言葉は発しないだろう。刃を手にした僕が思ったままを口にできる相手が、どの動物園にもいるとは限らない。二十歳過ぎの初な飼育課職員なら、僕は無言で通夜の弔問客として最後まで振る舞い続けるに違いない。そんな場面だ。

森田さんが覗きこんできた。

教科書的にはピンセットとメスの仕事だが、十七センチの剝皮刀で、いかような組織でも切り出してみせる。大体教科書に書いてあることなど、現場では余計なことばかりだ。宇宙服みたいなのを着てみたり、大げさなマスクを着けてみたり、教科書が推奨する解剖の衣装など、午前零時のお姫様じゃあるまいし、さっさとやめてしまえばいい。

僕がやるのは、よくある解剖学教室のデモシカ教員がやっている、おままごと同然の細胞の採取ではないのだ。骨盤に顔ごと突っこんで、肋骨の中に体ごと入って、そこいらじゅうを掌で引っつかみながら挑む、知力とセンスを懸けた戦《いくさ》だ。宇宙服で戯れるシンデレラ嬢とは、死体との距離が違う。

ズボンの左後ろのポケットから、防腐液を満たしたプラスティックチューブを出した。切り出した皮下組織を底に沈めると、天井の電燈にチューブごとかざす。沈んでいく組織は、照明を透過するほど、均一で薄かった。真っ白な組織が、液中を回転しながら、僕の目に繰り返し小さな輝きを投じてくる。南の真っ青な海をずっと輝かせている名もないプランクトンの集まりを思い出しながら、僕は、二度三度と頷いた。

戦利品は一抱えほどもある鎧の塊。そしてこの皮下組織の小片だ。岩同然の体表の裏側には滑らかな皮下組織。サブはこれだけの真実を、僕に、いや人類に残した。このあと、X線で皮膚の断面図を描き、鋭利なピンセットで組織を薄く削ぎながら、鎧の構造を万人に分かるように暴きだしてみせよう。

刃を入れたばかりの五センチの断面をまじまじと見つめた。鎧にピンセットを走らせたとして、半年で無罪放免にしてくれる相手ではない。この皮膚となら、十年くらい、いや、一生付き合っても、いい。

皮膚である以上、理詰めで予想すれば、固い角質と強靭なコラーゲンと微細な筋肉でできているはずだ。でも、それだけなら外貌からもただの皮膚に見えなくてはいけない。ゴテゴテの鎧を作るからには、サイの鎧にしかない特殊な仕組みが、この暗灰色と黄白色の五センチの厚みの中に、精密に織り込まれているに違いなかった。

「ここで研究したがる意欲が、うちの若いもんらにあったらねぇ」

森田さんの言葉に後ろを振り返る。握りしめた血だらけのプラスティックチューブを小刻みに揺すりながら、笑みをつくった。

「なんの、研究なんて、九十九％までは失敗。動物園でも、怖がらずにやってみればいいんですよ。基礎知識が山ほどと、論理を楽しむ趣味は必要ですが」

「せやねぇ、うちのもんにはあらへん。こんど、若いもんらに教えたってくだささい」

「お安い御用で」

動物の研究と教育の面白さを、日本中の動物園で職員さんたちに語るようにしてきた。大切な死体を譲ってくれる人たちに学者が見せられるものなど、大してないだろう。あえていえば、つまらない研究成果のいくばくかと、そこに垣間見える一人の人間の湧き上がる熱意くらいだ。それを聴き、見てくれる人がいるならば、どんな遠くにでも訪れて差し上げよう。

いつの間にか、刃を持つ手に力が入っていた。残されたサブの身体に立ち向かう。刃が肉の中を走る無機質な擦《かす》れ以外には何の音も無い春の夜が、サブと森田さんと僕をすっぽりと包んでいく……。

　突然、競馬場の出走のファンファーレが鳴り響いた。何時間作業を続けたか、思い出せなかった。慌てて血だらけのゴム手袋を脱ぐと、携帯電話を手に取った。

「ん？　セイさん？　電源を切ったはずのかみさんの電話に、セイさん、なんでかけることできるんだ？」

「そりゃあ、先生が電源の切り方を分かっていないからですよ」

　さっきと違って至極鮮明な声だ。

「……まあ、そうか。よく分からないが。いまどこだ？」

「正門の前です。ペンギンの大きな像が見えています。守衛さんに声をかけて、入れてもらっていいですかね？」

「了解。そうして頂戴。これからそっちへ行くから。門入ったら、ユニック立てて、そのあとまずはフォークを頼むよ」

　電話を切った。壁際で解剖を見ていた森田さんとすぐに目が合った。

「トラック、来はりましたか」

「ええ、いま門です」

　森田さんの顔に安堵の表情が浮かんだ。腕時計を見ると、針は午前二時三十五分を指している。他に職員の姿は見えない。

「せんせぇ、大きい機械まで運んでもろて、ありがとうございます」

改めて礼をいう森田さんが、目に涙を浮かべていることに気がついた。

「すまんです、兵隊もろくに集められなくて」

あえて普通に、東京から学生を連れてこられなかったことを詫びた。

「かましまへん、クレーン持ってきてくれはったし、選ばんとなんでも運んでいってくれはるし、感謝しとります」

「……」

ベテランが頭を深く下げてくるので、言葉に詰まった。

「せんせぇ、私はこいつと、三十年、一緒に過ごしたんですわ」

「サブ……ですね」

森田さんが頷いた。

「娘が生まれた日も、まだ小さかったあいつは腹の具合が悪うて、産院からここに駆けつけましてん。まだ古い獣舎やってね。寒うてしょうがなかったわ。その娘の結婚式のときも、明け方まであいつに付きおうた。糞がちゃんと出ぇへんかってね。家族に何かあると、あいつは必ず一緒に具合が悪うなるやつやった」

森田さんが小さく微笑んだ。

「大変だったでしょうね」

「いやいや、馬鹿息子と親馬鹿ですわ」

俯きながら、森田さんは声を出して笑った。

「せやけどね」

森田さんが僕を見た。

「嫁はんが、私の嫁が死んだときだけは、あいつ元気やったな」

黙って聞き入った。浮かび上がっていた涙が、ほろりと地面に落ちていく。森田さんが手拭いで顔を拭った。

「先生、あいつのこれからを……よろしゅう頼みますわ」

森田さんが両手で握手を求めてきた。僕はその手を強く握り返した。

「できる限りのこと、します」

すっかり真っ赤になっている森田さんの目に誓った。

頷くと、森田さんは残っている職員を動員するといって、小走りで飼育課の建物へ向かった。

僕は背後から大声で呼びかけた。

「森田さぁん、フォークを、フォークリフトをキリン舎の前の広場に入れてくれますか。あそこからなら、空の電線、気にせずに腕が出せる」

「了解」

ちょっと離れたところから、おどけて森田さんが敬礼をしてみせた。

僕は獣舎の扉を開けて外へ出ると、正門へ急いだ。広場に、いつもの青い四トン車がライトをつけて停まっていた。荷台上でシートを広げていたセイさんが、こちらに向かって手を振った。自慢のPCBのタンクが鈍い銀色に光る。

「セイさん、仕事だ」

僕は大声を張り上げた。セイさんが首を縦に振るのが見えた。

そのとき、ピンクの花びらが一枚、目の前にはらりと落ちた。

僕は夜空を見上げた。白い半月が、少し恥ずかしそうに、舞い始めた花びらを見送っている。

四月九日

2　孤島のバイオリニスト

I

名前すら知らないのだが、鋭い棘のある植物の下にしゃがみこんで、さっきから僕は穴を掘っている。手では千切れない細長い茎に、あの暴力的な棘を並べて、植物は僕を嘲笑った。棘は地面に落ちてからも、まったく腐らない。刺されば怪我をする鋭利さを保ったまま、いつまでも地面に降り積もっていた。自慢の錆びたシャベルを振るっていても、土に差し入れると、四、五本の棘が掌に残った。僕はそのたびに顔を歪めて、一本一本の棘を抜き取った。棘は刺さるときよりも、自分で抜くときのほうが、強い痛みが走る。立てた爪で思い切りつねられたような痛覚だ。最初から軍手を二枚重ねにしているが、効果はなかった。五十以上の棘に刺されたに違いないが、昨日までに掘った穴は三十にも満たない。

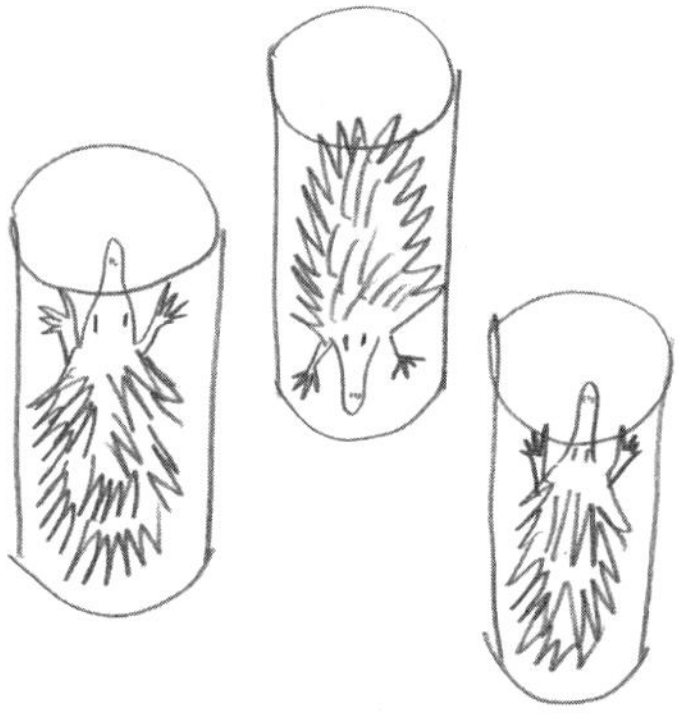

僕は舌を打った。

（北アメリカの凍った土でも、もう少しは協力的だ。今日中になんとかして五十箇所は、穴を掘らねば）

乾いた大地に独り言を吐き捨てる。

降り立った地の名は、マダガスカル。一億年の自然の流れを冷蔵庫に閉じ込めたような奇怪な島だ。島といっても面積が日本全土の三倍はある。ここで、もう何日も碌に名前の分からない植物や昆虫を見続けている。ここは地球であって地球ではないような、久しく他の土地から隔離された世界だ。

シャベルで穴を掘り、プラスティックの鉢を埋める。普通の国なら半分に切った五〇〇ccのペットボトルの出番だが、島の田舎ではなかなかボトルが手に入らない。そこで村の市場で買いこんできたのが、小豆色の細長い樹脂の容器だ。深さが十五センチくらいで、直径は七センチ。側面は底から縁に向かって軽く広がる傾斜がついていて、底面には不規則に小孔が開いている。実はこれが本当に鉢かどうかは分からない。底に孔があるから鉢だと勝手に思っているのだが、この国で売られているコップなら、底に孔くらい開いていても不思議ではないだろう。

土に穴を穿って、これを地面すれすれまで埋めこめば、もうご機嫌、素敵な落とし穴の出来上がりだった。樹脂でできた鉢の壁面はよく滑り、〝彼ら〟がここに落ちたら、二度と生きて地表に這い上がることはできない。

〝彼ら〟とは、僕の標的、黒と黄色の縞模様のある棘だらけの可愛いハリネズミだ。ハリネズミといってもその正体はハリネズミではない。ご先祖様が本物のハリネズミと分かれてから一億年くらい経つ天涯孤独な獣。その名もテンレックという。要するに、〝偽ハリネズミ〟だ。

この〝偽ハリネズミ〟、大変な技を隠しもっている。なんと口を使わずに〝鳴く〟のだ。〝偽ハリネズミ〟は、背中に弦と弓を抱えている。連中は背中のこの棘を擦り合わせて、曲を奏でる。きっと仲間同士の囁きのつもりだろう。一億年も時間があれば、この島ならなかなか優れた弦楽アンサンブルが編成できる。僕はそんな音づくりの主の、弦の出来栄えが見たくて、それだけのためにこの島にやってきた。

「43、44、45、46……」

僕は息を切らしながら、完成した罠の数を数えた。数えている間にも、腕を焼き焦がすかのような悪辣な日射が襲ってくる。

「47、48、49……」

ジャコウアゲハの蛹が陽炎のように僕の目の前をちらついた。

顔をしかめながら、掌の棘を抜く。鋭い痛みが皮膚に走る。僕は時計を見た。十時二分過ぎだ。

(一個足りない……か。お菊さんだよ、まったく)

東大の目と鼻の先の番町で、縛られて井戸に投げ捨てられたお菊さんの身体の形は、ジャコウアゲハの蛹にそっくりだそうな。物が一個足りないとくれば、地球の裏でも思いつくのは、番町皿屋敷の怪談だ。

（諦めて、帰ろう）

あと残りたった一個の穴なのに、もう限界だった。棘に掌じゅうを刺されている。しかもこれからの時間、樹木の少ない場所では地面近くの気温は摂氏四十五度を超えてくる。

僕はシャベルと残った鉢を袋に入れると、とぼとぼと宿に向けて引きあげはじめた。仕事は明け方から午前九時までと決めていたのに、守れなかったことを悔やむ。このあと、凶暴な日射と砂塵の中を四十分も歩かないと、宿にたどり着かないだろう。

僕は帽子をきつくかぶり、シャツの袖をいっぱいに伸ばすと、手拭いを顔に巻き直す。

汗でくしゃくしゃになった手拭いに、業者の電話番号が擦れている。故郷の電話番号を咀嚼すると、本郷通りの雑踏が目に浮かんだ。地球の裏の灼熱が、飾り気のない青文字を歪ませている。

「（有）小平理化学　〇三－三八二八－五……」

手拭いと帽子の間から、目だけを出してみた。鼻の上っ面や首筋が隠されていることを確かめると、道具の入った布袋を左肩に担いだ。

サイザル麻のプランテーションで働く農民たちは、もう自宅へ逃げ帰っていることだろう。暑熱にうなされて民宿へ戻る僕を大笑いで迎えるはずだ。陽の高くなる午前十時過ぎまで仕事をする間抜けな輩は、この村にはいない。僕はゆっくりと歩を進めながら、真上の太陽を呪った。

2

灼熱の林では、一旦陽が照ってしまえば、あとは夕方まで休憩するほかない。昼間をどうやり過ごすかは、疎林や砂漠で仕事するときには誰もが工夫することだ。とにかく日差しを避けられる場所へ逃げこむしかない。

逗留している村は給電が安定しないので、昼間と夜中は電燈が点かない。とにかく屋根の下に逃げこんで、あとは薄暗い部屋で蠟燭と電池が頼りの仕事に徹する。こういう生活を、とことん楽しんできた。

（これで、いい）

学問好きは地の果ての貧乏暮らしの中から、自分だけの真理を何かつかんで、文化を創る。血だらけで熱にうなされながら穴を掘る自分は、必ずや何かを見つける。

薄暗い部屋に、乾燥した熱気が澱んだ。日焼けの跡がじりじり痛む。とても動き出すことのできない破壊的な気温だ。町から持ちこんだいい加減な温度計の針を見る。赤く塗られたアルコールの目盛りが四十四度を指している。

熱の狂気に苛まれて、正確な思考ができなくなっていた。部屋にはもうしばらくは電池で動くコンピューターがあり、研究データを勝手に処理させているのだが、さっきからどうにも計算結果が合わない。コンピューターはまともなはずだから、入力している人間のほうの機能不全だ。

頭では、夕方になったら落とし穴をチェックしようなどと計画を立てているのだが、その先、ここにはどの程度の薬品があり、どうすれば〝偽ハリネズミ〟からデータが取れるのか、ちゃんとした策が頭の中で整理できていないではないか。

(いかんぞ、これは)

開け放った窓から、風はまったく流れこまなくなった。僕は無限の熱地獄の中を彷徨いつつあった。小屋の板敷の上に足を放り出して、少しでも気温の下がる夜を待つ。熱の暴虐の前に、目の前の空気までもが白っぽく見え始めた。

3

(今日こそは、九時までに勝負をつけよう)

早起きをして道具を揃え、罠の見回りに出た。落とし穴に落ちると、水も餌も摂れない〝偽ハリネズミ〟はそう長くは生きられない。落とし穴は生け獲り用というよりは、捕殺装置に近い。だからできることなら早めに発見して、生きている状態で回収し、少しくらい飼ってみたいとさえ思う。

「おい、ミッシェル、行くぞ」

右肩にカメラバッグを担ぐと、相棒に呼びかけた。今日は心強い味方がいる。島で出会ったミッシェルだ。町で仕事が無くて困っていた男だ。謝金を払うと言うと、喜んでついてきた。

「トレマスカネ、テンレック?」

「ああ、もちろんだ、あたしが掘った穴だからね」

ミッシェルが笑う。三十を過ぎているはずだが、笑うと高校生くらいに見えた。

棘地獄は昨日と同じように、僕を待っている。

「なあ、ミッシェル、その先に旗が立っている。林の中の、少しは涼しくて水もありそうな感じのところだ。八個ばかり穴があるから、中を確かめてきてくれ」

「ガッテンデス」

手分けして穴を探す。期待を胸にと言いたいところだが、あの気温の中で掘った穴のクオリティに自信をもっていなかった。これまでも駄目だと思う穴は、実際いつも空振りだった。

悪い予感が当たっている。捕まっているのは線虫の類と、甲虫の輩ばかりだ。

甲虫も線虫もネズミもモグラも、同じ落とし穴に、同じように落ちる。甲虫を捕獲するために穴を掘る人は世界中にたくさんいて、彼らが副産物としてネズミやモグラの死骸を持ってきてくれることがある。僕の博物館の収蔵庫では、貴重なネズミの半分くらいは、昔の甲虫マニアがそれと狙わずに捕獲したものだ。

三十二個目の穴まで、甲虫かミミズの親戚しかいないことを確認したところで、遠くから興奮気味の声が聞こえてきた。

「プロフェッスーアンドウ、テンレックテンレック、セナカデガッキヲヒク、テンレック！」

ミッシェルの声だ。僕のためにフランス語を喋ってくれるが、かなり変な口調だ。マダガスカルの土着の言葉のほうが気楽そうだ。

「どれ、見せろ」

林の中で声のしたほうに向き直った。相方は土塗《まみ》れの怪しい鉢を手にこちらへ駆け寄ってくる。僕はすぐに彼から鉢をもらうと、中身を見た。狙い通りの〝偽ハリネズミ〟だ。

「おい、やったよ、こいつだよ、棘で音を出すのは」

相方も大喜びだ。

ミッシェルは一応は首都の大学を出たインテリの男なのだが、この国で大学を出ても、まず知的就職口はない。だから卒業から時間が経つと、学歴とまったく関係なく、男は力仕事に就くことが珍しくない。そうこうしているうちに、育てたはずの自然科学の好奇心を失っていく。ミッシェルも、いろいろな理屈は学んだはずだが、悲しいかな、いまではけっして〝偽ハリネズミ〟に関心をもとうとしなかった。ただ猟の成果に興奮しているだけだ。僕の願いは、彼に、科学の面白さを忘れないで、ゆくゆくは母国の大学の若手の核として働いてもらうことだった。

「プロフェッスーアンドウ、ヤッタネ！」

ガッツポーズに僕も応えた。

「コレデ、カイボウガクノシゴト、デキマスカ？」

「ああ、もちろんだ」

目の前の鉢の底で、黄色と黒の縞模様の〝偽ハリネズミ〟が、ボトンと石のように動きを止めていた。掌から少しはみ出るくらいの大きさだ。残念だがもう息をしていなかった。

「よしすぐに解剖しよう」

残りの穴をチェックすると、今日のお宝をビニール袋に移して、宿へ戻ることにした。

「プロフェッスーアンドウ。アックナッテシマウ。カエロウ、ハヤク」

「うん、よし、その通り」

解剖体がある。となれば複雑な判断事項はない。罠の増設もろくにせずに、とにかく帰路を急ぐことにした。

（歩きながらでも、『アンドウじゃなくて、エンドウだ』と鼻母音を直さねばならない。それに……）僕は思った。（教えておくことにしよう。あたしを『先生』と呼ぶな、と）

4

マダガスカルの田舎の宿では、見ず知らずの学者が軒先で解剖していても温かく見守ってくれる。ミッシェルの他に宿のお客さんまで加わって、僕の作業を囲み始めた。宿のおばさんが、「食べたいのならチャーハンにして出すぞ」と勧めてきたが、丁重に断った。

日本でもたとえばイノシシ猟に合流して骨集めをしていると、行く先々でイノシシの解体が始まって、最後にはぼたん鍋と相成る。だが、ここでやっと獲れた〝偽ハリネズミ〟を食べてしまうわけにはいかなかった。

死体を慎重に観察して、音を出すという背中の棘を見つけ出した。もともと棘だらけの体なのだが、音を出す部分だけは他の棘と長さも太さも異なるので、探し出すこと自体は難しくなかった。

それは黄白色で、棘といってもボーリングのピンのように、太くて短めだ。シルエットは針のように鋭いというより、円やかで大人しいとさえ喩えられる。

「うううん」

僕は呻いた。

先の細いピンセットで、棘をつまむと皮膚ごと引っ張った。

(これ、ひょっとして……手強い相手か)

手前にピンセットを引きながら、僕は覚悟を決めた。

動物の体に配置されている運動を司る装置というのは、運動する範囲の起点と終点がはっきりしているようなところがあって、どれをどう動かすと何が起こるのかが解剖すると見え始めるものだ。大抵そういう装置は精巧にできているがゆえに、周辺の体組織を寄せつけずに、孤独で明確な存在を主張してくる。

だが、このマダガスカル産の名器は、絃と弓の在り処がなんとなく見えてきても、そのどこをどう動かすと音が出るのか、さっぱりつかめない。周辺の皮膚や空気や他の棘たちと同化するかのように、自己主張を自分からやめてしまう。大人しい装置、こういう穏やかな相手が、僕は苦手だった。

「エンドウサン、ナニカ、ツカメマスカ？」

「こいつは、難しい」

「デモ、エンドウサンナラ、ナニカ、ミエマスヨネ？」

「難しいんだ、でも、こいつは、……面白そうだ」

ミッシェルが僕の手元を黙って見ている。

「ちょっと、付き合ってみるよ」

難敵を前に、気持ちが盛り上がってきた。冷静の中の狂喜だ。ありとあらゆる動物の形を見ておきたいという欲求に駆られている僕にとって、新しい形はみな驚嘆の泉だ。たとえ、相手が穏やかで円やかな、顔色ひとつ変えない手練であっても。

さてこの相手をどう料理したらこちらに勝ち目があるのかと、僕は思考を動かし始めた。もう一度右手にピンセットを持って、トゲの根の部分を大きく曲げた。

（これが……この連中をオーケストラの花形に仕立てている自慢の構造体ねえ）

ピンセットで屈曲させられた棘に光が反射し、表面の微妙なうねりを見せた。

（そうか）

さっきより指に強い力を込めると、二度三度と棘を左右に捻じった。すると、棘が自ら、自信満々に披露の宴を開き始めた。

（いいぞ）

丸っこい棘を凝視する。棘の表面にはどうやら微細な凹凸が彫られている。この凹凸どうしを擦り合わせれば、なかなかの旋律を奏でる可能性がある。

（なるほど、もしかすると……よく出来ている……かもしれない）

音を発する弦そのものは単純で動作の確実な機構だ。音源としては理に適っていた。

（問題は、どうやってこの棘を擦り合わせるか、だ。……動かすための筋肉が必要なはずだな）

僕は時間をかけて、棘の撮影を進めた。最初たかっていた見物人たちも、難しそうな顔の解剖学者が同じことを繰り返すばかりで、遅々として作業が進まないと分かると、一人二人と散っていく。角度と距離を変えながらシャッターを三十枚ばかり切る頃には、軒先の解剖場は、貸し切りの世界でもっとも贅沢な解剖室に変わった。

念入りに写真を撮り終えると、一呼吸入れた。

「トゲ、ヌイテ、シラベルノ？」

ミッシェルが背中から見ていることをすっかり忘れていた。人に見せられない悪態をつかないでよかった。

「ああ、そうだな」

愛すべき一眼レフ、ニコンのD80を傍らに置いて、〝偽ハリネズミ〟を見つめた。

「いや、棘を抜くのは……やめよう」

「ナゼ、デスカ？　プロフェッスー」

その「先生」はやめてくれと言いながら、腕を組んでしまった。

ずっと考えていたのは、要はその点だった。滞在中に、この〝偽ハリネズミ〟が一匹しか獲れないのなら、手の内の一匹ですべての研究を完成させなければならない。だが、もし五匹捕獲できるなら、個体ごとに研究内容を濃密に設定できるのだ。たとえば、棘を抜いてしまったら、棘の研究は詳しくできるだろうが、皮膚が破壊されるため、その個体では棘を動かす筋肉の研究に支障が出てしまう。たくさん獲れると踏めれば安心して棘抜きにかかるが、猟の成果を楽観視しないならば、一匹目では棘を抜かずに、全体を大雑把に見る作戦に入ることになる。

「どう思う？　二匹目、手に入るか？」

ミッシェルが両掌を空へ向けて、肩をすくめた。

僕は、きっと捕獲数は少ないと見た。落とし穴に落ちて、地球の裏からやってきた解剖学者と巡り合える幸せな団員は、ひょっとしたらカルテットすら組めないくらい、数が少ないかもしれないのだ。

この個体では棘を抜き取ることはせず、皮膚に残したまま、全体を見ていくことに決めた。巣鴨の地蔵様には頼らずに、広角レンズで皮膚全体を記録に残す作戦だ。

「ミッシェル、こいつを大事にしよう。二匹目が獲れたら、また考えようじゃないか」

「ソウデスネ、リョウカイ！」

〝偽ハリネズミ〟自慢の棘の周囲を撮影すること三時間。次は、音を出さない普通の棘を刈り込んで、もう少し動きの特徴を探り出す。

さっきから陽が低く傾いてきたのが気になる。ここでは、暗くなったら負け戦だ。今日の仕事は、せいぜい残り二時間の勝負だ。

背後からサンダルの足音がした。

「あんたの好きな上海風のミサオ、用意できましたよ」

宿のおばさんが〝解剖室〟へ現れた。ミサオといってもここではド演歌の歌詞ではなくて、焼きそばのことだ。

「あんた、ミサオだけあれば、生きていけるんでしょ？」

僕は擦れた声で「今日は時間がかかりそうだ」と告げると、日本風に頭を下げて詫びた。

「いいよいいよ、自由にやってくださいな」

おばさんは隅にミサオを置いて、笑顔で戻っていった。

「さて……と」

メスの柄を持つと、僕はそのステンレスの柄に掘られた溝に薄い換え刃を差し込んだ。

「カチッ」

〝解剖室〟に、いつもの音が小さく響いた。

（これで、いい）

この音を聞きながら、地球の裏でも、死体を相手に僕は生きる。

頭の中には、このあとの二時間の配分があらかた出来上がっていた。作戦通り、まずは〝偽ハリネズミ〟の左の体側にメスの刃を刺し込むと、七センチばかり切る。次は胸の下の部分で横に、そして後ろ肢の直前を横に五センチの長さで裂く。こうすれば、自慢の弦楽器ごと背中の皮膚を長方形に裏返して、大切な筋肉の構築を内側から見ることができるのだ。皮膚を剝がれた本体はといえば、縦七センチ横五センチの四角い窓から、背骨の突起と背筋《はいきん》を空へ向けて見せることになる。

（冷凍庫も氷もないから、この暑さだと生の死体の勝負は今晩までだな。そうだ！　暗くなる前にホルマリンを薄めておこう）

問題の長方形の皮膚をピンセットでつまみ、一気に裏返す。ちょっと厄介なポーカーフェイスの奏者を前に、いつもより少しだけ強気な解剖学者が、静かに呟いた。

（タクトを振るのは、あたしだ。さあ、あんたのそのガルネリの腕前を、見せてもらおうじゃないか）

一月十九日

3　非対称な死

送信ボタンを押すと同時に、聞こえてきたのは本郷消防署の車の拡声器の音だ。デスクの上の緑の目覚まし時計を見た。二十三時五十八分だ。

(朝帰り頻発のシンデレラ予算、今日はギリギリ、二分前に到ちゃあく)

日付の変わり目が提出期限になっている予算書を手放して、僕はふっと息を吐く。「送信が終了しました」と、相手の顔も見ずに文字列を一つ覚えに返してくるディスプレイに、寸止めの左フックを見舞った。

(今日こそは、話すぞ、あいつと……)

マウスを転がしてパソコンの電源を落とした。

「ブイーン」

液晶の明るい光が閉じ、コンピューターのブロア音が少しずつ消えていく。反比例して大きく

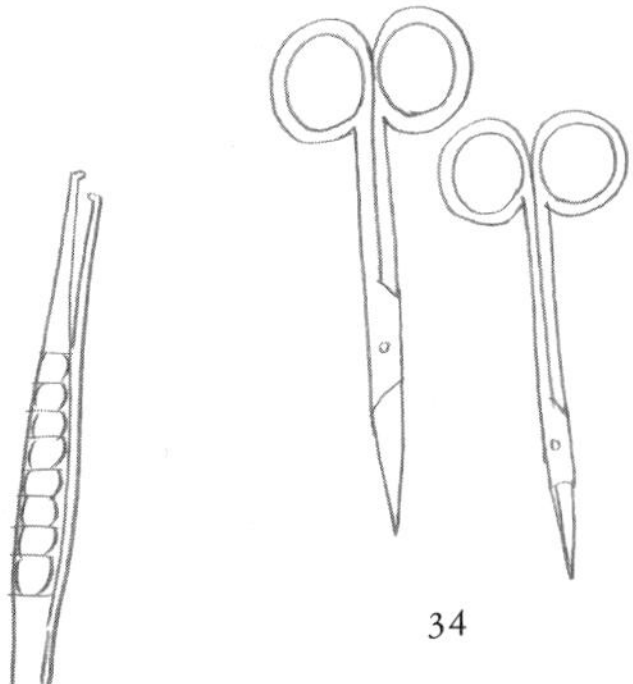

なるのは、信号を制圧しにかかる緊急車輛の罵声だ。あそこから出動する車の拡声器がこの部屋まで届くのは、静寂があたりを包むこの時間帯だけだ。

立ち上がって背中の筋肉を思い切り伸ばすと、僕は部屋を見渡した。

三〇八号室――そう番号付けられたこの部屋は、広さわずか三十平米とちょっとだが、僕が人類に向けて開く大きな扉だ。そして、「学」にのめり込む老若男女が、真理の探究に自らの生きる意味をぶつけ合う、闘いの場だ。

部屋の主たちは今晩もご機嫌だ。ＩＴ大企業の資産番号が入ったままの本棚。自由が丘のゴミ捨て場で拾ったお洒落なスタンド。海水浴場からはるばるやってきた樹脂成型の真っ白なテーブル……。ドラマに出てくる教授なら、分厚い木の机や座り心地のよい椅子に囲まれて、ふんぞり返っているに違いない。だが、ここにある什器は、ことごとく粗大ごみ置き場に捨てられた元廃品たちだ。表向きにエコが声高に叫ばれたところで、市場原理は物と人を使い捨てる。資本主義に「要らない」と言われた人間と物品だけで、学問は成立する。三〇八号室はそれを証明している部屋だ。

ドラマの冷たい二枚目の代わりに、ディスプレイ相手に拳固を放つ教授を、三〇八は今晩も温かく包んだ。

哀愁漂うドップラー効果を残しながら、救急車が走り去った。運よく今日は床に寝る院生がいない。部屋はこれからの時間、物音ひとつしないだろう。戸棚から錆の浮いた道具箱とステンレスのトレイ、それに密閉式の青い樹脂のバケツを取り出した。

(何日ぶりだろう?)

「コトッ」

道具箱のピンセットをテーブルに落とすと、宙を仰いだ。常に時間が無いとされるこの職業で、教授が研究の前線に身を置ける時間は、実はほとんどない。

(そうだ、内転筋《ないてんきん》の束をこのピンセットで仕分けたのが最後だ。三月の日曜日に死んだあのセイウチの肢を剝いたときだ)

付け替え式のメスの刃をグリップにはめる。持ち手と一体化した流行りのメスは、どうも性に合わない。使い慣れたグリップの先端に掘られた溝が蛍光灯を反射して鈍く光った。そっと、薄い刃の板材を溝へ通す。明け方までの解剖学者の時間が幸せに過ぎることを祈りながら。

「カチッ」

この音が、いつも僕に至福の時間を運んできてくれる。

(死ぬまでに、この音をあと何回聞くことができるのだろうか?)

三十代の頃はそんなことを思うことはけっしてなかった。時間がどんどん奪われて、しかも毎年一年ずつ余命は確実に減っていく。ベテランの演歌歌手があと何曲歌えるかと数えるようになってくるというのと、同じだった。

(さあ、今日の相手は、本当はどれほどの強者《つわもの》だい?)

青バケツから、素手でとある宝物を引き上げる。

「ピチャピチャ、ピチャ、ピチャ、ピチャピチャピチャ」

磨かれたトレイに落ちるアルコールの滴が、不規則な音を立てた。

（お前、ちょっとお洒落のセンス、ないぞ）

まるで単車がぶつかったあとの道路警告板のように、アルコールに浸かった塊がトレイの上に転がった。まっすぐに置こうとしても、必ず左を下にして転がる。本当は大きめのハンカチを広げたような四角形のはずだが、ハンカチらしく整っているのは右半分だけだ。左側は、洗濯する前のぼろ手拭いのように、乱雑に折り畳まれて、長い年月をすべて閉じ込めるかのようにお結び形に固まっていた。

塊は、死。死、そのものだった。

眼鏡の縁をつまんで少し上げると、僕は目を凝らした。

ハンカチの縁には小さな爪が飛び出している。一度引き出されてから元の場所に押し込んだと思しき青白い臓物が顔を覗かせている。灰白色に濁っていても、このボロ布の一端で小さく輝いているのは、紛れもなく、眼だ。

左を下にして静止した死体は、もう二度と左側を人に見せることはなかった。お結びの底面は妙に安定し、その代わり天を仰ぐ右半身のハンカチは、コロンブスの帆船のごとく、誇り高い死を、空に向けて突き上げている。

（おい、お前、通夜の晩から、そのままの形《フォルム》かい？）

畳まれた体を無造作に手で触る。防腐剤の沁み入ったその体は硬化していて、けっして思いどおりに広がろうとしない。思い切り足を広げようとしたとき、挨拶代わりに、この西アフリカの貴公子が返してきたのは、謎めいたその翼の感触だった。

絞る前の雑巾にすら見える不定形の物体は、命、だった。

（まあ、そんなに慌てるな）

僕は、指先をこの世でひとつのハンカチに忍び込ませた。指は死体の声を聞く。左と右の人差し指が、交互にこのけったいな被造物の皺の隙間から、囁く声を拾った。深い眠りについたままの、死体の穏やかな声だ。何か、大切なことを僕に話そうとしている。

（分かってるよ。お前の大事な翼のことは）

アルコールで締められた角質とコラーゲンと筋肉の三重の層は、温かさを失っている。だが、まるで命が宿っていたときのように、その翼は僕の指の腹と腹の間で粘液のように弾んだ。この薄く広がったハンカチは、どんな巨漢の怪人が腕力を振り絞っても、けっして千切れることはない。

（お前、『命』、だもんな）

僕は死体に軽く息を吹きかけて、短い毛並みを確かめようとした。濡れそぼったままの塊は、毛並みを正直に見せようとはしない。

（分かったよ。いまから……）少し距離を取ると、死体全体を見渡した。（……いまから長く喋りたいんだろう？　ま、のんびり茶でも飲みながら、やろうじゃないか）

右掌にピンセットを包むと、握り具合を確かめるように柄の端でトレイの縁を二回叩いた。

「コチッ、コチッ」

（なあ。本名は、ウロコオリスっていうんだって？）

右側の翼が素敵なジングルを奏でながら、輝いた。彼の返事だ。

漢字で書けば鱗尾栗鼠。鱗に覆われた奇妙な尾をもつリスとでも呼びたかったのだろう。だが、呼び出しの気持ちなぞつゆ知らず、科学の土俵に上がるこの生き物は、来歴を問われれば、何千万年も前にリスから分かれたとされる孤独な存在だ。リスという名があっても、リスとの血のつながりは薄過ぎる。「一体、なんの親戚？」と素人さんに問われると、気分によっては、「ネズミかな」と答えたりもする、説明の厄介な種族だ。

（翼だけが、お前の戸籍謄本だよな）

かのウロコオリスは奇怪な〝翼〟の持ち主だ。無理にムササビやモモンガに喩えたら、シルエットにはかろうじて似た部分があるかもしれない。ハンカチや座布団が滑るように飛んでいるのだといえば、連中の得意技を的確に表現しているだろう。

俗に滑空と呼ばれるこの荒行を、ウロコオリスは独りで修めた。湯に戻したおでんの揚げさながらに、身体の側面の皮膚の下に筋肉の薄いシートをブヨブヨに蓄え、必要なときに腕や腿を使ってこの〝翼〟を広げる。軽めの身体にブヨブヨの筋肉。墜落する前にこの奇怪な筋肉のシートで空気をつかめば、ダイエット気味の胴体は宙を舞う。奈落の底への墜死を免れることができるのである。だが、実はここまでは、モモンガやムササビにも、ある程度はできる芸当だ。

だが、この進化のジプシーは、〝翼〟の筋肉を伸ばすために、他の誰もが使ったことのない身体のパーツを用意しているらしい。解剖のプロに対してウロコオリスが突きつけてきた挑戦状には、身体の歴史が見せる最高に美しい意匠が込められているに違いなかった。解剖学者なら、どんなに凡庸なメスの持ち手でも、死体からの挑戦には受けて立たなくてはならない。

フランス語の記された擦れ気味のラベルが、絹糸で左の足首から繋がっている。年月の欄に1940 avrilと収蔵時期が書き残されていた。ヒトラーの軍靴が目の前に迫っていた春に、そのことの重大さを知ってか知らぬか、いまでは誰も知ることのない博物学の技官が、死体をアルコールに沈めたものだろう。

それがめぐりめぐって、赤門の奥深くに眠っていた。

(お前、ラテン語も無いのか?)

研究室に入荷したばかりの、枠線が印刷された新品の耐水紙の束を取り出すと、改めて鉛筆でラテン語の学名を書き込んだ。

(なんだ、ずいぶん長い名前だな)

僕でも書き慣れない単語を、検索リストを繰りながら正確に書き写した。出来上がった真新しいラベルに糸を通し、後ろ肢に縛り付ける。一九四〇年と二〇一〇年。黄ばんで角が割れかけたラベルと、真新しい白い紙片が、二つ仲良くぶら下がった。

僕は死体をうつ伏せに転がし、背中を天井に向けようとした。

（おいおい、死んだんだから、楽にすればいいのに）

固まった身体は、どうしても左側面を下にして横倒しになる。広げた右の翼には、縮れて撓《たわ》んだ窪みができて、そこにたっぷりとアルコールが溜まる。古いアルコール溶液は、薄い水飴のように色づいていた。

液の臭いを嗅ぎながら、もう一度手に死体を取り上げ、心地よく香る水飴を標本瓶のアルコール液の中に戻した。

「チャララ、チャラ」

自棄になって左を下にし続ける今日の相手は、けれどもそれ以上は何もせずに、僕を待っている。

（尾の付け根が、鱗で覆われた輩……か）

アルコールにどっぷり浸かったあげく、自慢の尾は遠慮がちに丸まっていた。

（悪いが、いま、お前の名前の由来になった一物に、お付き合いしている時間はないんだ）

尾の根元に大きく広がった鱗の波に一瞥をくれると、それを相手にはせずに、手首をつかんで持ち上げた。腕一本で、身体全体が宙に浮いた。

手首の近くの皮にピンセットを当てると、強く引く。そのまま皮膚にメスの先を刺し込んで、腕に沿って切り下げた。パラパラと散る毛皮の破片を先の幅の広いピンセットでつまんで、プラスティックの壺に入れる。

（大丈夫だ。毛もちゃんと取っておくから）

毛が刈り取られた隙間から、淡褐色の地肌が見えた。手首の背側《はいそく》の筋肉の走りを見るべく、安物の鈎付きピンセットで皮膚をつまむと、メスの小さな刃先で裂け目を入れながら、真っすぐ引いた。

「プチッ、プチッ、プチッ」

刃が沈み込むたびに、皮膚が小さく千切れた。思ったより皮が薄い。乱暴に扱うと切断ラインが直線から逸れてしまう。

「チッ」

気を取り直して、ピンセットを当て直すと、もう一度皮膚に綺麗な断面を入れ、基本に忠実に、ゆっくりと穏やかに皮を引いた。

（そんなに恥ずかしがるなよ）

ラテン語が消えかかったラベルに目をやった。アフリカ探検隊お抱えの技官のサインの脇に、mâle とあった。

（男の子、なんだろ？）

刃先を滑らせながら、肩の後ろへ向けて、皮膚を剝がし続ける。普段より、指を使って剝皮する領域を意識して少なくした。細めのピンセットの先を皮膚の下にそっと差し入れ、ゆっくりと動かして、皮膚をもっとも浅い筋肉から剝ぎとっていく。何本ものコラーゲンの糸が皮膚と筋肉の表側を結んでいるのが見えた。

（ここで、傷つけるわけにいかないよ）

いったん、頸の周囲に刃を回すと、今度は腹面を上にして、首から肛門まで一気にメスを走らせた。身体の左右の中心線に、刃先がきれいに乗った。

「シュー」

刃の微かな摩擦音が右の人差し指の腹を震わせた。頸の皮膚の断面を左手のピンセットで引っ掛けると、先端の鈎でしっかりとつかみ取り、後方へ引っ張った。メスの力で皮膚直下の筋肉を断裂させないように、右手に包んだメスを時々軽く当てるだけにする。しかも、刃をけっして切断すべき皮下組織のほうへ向けない。ステンレスの刃先を軽く横向きに這わせ、スズムシの翅ほどの微妙な力で、左手の皮膚を手前へ引くと、皮膚の下の邪魔なコラーゲンが受け身のまま切り裂かれていく。

「シュシュシュシュ……」

（剣豪の峰打ちというほど、優雅でもないけどね）

けったいな形の塊は、コラーゲンが消え入りそうな断末魔の悲鳴を上げるたびに、頑固な姿の毛皮の包みから、肉の集まりへと外貌を変えていく。

皮膚が剝げ、右腕の筋肉が肩まで露出したところで、僕は両手を同時に静止させた。

(待ってな。右側、ちょっとだけ楽しみにとっておくよ)

ピンセットとメスをトレイの上に並べると、両手で死体を裏返す。カチコチに固まった姿勢が原因で、死体は左を上にすると、どうしても安定してくれない。

「ゴトッ」

転がり出してしまう死体を押さえようと、ペーパータオルを二枚持ちだすと、それでトレイの上に土手を作り、幸せな死体を背部と腹面から挟み込んだ。残された左側の肩に小さく刃を入れると、肩甲骨が剝き出しになるまで皮を引き剝がす。

(お前、五十肩か?)

左肩の酷い変形に数秒戸惑った。

(あたしの肩は、右のほうが、駄目だ)

死体は何十年も左が下になっていたためだろう。肩の骨が少し前寄り外側に変位してしまっていた。胸の筋もそれに引きずられて、左右不揃いに畳まれていた。右側の胸筋《きょうきん》は、喉の下とあばらとみぞおちを覆うように、底辺の短い均整のとれた細長い三角形をなしていたが、左側は、歪んだ楔形に固まり、表面に大きな凹凸がうねっていた。

左胸が彫り出す波のうねりは、自由が丘の小さなギャラリーにでも飾られていそうな、現代抽象造形物のシルエットに見える。

（お洒落な画廊なら、お前の右の胸は生ゴミどまり。だけど、左の胸筋は……）

左の上腕を下へ引き、僕は少しでも左右の不揃いを正そうとしたが、死してなお頑固な左半身を前に、即座に白旗を上げた。

（分かったよ、お前の左胸に、造形作品らしいタイトルをつけてあげよう。いまから格好いい名前をつけてあげるぞ）

てんで元に戻らない胸部を裏にして、もう一度、右側の側面を上にする。

（お前は、サハラの奥のめでたい生まれだ。いいタイトルがあれば、オークションで三千万円ってとこだぞ）

何も言わない死体を見て、僕は笑った。

息を止めてから半世紀以上も無傷に近い状態で生き続けてきたこの死体の右肘を、ついにステンレスのピンセットの縁で優しく撫で始める。

（お前、肘で翼を吊って、それで飛んでいたんだよな？）

ピンセットが世にも奇妙な肘の骨の形をなぞった。まるでプロレスラーが肘を相手に打ちつけるパフォーマンスを見せるかのように、ウロコオリスは肘の外へ、奇怪な突起を伸ばし、それが翼にかかる全重力を支え切っていた。

まだこの肘を触るのに指先を使っていない。僕の指はその瞬間を楽しみに待っている。いまはただ、滑っていくピンセットを介して、金属と骨が擦れ合う死体の〝悲鳴〟を聞き取っているだけだ。

「カチ、キュル、キュル」

ステンレスが幅二、三ミリの骨を舐めた。

(とうとう来たな)

解剖台にピンセットを置いた。

(よし、見させてもらうぞ)

被造物が手に入れた世にも奇妙な翼の支持具に、人差し指の先で触れた。最初に右、次に左の指だ。

(お前、熱いぞ)

久しぶりに感じ取る、熱だ。

自然が未知の形を僕に見せてきたときの、あの熱だ。いつかは触れなくてはならないと思っていた翼が、熱を帯びている。知識と理論の運用からは到底思い至らない異様なパーツが、翼を作り上げているのだ。

(お前、こんな肘で、飛ぶのか?)

僕の指先は、まだ肘の突起を信じることができないままだ。こんな骨は肘から出ていてはならない。どんな解剖学者だって、そう叫ぶに違いなかった。たとえこれを作るのが、神の思し召しであろうと、はたまたダーウィンの血生臭い適者生存の理論であろうと。

少しだけメスを走らせて、コラーゲンの膜を削ぐと、今度は左手の人差し指の腹を、突起に平行に走らせた。

(やってくれるじゃないか、お前)

僕は骨の突起に三百六十度、さまざまな方向から力をかけた。突起が曲がるべき方向と、曲がってはならない方向が、あらかたつかめる。と、そのときだ。

(ん?)

もう一度左の指で、肘を押す。

(?)

今度は死体を左手で押さえ込むと、右の指で力をかける。

(行ける)

いつかはつけねばならない決着へ、戦の火蓋が切られていることを、僕は感じ取った。

(これが、お前の宝物……か?)

この死体、もし滑空したら翼に重力がかかる。問題はその重力をどう吸収しながら、この謎の突起の持ち主が自分の好きな方向へ飛びまわるかだ。

モモンガ、ムササビ、そしてオーストラリアのフクロモモンガの死体の立体像を、僕は解剖の記憶の中から引き出した。肩の、肘の、手首の、そして脇腹の形を、三次元形状として掌中に蘇らせた。何千万年もかけてこの星の獣たちが育てた滑空する何種類もの翼を、指先の感触が作り上げていく。

ウロコオリスの翼を、僕は地球上のありとあらゆる翼と比べた。身体の設計図がたくさん載った古文書のページを、僕は片っ端から繰った。

(違う)

指先が燃え上がった。

(この動物の翼、他のどれとも、違う)

永遠に謎を閉じ込めようとする肘の隙間に、僕は手に取ったドライバーを挿し込んでみた。

(そうか。飛ぶときは、この突起を、水平に使うんだな)

ドライバーを傍らに置き、両掌で死体を持ち上げる。そして、死体の左右の腕を強引に開こうとした。

「カタッ。コロコロコロ」

丸柄のドライバーが転がりはじめた。僕はそれを無視すると、今度は思い切り、死体の両手首をもって引き開いた。だが、型崩れした左半身が邪魔し続けて、体はほんの五ミリも開かない。

左半身は、まるで線路わきの砕石のように、いい大きさに固まったままだ。

「コットン」

ドライバーがデスク奥の縁から、床に落ちた。

（分かったよ。どうしても翼を開いてくれないんだよな）

　色をすっかり失ったウロコオリスの眼球を見つめた。

（いいっていいって。気に入ったよ。そのくらい頑固な死体が、そのくらい何もしてくれないお前のことが）

　ゴム手袋を取って投げ捨てると、懐から手帳とペンを取り出した。ちょうど二週間後の水曜日のページを開く。

（用意してあげるよ。メスと違って痛くない刃物を）

「十一時、第五回情報創生部委員会」という文字の上に三本線を入れると、脇に書き込んだ。

「委員会には欠席の連絡。CTスキャン十時に予約。被写体：……」

と書いて、ペンを止めた。

（なあ、CTをプレゼントしてあげるから、その頑固な左半身の本当のかたちを、少しだけでも喋ってくれないか？）

　椅子に座ったまま、すっかり凝ってしまった肩と背を伸ばすと、少しだけ目で宙を追った。そして、青い細ペンで書き始めた。

「被写体：死せる胸の非対称《アシンメトリー》」

　僕は悦に入った。

（これで、お前、三千万円、いや三億円で落札だよ。この肘の持ち主は、それだけの輩さ）

息を吐いた。そして、壁の時計を見る。午前四時三十五分だ。

（ひと寝入りすれば、普通の一日が始まる。最初は、学術振興会。確か国際シンポジウム予算の選考会議だっけか。駅は、永田町……だったっけ。開始の五十五分前に起きればいい。三時間半は眠れる。十分だ）

窓ガラスを見上げた。赤紫色に色づいた空が、少しだけ腫れぼったくなっている僕の目に映った。床にインドネシア語の古新聞を三枚撒くと、その上にごろっと横たわる。

僕には予想できなかった。この眠りは、ただの不愉快な寝不足のリハーサルか、それとも、西アフリカの心地よい夢の物語か。

五月十四日

明るくなりかけの空をちょっと疎んじながら、瞼を閉じてみた。外でカラスが喧嘩を始めている。古新聞の擦れる音に眠りの始めを妨げられた僕は、なぜか左の脇腹を下にして転がっていることに気がついた。

4　獣医師の仕事

鼻の頭を真っ赤にしながら、少し足を速めた。細々続く新京成電車の土色の築堤をくぐると、時計を見る。文字盤が春の朝陽に揺れた。八時五十八分だ。

午後三時には山形にいなくてはならない。昼前には霞が関で小さな打ち合わせが待っているから、緊迫というには大げさだが、持ち時間に余裕はなかった。こういうときは朝から淡々と予定をこなしていくのみだ。

アメ横で買ったばかりの薄っぺらなビニールの肩掛け鞄を、もう一度握りしめる。昨日の晩まで書き続けてきた申告書と源泉票の束の感触を、鞄の底から確かめた。

「年に一度の」僕は呟いた。「ご奉公……、だな」

いまの時期にしては生温い風が頬をかすめる。耐え切れずに、春のくしゃみを五回宙に投げ捨てた。

税理士なる専門家は世に数多いようだが、こちらはお金を払ってプロに頼むほど裕福ではない。申告の素人の学者は、この時期、それでも税務のプロの役人とやりとりをしなければならない。非常勤講師を務める、専門書を出す、日曜日には老人ホームのお爺ちゃんお婆ちゃんに講演をする、幼稚園児に向けて絵本を監修する、質の良い番組があれば電波に正しい意見を乗せる……。そうした細かすぎるすべてのことが、この申告書に書き込む数字に関わってくる。

最低は三百三十六円の「〇〇絵本韓国版監修料」から始まって、しっかりと一年分の源泉票をかき集めて、電卓片手の戦闘モードを四、五日間は続けた。本当はもっと時間が必要なのかもしれないが、研ぎ澄まされた申告書を書いて一円でも節税しようという気力は、だんだん失せてくる。それこそが徴収する税務署と署員の狙いだろう。よく分からないなと思いながら数字を埋めていく申告書に、払わなければならない税金より多くの金額を、最後には記入しているに違いない。

交差点を折れると、税務署へと続く小道が現れる。僕は人の列に気圧された。九時前だというのに、すでに五十人を軽く超える行列ができている。最後尾に並びながら、またくしゃみを連発した。

啓蟄を過ぎた頃の税務署は他の時季のそれとは様相を一変する。打ちっぱなしのコンクリートの建物は、一月までは世間の誰からも相手にされていないように見えた。それがこの灰色のサイコロは、熱にうなされる市民に囲まれて、いまだけはちょっと偉そうだ。花粉飛び交うわが町に、税務署の背が少し高くそびえている。

おそらくは建蔽率か容積率の問題なのだろう。わが町の税務署は毎年一月末になると、プレハブを二棟建てる。税理士の相談場所として第一臨時棟、署員への提出窓口が第二臨時棟という割り当てだ。恒久的な建物には程遠く、歩けば合板がきしむプレハブで、税務署員は申告書を待ち構えている。

充血した目、また目。目が人々の行列を憂慮と諦めの塊に変えている。教授も今日は、一人の疲れた納税者だ。

突然、列の前のほうから、女性の短い悲鳴が聞こえてきた。軽く爪先立ちをしながら前に並んだ人の頭の先を覗き見る。税務署自慢のプレハブの入口に、行列が澱んでいる場所があった。

「何があったんですかね？」

「さっきからあの辺で、人があとずさりしていますよ」

「これだけ並ばされたら、気分の悪い人でも出て当然じゃないか」

「救急車でも呼んだらどうだ？」

行列の面々からは、明らかにいらついた口調が漏れてくる。ずっと背伸びを続けてみたが、先で人々の波が不規則に乱れる様子しか見えてこない。列が不自然に膨れ上がるあたりに「こちら第二臨時棟」という看板が立っている。

少しだけいつもの探究心をもちかけたものの、すぐに普通の納税者に戻ることにした。手持ち無沙汰の僕は、どうにもならならいはずの書類をもう一度確認する。

「S書店監修料3333円、Kテレビ出演謝金13000円、F大学非常勤講師料（4－6月）62247円……」

このF大学の会計係は意味もなく細かく数字を並べる上に、実費と信じていた電車賃まで課税所得に回す許せない輩だ。

会計の担当に苦情を告げると、労働契約がどうのこうのと電話の向こうで読経を始めた。文書主義は馬鹿馬鹿しいので、F大学では来年度は非常勤講師の契約をしないと心に決める。（会計や総務にもう少しましな男がいれば、単価が安くても喜んで教壇に立つのに。何も時給の多寡で講師先を選んだり、しない）受話器を手に心のうちで呟いた。（でも、いやな事務員相手に時間を使っちゃあ、人生の浪費になっちゃう）

そのときだった。

「いやねえ、早く片付ければいいのに」

「轢かれたんだろ？」

「野良犬、じゃないかしら」

「まさか、ヒトじゃないよね」

「あれ、血でしょう？」

「だって、お巡りさんは来てないもの」

提出を終えて帰ってくる人たちの話が、断片的に耳に入ってきた。僕は反射的に列を飛び出すと、行列の澱みに向かって進み出した。

「すみません、通してください」

整然と並んでいる納税者をかき分ける。列を乱す僕の背中に、あからさまな舌打ちが投げつけられた。

「こちら第二臨時棟」というベニヤ板の前まで来ると、そこだけ異様な空気に覆われている。お世辞にも着慣れているとは言えない背広を着た男四人が門扉を取り囲み、ちょっと後ろにブルーのセーターを羽織った女の子が突っ立っている。目が宙を舞い、大袈裟に広げた両掌で口と鼻を覆っている。

彼女の視線の先を追おうと思った瞬間、税務署の門扉と塀に、どす黒い血糊が飛び散っているのが目に入った。一メートル四方の広がりに、バケツで投げ打ったような血液の飛沫が散り、その手前で、三毛猫の毛皮が門の柵の間にはまり込んでいる。

少し離れた所から、ネコを襲った衝撃の度合いを推し測った。

（三毛じゃなかったら、きっと誰もネコだと気がつかないだろうな。時間が経って血も黒く見えるし、早いところあの砕けた体を片付けさえすれば、行列は混乱しない）

僕は納税者から死体のプロに化けていた。あの厄介な必要経費の算出式を空の彼方へ吹き飛ばし、仕事場にいるときと同じ頭の回転を取り戻していく。いついかなるときでも、死せる体の行方を社会に落ち着かせるのが、僕の仕事だ。

　別の男が黒と黄色のロープを持って現れた。

「岸田さん、これでここに近づけないようにしますから」

「ああ、頼む。ええっと、おい、む、室田、そこでぼうっとしてないで。もっとたくさん割り箸を持ってきてくれないか」

　だが、室田と呼ばれた男はすっかり血の気が引いて、ただ立ちすくむだけだった。申告の時期しか締めないであろう水玉のネクタイは、まるで七五三の飾り付けだ。丸い目を真っ赤に染めて、千歳飴を置き忘れて泣きじゃくる幼稚園児を演じている。この不運の極みのミスター室田は、上司に名を呼ばれてびっくりしたまま、ふらふらと敷地の奥へ消えていった。

「ここにはまり込んじゃって、取れないよ」

　どうやら部署のリーダー格らしい岸田さんなる男が、鉄の扉を二、三度叩いた。砕けながら門に食い込んだ三毛猫の体を、割り箸でつまみ出そうとして、難儀しているのだ。

　合理性一点張りの鉄の門扉は、断面がアルファベットのCの字の、俗にC型鋼といわれる鉄材を組み合わせて作られている。そのC字の溝に、ネコの背中から骨盤がしっかりと食い込んでいた。激突の衝撃で鉄材にはまり込むように変形している物体が、可愛い眼球の入った頭蓋であることが、僕の位置からも見て取れた。

（焼き場じゃあるまいし、箸じゃ、無理だ）

僕は淡々と言葉を見つけていた。

ふと、セーターの女の子が、しゃがんだ岸田さんを眺める僕に、目線を移した。一人列を乱すただの野次馬に見える僕を、彼女は次の瞬間に制止してくるに違いない。

時計を見た。九時九分だ。どんどん行列が長くなっていく時刻だろう。

「ねえ、あれ、何、ネコが死んでるの?」

「え、あれ、血? 嘘でしょう」

背後から複数の女性の怯えた声が耳に入った。

僕はこれまで不特定多数の前で自分が獣医であることを名乗ったことは一度もなかった。これからもないだろう。もちろん講座でも開けばかつては大学の獣医学科を卒業して、獣医師のライセンスを持っていることくらいは自己紹介するものだ。だが、「でも、イヌの命はひとつも助けたことがないんですよ」くらいの言葉を添える。それで終わりだ。そもそも、途上国の乳幼児の命を三人は救えるかという金銭を、我が家のイヌに投じるアメリカや日本の富裕な家庭を財源にする獣医師ほど、僕はイヌネコの命を救うことを意味ある仕事だとは思っていない。

セーターの彼女が右の手のひらをこちらへ向けながら近づいてきた。細面の色白の女性だった。

「近づかないでください。列に戻ってください」といまにも口元が動きそうに見える。

「あの、失礼ですが」僕は声をかけながら、指示を出している岸田さんに小走りに近づいた。

「私は獣医です。お手伝いしましょう」

セーターの彼女がぴたりと動きを止めたのが目に入った。この資格が、時と場合によっては世間的に意味をもつことを初めて体感した。僕は岸田さんの背後に立った。

「税務署の岸田と申します。じゅ、獣医さんですか」

立ち上がった男は、意外に大柄だ。自分より一回りくらいは年上だろうか。黒と白がバランスよく混じったグレーの髪。銀縁の眼鏡の奥から、真面目すぎる瞳が僕を直視した。

「ええ」岸田さんの向こうの様子をもう一度うかがった。「よろしければ、あたしがやりましょう」

岸田さんとまわりの税務署員が、僕に道を開けた。申告書の入った鞄を傍らに置くと、哀れな三毛ちゃんのすぐ近くまで歩み寄る。

「こういうこと、初めてなものですから」

岸田さんの声には答えずに、僕は指示を開始した。

「何かこれが入る大きさの袋でもバケツでも、持ってきてください。それから別の人には、水道の水を。ホースが届かなかったら、バケツで五、六杯」

「は、はい。おい、山本さん、袋頼む。小塚、ここまでホース届くか。軽トラ洗うホースでいい」

岸田さんが僕の指示を復唱している。僕は、素手で門に挟まったネコに触る。

ネコは、スピード十分の車に激しく撥ね飛ばされていた。指先は、右半分が砕けた頭蓋と、引き裂かれた右の肩甲骨をすぐに探り当てた。どの肋骨も二、三か所で破断し、鋭利な裂け目が肉と皮を突き抜けて表に飛び出していた。破裂した左胸には、そこにあるはずのない、コロコロした骨がぶら下がっていた。それがなんであるか分かるのに十秒くらいかかった。後頭部から頸の骨が分離し、それぞれの頸椎が粉々になりながら肺と心臓を破き、左胸の表面へ突き抜けていたのだった。この三毛が、C型材の隙間に頭と頸と肩と胸の骨を力任せにはめ込まれて、瞬時にして命を絶たれたことを、僕の指は確かめた。

僕は溶接された柵の鉄材から、まず後ろ肢周辺を力で剝ぎ取っていった。全身で扉に激突したため、腰骨までもが粉砕されていた。鉄材の断面のC字の窪みに、粉々の骨片が猛烈な圧力で充塡されているのだ。

手のひらに冷たい血がまとわりついた。血の冷たさとどろんとした粘り気は、死んでそれなりに時間が経った証拠だ。とびきり早起きのタックスペイヤーが列を作り始める以前に、悲劇の幕はもう下りていたに違いない。

「さ、次は頭だ」

独り言だった。

「いまから頭、外すから」

すぐ傍で岸田さんが、〝実況〟している。改めて彼に小声で説明を加えた。

「先に背中とあばら骨を外しますね」

「ちょっとこういうの、苦手だな」

岸田さんが小声で呟く。

頭蓋骨を鉄柵から引き出そうとしたが、抜けない。頚の骨と肩の骨が一緒になって、頭部を鋼材の窪みにのめり込ませているのだ。

折れた肋骨を順番に抜き取り、肩甲骨を知恵の輪のようにして、門扉の鉄柵の手前へ引き出した。一つひとつ外していくと、最後にごろっと、頭蓋が僕の左の掌に落ちた。

可愛い顔だ。幸い眼球は頭蓋にはまったままで、左斜め前から見た表情は、安眠を貪っている普通の三毛ちゃんと変わりなかった。ただ、指で探るとすぐ、脳を入れている頭蓋の右側の壁が外れ、皮膚の下に脳が飛び出しそうになっているのが分かる。何より二番目の頚の骨が衝撃で抜け落ちているので、頭が力なく胴体から垂れ下がってしまっていた。

「あの、これで、いいですか？」

青いセーターの袖が、黒いビニール袋を差し出してきた。僕を止めようとしていたあの女の子だ。もうこれでゴミを捨てるなと、清掃会社から盛んに厄介者にされている黒いビニール袋だった。

「最適です。ありがとう」

「山本さん、ありがとう」

岸田さんの声が聞こえた。

飛び出してしまった長い腸管をそそくさと三毛の腹部に戻した。ちぎれた肝臓が周辺に散っているので、両手で水をすくうようにすべて集めて、腹腔《ふくくう》にしまい込む。

山本さんから黒ビニール袋を受け取った。そこに不幸な三毛ちゃんを収めていく。清掃会社がどんなに嫌ったところで、黒のビニール袋は修羅場で血糊を隠してくれる便利な道具だ。

「山本さんって、おっしゃいますか？」

「ええ」

「見ても平気ですか？　こんなの。さっき、青ざめていたのは、室田さんでしたっけ、こういう場面は、若い男の子が一番苦手なんですよ」

振り返ってわざと軽く笑みを作った。

「私、昔、飼い犬を轢かれてしまったことがあって」

僕はすぐに笑みをかき消した。

「……そうだったんですか、お気の毒に」

「そのときも、いまも、何もできませんでした。ただ立っているしか……」

粉々になったネコをすべて袋に入れたのを確かめると、立ち上がって後ろを向いた。すっかり血の気の引いた岸田さんと、しっかりと僕を見据える山本さんが立っていた。

「私も、何もできません、獣医師ではありますが」僕は息を継いだ。「でも獣医師は、病院で飼い主の望むままにネコの命を救うだけの仕事じゃあ、ありません。命の有り様を人々とともに考え、ときには死体のしかるべき扱い方を教えるのも、あたしたちの仕事です」

岸田さんが、やっと口元を緩めた。

「あ、これ、使ってください」

山本さんがポケットから緑色のハンカチを差し出してきた。明らかに私物だと分かったので、丁重に遠慮すると、税務署の手洗いを借りることにした。

腕時計を見た。九時一六分だ。

(すぐ片付いてよかった)

背を伸ばして振り向くと、行列の人々が静かに僕を見ていた。わざわざ列から一歩離れて興味深げに見ているのは皮ジャンにジーンズ姿の男だ。初老の紳士が、手にした申告書の陰からべっ甲色の老眼鏡をそっと覗かせてこちらを見た。五十くらいのおばさんが鉄の門から僕に視線を移しながら、明らかに眉をしかめた。

僕はすぐに門扉周辺の地面を指差して声を上げた。

「ここ、すぐ洗ってください」

「おい。ここ、すぐ洗って」

とすぐに岸田さんが周囲に命じた。室田さんが、色鮮やかなグリーンのホースを引いて現れた。目は虚ろなままだ。

手洗いでしっかり肘まで洗うと、万が一にも着ているものに血が付いていないか、よく確かめた。

「あの、これ、お荷物、どうぞ」

廊下で山本さんが僕のビニール鞄を両手で抱えて待っていた。僕は自分が申告のために来ていたことを思い出した。

「ありがとう。それから……」僕は付け加えることにした。「ワンちゃんのこと、祈ってやってください」

「ええ、今日の三毛ちゃんといっしょに、合掌します」

山本さんの表情はいくぶん軽やかだった。

僕は頷いた。

「あ、今日は、実は申告に来たんだ」

「もしよろしければ、うちの課長が、先生に……」

「ひょっとして、お礼に税金が安くなる話かい？」

「いいえ、違います」

間髪いれずに答えた山本さんが、笑みをこぼした。

「実は、課長が、その、『ネコの死体はこのあとどう処置すればいいのか、先生に聞きたい』と」

僕は彼女に招かれるまま、いまにも泣きそうに青ざめていたさっきの岸田さんの顔を思い出して、薄暗い廊下を彼のデスクへと歩き始めた。あの黒いビニール袋を指差して「それを頂いて帰ってもいいですか」と尋ねたら、彼はどんな表情を見せるだろうかと想像しながら。

三月五日

5　子羊たちの昼食

新嘗祭《にいなめさい》のくじ引きで里美さんが当てたというインスタントココアのラベルを、僕はぐるぐる回しながら眺めていた。根津神社もたまにはいいことをしてくれる。

「先生、それ、やめたほうがいいよ。栄養バランスが悪いから。一緒にサイゼリヤにでも行きませんか？　寒いけど、すぐそこだから」

ココアがなぜ身体によくない話になるのかと思って振り返ると、原野がデスクの上にある僕の作りかけの昼食を指差していた。原野の後ろで里美さんが笑っている。

ベテラン院生の心のこもったアドバイスがあってもなくても、今日も僕の大切な昼御飯は、八十八円のカップ天ぷらそばだ。セブンアンドアイなる企業体が出しているこのそばは、お世辞にもお洒落なパッケージとは言えないが、とにかく安いから、買う。そして、喰う。

ココアの瓶をデスクの端に置くと、僕は記憶の中からメニューを引っぱり出した。

「原野はミラノ風ドリアとペペロンのシングルで」

原野が応じた。

「教授はペペロンチーノダブルで五百五十九円」

みんなが田辺さんの答えを待った。

「私はウイスキーでオロナミン割り……」

田辺さんが迷っているうちに、里美さんが年齢相応の合いの手を入れてきた。福井はぽかんと口を開け、原野はあちゃあと声を出す。里美さんがしまったという表情を見せた。

「僕は卵でオロナミンセーキ、だよな」

寂しい助け舟を出す僕に、里美さんが目を合わせた。

「殿、かたじけない」

四捨五入すると不惑の二人と、下手をすると成人式に近い三人の間に、沈黙が澱んだ。僕がまだ新米教授だから歳の差はこの程度で済むのだが、大学の研究室は親子ほど歳の離れた人間が起居をともにする場だ。年月を経れば偉くなって若者に命令を出すようになるサラリーマン社会とも異なって、学問を楽しみ、発見に悩み、真理のために闘う集団に、個人の年齢ゆえの隔たりは何も無い。工藤や山本昌が高卒ルーキーと一緒に身体をいじめる場面を見せてくれたプロ野球もなかなか手強い。しかし、こちらはといえば、真珠湾攻撃の前に生まれた教授と昭和天皇の葬儀

を知らない若者が、対等に、遠慮なしに論争の火花を散らす。それが大学の凄さでもある。

ただし、今日の三〇八号室のネタは昼飯だ。

原野は頑固だ。頑固の程度は、教授のカップ天ぷらそばと変わらない。ムッソリーニの国から食文化を預かってきたあの緑マークの外食産業の店頭で、彼はミラノ風ドリアをオーダーの基本に据え続ける。ちなみにミラノに行っても、ああいう食べ物は売っていないはずだ。

原野はなぜかカメの脳味噌の量を測り続けている。五年も前に、脳はいいが、カメとなると仕事が小ぢんまりしてくるからやめたほうがいいと、一度だけ指摘したことがあった。だが、いまでは三〇八号室の駄目教授は、原野の輝く目と心中している。カメの頭蓋骨を二百個並べて、糸鋸で切っていく原野の瞳に、誰にも真似できない科学者の熱狂を見たからだ。

原野の横から田辺さんが突っ込んできた。

「先生、ときどき夕方、二個目の『それ』、食べてません?」

最年少女子院生のこの指摘は的確だ。

田辺さんは学部を出たときにマヨネーズを売る会社に就職が決まっていた。マヨネーズなら、たとえ大学法人が根絶やしにされたあとにだって、お好み焼きにかけて唇をベタベタにしながら食べる輩は生きているだろうから、あのまま勤めていれば、きっと安定した人生が開けていただろうに。

ある日茶色い長い髪をくるくるに丸めて三〇八を訪ねてきた田辺さんは、「解剖がしたい」と言うばかりだった。二日目にそこいらの女子大生が使っていそうなミッキーマウスの弁当箱に入ったランチを持ってきたので、これは駄目かと思ったが、翌週には動物園で死んだゾウの鼻を切り落としていた。血まみれの現場で、夜通し田辺さんが鼻の筋肉の本数を数えているのを見て、稀有な出会いに恵まれたのはこちらのほうだと確信した。

「あたしの健康を気遣ってくれて、嬉しいよ。あたしはみんなくらいのとき、頭の悪い教授は早く死んだほうが学問のためだと思ったもんだが」

「いいえ、先生にいま死なれたら、みんな路頭に迷いますから」と原野が言う。

「逆だな。あたしが生きているから、みんなが十分に迷っているんだろ？」

「そりゃあ、確かに、そうっすね」と福井が受けた。

福井の眼鏡の奥を見通しながら、僕は言葉を返した。

「うん。迷いながらも院生は自分で自分の人生を生きる。教授が耄碌《もうろく》しても、カップ麺しか喰わなくなっても、放っておけばいい」

「そうっすねえ」と、正直な奴だ。

福井にはたぶん、研究のセンスは無い。どのくらい無いかといえば、僕くらいに無い。イノシシの解剖をやらせたとき、福井は鉗子と鋏を間違えて、死体の脇の下の大切な神経を、束ごとばっさりと切断した。パイロットなら離陸しながら逆噴射するくらいの大きな過失を、僕はけっして責めることはなかった。なぜならこれは、福井自身が一生恥じていく失敗だからだ。僕には確信がある。自分が手にする道具がなんであるかを確認しないまま指に力を入れるような真似を、彼はもう二度としない。

いつの間にか、僕は福井と仕事がしてみたくなっていた。福井をあちこちへ連れまわした。その間にも、車をトンネルの壁で擦る、凍ったペンギンを足の爪の上に落として歩けなくなる、藻だらけの沼に新品の一眼レフを落っことす、吉野家の牛丼弁当を頭からかぶって火傷する、パキスタンで行き先の違う飛行機に乗り込む……。会計監査や産業医や懲罰委員を連れてきたら、うほうほ涎を垂らしながら調べたくなる相手が福井だろう。そんな福井のミスは、彼の人生の一部だ。これからもそうだろう。咎める必要などない男だ。

みんなの前でもう一度カップ麺の蓋を指差した。

「これは、やめられないんだ。覚醒剤みたいなもんだな」

みんなに囲まれたセブンアンドアイの天ぷらそばが、ちょっとだけ誇らしげだ。

「行ってきまあす」

上着を脇に抱えて三人の院生はわいわい騒ぎながら、里美さんとそばと僕を残して、三〇八号室をあとにした。サイゼリヤだろうが、マクドナルドだろうが、学生たちに昼をご馳走するという金銭感覚は、僕にはない。三人ともそれをよく知っている。

いつものように、九十度のお湯を注いで二分二十秒後に、カップの蓋を剝ぎとった。万一にも三分四十五秒以上経ってしまうと、わが誇りのセブンアンドアイ主力商品が、ただの駄目そばに堕ちる。

「院生たちも、しっかりしたこと、言うじゃありませんか？」

里美さんが話しかけてきた。僕は部屋の扉に貼ってある、特攻兵器「伏龍」[*1]の破れかけた実戦想定図を指差した。「歴史群像」だか「丸」だかの掲載品だ。

「なんだかなあ、あれはあれで、昭和二十年なら人間機雷に潜りこんだ年齢だからな。田辺なんて、容姿は別途議論するとして、里見八犬伝なら恐怖の毒娘をやれる歳だ」

「そりゃあ、八犬伝なら、ですけどね。……殿だって、石田三成が西軍を率いたときより、もう老けているんでしょ？」

里美さんの指摘は今日もなかなか厳しい。

彼女は少し前まで服だの小物だのを売る、フランス系の会社の経理をしながら、上野の美術館のボランティアを務めていた。日曜日に来館者に油絵の解説をする役どころだ。還暦過ぎが集まる〝昔少女クラブ〟の様相を呈する上野公園の社会教育ボランティアは、二回り若い男教授にとっては蛇より苦手な集団だ。だが、里美さんは、なぜだか分からないが、西郷さんの足元で昔少女クラブの最年少メンバーを十年も続けた。いまでも彼女の三十代の価値観は謎だらけだ。

ある日クールべの猟犬の油彩の前にぼうっと立ちながら、この教えっぷりなら遺体科学研究室のデスクでもモノになると横目で見て取った僕は、三〇八号室にはちょっと美人過ぎるかなともやもや呟きながら、美術館のフロアで声をかけ東大に引き込んだ。

だが、時同じくして、見る目があり過ぎるかの外資の社長は里美さんをリストラ名簿に載せてしまった。乃木坂の手前にオフィスがあるという、アクサンテギュが社名に輝く洋服屋さんが十年後にどうなっているか見ものだ。ともあれそんなこととはまったく無関係に、里美さんはおそらくはそれまでの三分の一の賃金で、わが研究室にやってきた。もちろん学問の世界の経験の量はまだ乏しい。でも、すでに遺体科学研究室をど真ん中で支える三〇八の主になっている彼女だ。

僕は辛うじて言葉を見つけた。

「んう。大石内蔵助が討ち入ったときより、あたしはもう齢を重ねている。武力でも戯曲でも、天下を獲るには、老け過ぎたな……」

ついでに瑣末な反例を思いついた。

「でも、二十歳になっても〝大人は分かってくれない〟とばかり歌っていた尾崎なにがしもいるくらいだから、現代人の一生は後ろに引き延ばされている」

「近い時代の人物は幼稚ですよ、殿」

「言い換えると、あたしの青春は七十五歳あたりから始まるわけだろう？」

「そ、そうじゃないと、思いますけど」と里美さんが慌てた。

三〇八の窓外は、すっかり真冬の灰色に染まっている。曇った空に目をやりながら、少しだけ考えた。

「いまから原野に陣太鼓を叩かせて、福井に梯子で侵入させて、田辺には色仕掛けで建築事務所から本部棟の絵図面を盗ませる。用意周到、雪の日に東大総長室へ突入すると、西暦二一九九年にも語り継がれるかもしれない」

「宇宙戦艦が来ちゃいますよ」

「いや、来るのはガミラス[*2]だ」

　眉間に皺を寄せる里美さんだ。

「確かに四十四になったいまでも、あたしは三百年語られる大事件の主人公でもないし、とりあえずは日本の西半分を、欠如気味の人望でやっとこさ率いることもできない……。でもね、知っているぞ」

「殿、何を、ですか?」

「このセブンアンドアイカップ天ぷらそばはだな、二分二十秒で食べ始めれば」僕は三回呟く。

「そんじょそこいらのそばより、いける」

　里美さんが呆れながら、昼ご飯を食べに出かけると言う。安田講堂前地下の中央食堂が好きな彼女は、わが三〇八に出入りする人間の中では、もっともまともな昼食を摂っているかもしれなかった。

　天ぷらそばの蓋を三分の二まで引きちぎった僕は、百年経っても変わらなそうなふやけたかき揚げを見つめて、溜め息をついた。そして、揚げと里美さんの顔を三回見比べた。

「顔に青海苔でも付いてます?」

里美さんが自分の頬を指差して尋ねた。

「いや。ここで、『今日はきれいだね』と囁けば、あたしの容姿だとセクハラになる。『そこでバカ面をしているな』と怒鳴れば、あたしの肩書きだとアカハラになる」

「で、殿はどっちがお望みで？」

もう一度、カップ天ぷらそばの紺色の蓋を見つめた。

「うん。キミの顔をどう喰うかは永遠の課題だ。それより、いまからこのそば、すぐにぜんぶ食べちゃうから、一緒に行こう。たまには、あいつらを追いかけて、サイゼリヤへ」

「ぜひぜひ！」

里美さんの最高の笑顔だ。

「ところで、殿」

「なんだ？」

「やっぱり、割り勘で？」

「もちろんだ。勘定に、歳の差など、ない」

里美さんが擦れて消えかかりそうな声で笑った。

「帰ったら、お湯沸かして、そのココア、みんなで飲みましょうね」

指でＯＫマークをつくると、僕はもの凄い勢いで、かき揚げにかぶりついた。

十一月三十日

注釈

1 **伏龍**　太平洋戦争末期の日本海軍の特攻兵器。棒のついた爆薬を持って予め潜水した特攻兵が、海面を通過する敵の上陸用舟艇に体当たり迎撃を試みるという、近代戦としておよそ合理性皆無の兵装。俗に言う人間機雷。訓練部隊はつくられ、また、将兵の生残を考慮しない危険な装備での研究も繰り返されたが、実戦投入はなかった。

2 **ガミラス**　『宇宙戦艦ヤマト』の敵役の星。

6　葱を買う

三〇八号室には、僕と里美さんの事務机以外に、真っ白いプラスティックのテーブルがある。角の丸い長方形のテーブルだが、なぜかその対角線の交点には、五センチくらいの風穴が開いている。かつては、この穴にパラソルを差していたに違いない。元々は、海水浴場でかき氷を頬張ったりするテーブルなのだ。

海の家仕様のご機嫌なテーブルの上で時を刻むのは、緑色の目覚まし時計だ。この目覚ましはつねに来客に背を向けて、こちらからしか文字盤が見えないように置かれている。面と向かって一対一で話している来客に、腕時計で現在時刻を確認するのが失礼に当たる場面がある。そのときに、相手に気づかれないようにこれに横目を走らせるのだ。お蔭で面会を切り上げる時刻をそれとなく示すことができた。

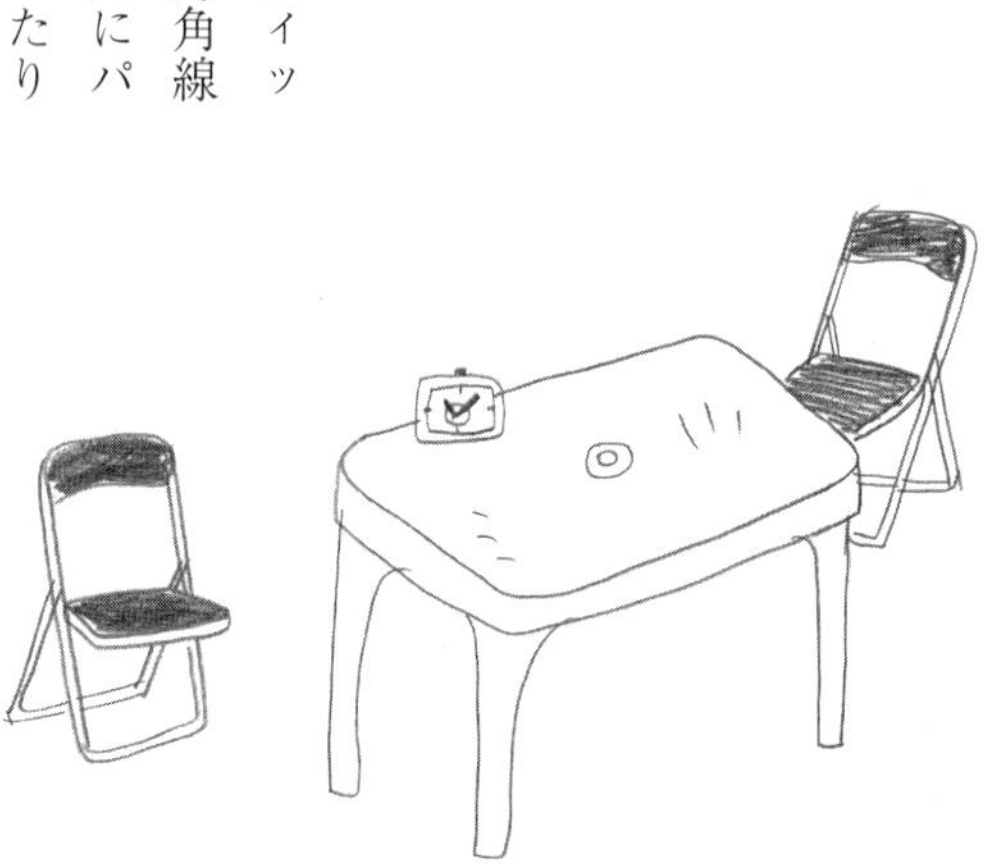

白いテーブルと緑の時計は、実にいいコンビだ。素性を語れば、福井が江の島のゴミ捨て場から拾ってきたものたちである。羽根の折れた扇風機とか、湯の沸かない電磁調理器とか、ジャケットとは違う絵が出るブルーレイとか、ちくちくする巨大なイボイノシシのぬいぐるみとか、福井が拾ってくる廃品はいつもほとんど役に立たない。だが、このペアだけは別だ。

（素敵だ）

ときどきテーブルと時計を離れた位置から見据えて、僕は悦に入る。三〇八の備品の中でも、最高にイケている。

黒い文字盤を背景にして、二本の針は午後五時五十五分を指している。

講義後の、まるでプールで千五百メートル泳いだあとのような気だるさを感じながら、今朝湯島駅でつかみ取ってきた東京メトロの月刊冊子のページをいい加減にめくった。

「ＯＬに嬉しいワンコインランチ」

捨て置けないリードが目に入った。

誌面には並ぶ並ぶ。「味噌ラーメン、ハヤシライス、なんとかアラビアータスパゲッティ」と来た。

（女もなかなかやるな）

感心することしきりだ。

ところが、味噌ラーメンは四百六十円、ハヤシライスは四百九十円、なんとかアラビアータスパゲッティは四百八十円ではないか。

なんでこんなに高いんだと思ったら、ＯＬにとっては、ワンコインとは五百円玉を指すことに気がついた。

（女ってのは……）

三〇八号室の東大教授にとって、ワンコインとは当然百円玉である。

（民間の女は毎昼五百円も費やすか。こんな富裕のＯＬからはもっと何倍も税金をとって、下級の公務員の月給に回してやればいい）

血だらけのネコが縁で顔を知ることになったわが町の税務署の課長も、素敵なグレーの髪をなびかせて、駅前のＦスーパーで安いカップラーメンをしこたま買い込んでいたっけ。

民間か公務員かはともかく、買い物を女がすると実に無駄が多い。連中はどうやら、物を選びながら、いつの間にか他の棚に目をやり、美味しく料理するにはどうしたらいいかなどと、余計なことを考え始めてしまうらしい。

男はそんなことは絶対にしない。どんなに不味かろうが、どんなに添加物に塗れていようが、どんなに食の安全を逸脱していようが、どんなに新しい公衆衛生のルールに抵触しようが、男が忠実に果たす使命は一番安いものだけを買うことだ。男が食材を買うのは、それで美味しい料理を作るためではなく、ただ安いからなのである。

窓から水平に陽が差し込んできた。そのとき、ひかえめにドアをノックする音がした。

「はあい」と田辺さんが返事をする。

丁寧なノックだから来客かもしれない。少なくとも福井じゃないだろう。あいつはけっして教授の部屋に入るときにノックなどしない。

田辺さんにそのまま座っているように合図をすると、入口へ急いだ。

「こんばんは、ごめんくださいい」

扉を開けると、廊下にそっと立っていたのは、一条さんだ。

「あ、こりゃまた、予想もしなかった。どうぞどうぞ」

パラソルの無いテーブルに手招きをした。一条さんは、予告もせずにすみませんと恐縮している。

一条さんは、どこを見ているのか分からないほど細い目の持ち主だ。眉を隠してまっすぐに揃えた前髪と、その両目の線がピタリと平行だ。職業柄要求されるのだろうが、お洒落というより、彼女なりに裏表のない清潔感を表そうとしているのかもしれない。

彼女は、僕が契約を絶対にしないことを告げてからも、定期的に三〇八を訪ねては、新しい保険商品のチラシを配っていく人だ。彼女は多くの外交員と違って、アフターファイブに大学の研究室を回る。昼間研究室に居るのは学生ばかりで、研究室の確かな顧客は夕方以降のほうが捕まりやすいことを知った上での行動パターンだ。とりわけ陽の長い季節には、彼女をよく見かける気がした。それでも貧乏暇なしの僕は、彼女の来訪のうちの四分の一も顔を合わす機会はないだろう。

二人分のインスタントコーヒーを淹れる。部屋に香りが心地よく漂った。一条さんはますます気を遣い、背中が丸く曲がっていく。

「遠藤先生……」

すぐさま遮った。

「うん、その、あたしを『先生』と呼ぶのをやめよう。日本で先生と呼ばれる資格があるのは、福本清三と田中角栄と福沢諭吉だけだ」

「はい、遠藤、さん。……福本セイ……って？」

「福本清三は、まあいい。話すと長くなる。セイゾウは、清いに三だ。少なくとも脱亜論や列島改造よりは、先生と呼ばれるにふさわしい。ネットで調べてみな。一度どころか五回か十回、顔を見たことがあるはずだ。なんてったって、刀で五万回斬られている」

「はい、勉強します」

一条さんが、まるで試験のヤマを教えられているときのように、メモを取った。

「コーヒー、イケるぞ」

ありがとうございますと、彼女が頭を下げる。

先ほどのメトロの冊子を彼女の前に広げた。

「ＯＬのランチだ」

「せんせ、いや、遠藤さん、その、ＯＬに興味がおありで」

「ありありだね」

一条さんが笑った。

「なんでこんな高い昼飯を毎日食べるんだ、女は」

さっぱり解せない女の買い物に話題を向けた。

「例えばね、スーパーの買い物でね、あたしは買うべきものをもれなくかみさんにメモしてもらうんだ」

彼女が身を乗り出した。

「何年か前に、恩師が記憶を失ったことがあってね。あたしに博物館のなんたるかを教えてくれた、高沢っていう先生なんだけど。軽い脳梗塞だったんだが、記憶と言語がうまくいかなくなった」

「それは……お気の毒に」

リラックスしていた彼女の表情が真顔に変わり、瞳にプロの保険の営業担当らしい真面目さが一瞬だけ戻った。

「で、あたしも似ててね。三十五を過ぎた頃から、二分前に何をしていたかまったく思い出せなくなった」

「いいえ、出来事を十分に覚えていますよ、先生は」

「だから、先生、じゃないって」

「あ、遠藤、さん」

掌を向けて、一条さんを制した。

「もうあたしは自分の直前の記憶を当てにしないことにしたんだ。ここからが本題だ」

「はいはい」

「大切だぞ」

せっかく大切だと言っているのに、一条さんがパタンと手帳を閉じるのが、目に入った。めげずに話を続ける。

「記憶力が駄目になることは、合理的買い物の極意を会得するのに必要な条件だ」

「はあ?」

首を傾げた一条さんの表情を、まじまじと見た。

「繰り返そう。あたしの動きを決定するのは、出かける前にかみさんが書いてくれたメモだけだ」

改めて彼女を見直すと、年齢は四十手前だろうと推察できた。だが、外交員らしくストライプ入りの紺のスーツを身につけると、実際より五歳くらいは若く化ける。

「あたしはFスーパーのエントランスで、こう思うんだ。『店員さん、悪いが、ここは、俺の独り舞台だ』とね」

右手の拳に力を込めながら、肘を胸の前へ寄せて、ガッツポーズを作る。ただでさえ細い目をほとんどつぶるようにして、一条さんが笑う。入口の扉のほうからは田辺さんの遠慮ない笑い声が聞こえる。田辺さんは一人暮らしにどっぷり浸かっているから、この話題には興味がありそうだ。衝立があって直接は見えないが、部屋の入口近くのコンピューターでゾウの唇の筋肉を立体構築しているはずだ。

「つまりは、そう自分に言い聞かせながら、片っぱしから買い物をこなす」

頬を上気させて、なんども縦に首を振る一条さんだ。

「まずトイレットペーパーはここでは買わない。百メートル先のドラッグストアのほうが、同じ長さの一ダースでも四十八円も安いからだ。だけど、あのドラッグストアは『お一人様一袋だけ』とかケチなことをいうから、少し工夫が要る」

「工夫って?」

「普通の奥さんは、幼稚園児の自分の息子に買わせたりするらしいが、それでは甘い。ドラッグストアの三十メートル手前に、宝くじ売り場がある。そのわきにいつも自転車が置いてある」

「なんだか身代金の受け渡し電話みたいですね」

「宝くじ売り場は……」声を籠もらせてボイスチェンジャーを真似たが、疲れるのですぐやめた。

「……宝くじ売り場は、一日中、『あなたの街の可愛いお店、小さいけれど大きな夢』……って、テープを回している、赤い箱だ」

「いまは、テープは回ってないんじゃないですか」

「ま、そうだな。小技を使ってくるんだ、連中は。ロト6にキャリーオーバーがある日は、違うバージョンの録音を混ぜてくるんだよ。……ま、それはともかく、だ」僕はひるまずに続けた。

「その自転車のわきにトイレットペーパーを目立たないように置いてだ、もう一度あのストアへ行けば、二つめが手に入る」

僕はすぐに言葉を足す。

「それを三回繰り返せば、当然、四パック手に入る」

一条さんが、三回もやるんですか、店員さんは止めませんかと驚いている。

「もちろん、嫌な顔をするよ、店員は。でもルールは守っている。税金を使わないことをもってして金で何をしても許されると主張する、あんたたち民間会社がよく言う、コンプライアンスだ」

「あと、独立法人の労働衛生の担当者がよく言う、コンプライアンス、ですよね？」

彼女が口を挿んだ。

「そうだ、勘がいいじゃないか」

僕はちょっとだけ笑顔を見せると、すぐに続けた。彼女は耳たぶまで真っ赤に染めて笑っている。

「忘れないうちに言っておくが、歴史上パーフェクトなコンプライアンスとゼロリスクを実行したのは、ヒトラーとスターリンだけだ。その挙句出来上がったのは、アウシュビッツの絶滅収容所だ。あるいは、カチンの森だ。つまり、ルールは適当に破る、リスクとは適当に同居することで、人間と社会の幸福は守られる」

気を取り直して続けた。

「さあ、Fスーパーの食料品だ」

一条さんが首を振る。

「最初に言っておこう。あたしは、味は分からないが、量は、分かる」

向こうで田辺さんがとうとう大声で笑い出した。一条さんはもはや笑いすぎて呼吸が苦しそうだ。外交さんとしての真面目一点張りの表情と、顧客候補とどうでもいい話になってくだけたときのギャップがはっきりし過ぎている。あと一歩ポーカーフェイスを決めこむことができるようになれば、どこかのラジオ局で遺体科学の怪しい教授とタッグを組めるかもしれない。

僕はカップを手に取った。

「まず葱だ。これは中国産に限る。隣の千葉県産より見た目はずっと貧相だが、考慮しない。値段が半分だから買う」

「でも確か、残留農薬が……」

「農薬は嫌いか？」

彼女が前髪の下で眉をひそめ、当惑している。

「……ええ、まあ」

「好き嫌いはあなたの自由だが」僕は間を置いた。「……あたしもあたしの家族も、中国の残留農薬くらいでは、死なない」

「でも奥さまはそれでいいって?」

真顔で質問を投げられたので、僕は反射的に答えを返す。

「いい質問だよ。実は騒ぎになってから、長葱とシウマイ、餃子関係には、『国産にして頂戴』と、メモに添えてある。だから、葱は千葉のを買うことが普通だ。一般論だが群馬のよりは、安い。中曽根さんと福田さんが昔下仁田や安中あたりの農産物を守ったせいか、群馬の一次産業はコストダウンが苦手なままだ」

一条さんがやっと落ち着きを取り戻した。

「食パンは、セブンアンドアイの八十八円がないときには、パン売り場で一呼吸整える。どんなに安くても百八円を割ってくれない大手会社のパンに手を伸ばすかどうかを決めないといけない。あの酒井美紀や松たか子のポスターが貼ってある会社のだ。いくら酒井美紀がニッコリしてくれても、高いものは高いだけだからな」

「先生、新垣結衣ちゃんでも駄目ですか?」

田辺さんがこちらへ歩いてきた。新品のCDを取りに来るついでに、いいタイミングで参戦してきた。

「結衣ちゃんならおじさんたちは買うかもしれないぞ。そりゃあ、田辺、いいアイデアだ。研究をそのくらいのセンスでやってくれたら、きっと奨学金にも当たるぞ」

僕はターゲットを切り替えた。

「豚肉は、Ｆスーパーでは少なくとも『こま切れ』と『切り落とし』の言葉を使い分けている。もちろん、切り落としのほうが、大体一割くらい安い。うちの近くのＦスーパーの場合、たくさん買っても安くならない。九十二グラムでも、三百二十八グラムでも単価は変わらない。だから、一応はそのときに使う分だけを買う。ま、設備投資ができるなら、肉なんて安いのを買いだめして凍らせておけばいい」

「買いだめ、ですね？」

「うん。マクドナルドが六十五円になったとき、あたしの先輩はハンバーガーを千個買ってきて、粗大ごみ屋さんから拾ってきたコンビニの冷凍庫に凍らせようとした。あの、アイスクリームを凍らせているやつだな。さすがに周囲に止められたらしいが。断わっておくが、もちろんこれはあたしのアイデアじゃない。あたしは安ければそれでいいが、ドナルドからハンバーガーを六万五千円分買うくらいなら、もっと他に買うべき物がこの世には存在すると思うから、提案しない」

一条さんが割って入った。

「やめたほうがいいですよ、安いハンバーガーばかり食べるのは」

「うん、君に言われなくても、マクドナルド自身が、単価の安い商品はぜんぜん宣伝しない。いまや店員やレジの数も需要より明らかに少なく設定してあるから、四六時中カウンターの前に客は並ばされるけれど、その間に単品の安い品物がないかと捜しても、どこにも掲示されていない。安い物も販売していることを知っている客にしか、安く買えないようになっている。ま、安い以前に、牛丼もマクドナルドも、ウシの屠殺の現場と精神性を都市生活者から隔離したことでは同罪だな」

一呼吸入れるうちに、一条さんからテーマを変えてきた。

「で、お惣菜は？　やっぱりスーパーの閉店間際とか、ですか？」

「うん、いいお尋ねだね。Fスーパーのあたしの行く店は二十三時閉店なんだけど、例のなんとか％引きのシールが夕方以降幅を利かせる。五十くらいのおばさんは、若い男の子のバイトを見つけると『あんた、こっちは待ってるんだから、早く貼りなさいよ』と来る。でも、そのへんはこっちはエレガントだ。パスタの重量当たり単価を計算し直して回ると、終わる頃には、何も男の子に詰め寄らなくても、みんな五十％引きになっていることを知っている。特に刺身と揚げ物はあのシールの動きが速い」

「なんでパスタの単価を計算し直すんですか？」

Vの字にした左手をかざしながら、答える。

「スーパーっていうのは高いほうにはよく間違える。前の商品の単価がそのまま商品棚に残されているとことがあるんだ。買ってしまってから表示がおかしいと言っても、どうにもならない。何度も言っているように、隙を見せたら……」

「負けだ」

期せずして一条さんと声が合った。僕の右の人差し指も、タイミング良く天井を指している。

「……まあ、これは常識だが、あのシールはどんなに待っても、五十%引きよりは下がらない。しかも……」

「しかも？」

「下げたくないときは、日持ちするものは手押し車に入れて奥にしまっちゃう」

「そりゃあそうでしょうけど」

「あの手押し車は凶悪だ。津山事件の犯人くらい、凶悪だ」

「つ・や・ま……じけん？　なんですか、それ？」

一条さんの顔をまじまじと見た。

「横溝正史は読まないか？……まあ、いい。先へ進もう」

一条さんがまた帳面を開いてペンを走らせた。覗き込むと「艶間？事件」という青文字が見えた。

「漢字変換が得意過ぎやしないか？」

「いえ、それほどでも……」

彼女が恥ずかしそうに手帳を胸元に隠した。

「ジュースなんかはどうするんですか？」

「んむ」僕はちょっと思案した。「先週、札幌行きの飛行機に乗ったら、飲み物が有料になっていたんだ。コーヒー二百円、コーラ三百円、スープに至っては五百円だ。ＡＮＡの素敵なお姉さんが通るたびに、あたしは聞かれていなくても、答える。『要りません』とね」

「それ、知らなかったです。アルコールじゃなくてもですか？」

閉じた両掌を胸の前で開く真似をした。

「うん、そうだ。痛風の発作が出ようが、エコノミークラスなんとかに陥ろうが、飛行機ではもう飲み物は絶対に飲まない。那須の茶臼山の頂上じゃあるまいし、ボーイング７７７ごときで、下界より高価なジュースをなんで飲まなきゃいけないんだ。あれじゃ、まるで昼間、東京の市内局番五八四一を片っぱしから電話してくる、先物のトウモロコシと不動産マンション投資のダイレクトコール屋と同じくらい、余計なお世話だ」

一条さんが口を挿む。

「証券会社のベトナム株とか、アルゼンチンの債権とか、ベラルーシの外貨預金とかも同じ、ですかね？」

「うん、冴えてる。真面目に生きている人間からなけなしの貯金箱をぶんどって。兜町のネクタイ締めた証券屋と、浅草のアロハ引っかけた当たり屋と、いったいどこが違うんだ？」

「きっと、おんなじですよ」

僕はFスーパーを話題にしていたことを思い出した。

「パックの牛乳はできるならFで買わない。外の商店のほうが安いからだ。ジュース類はセブンアンドアイでも、まあいいだろう。あとミカン系のジュースは、静岡の臭いやつが安い」

一条さんが顔をしかめた。

「ジュースが、臭いって？」

「本物のミカンの香りか何か知らないが、安ければなんでもいい。人工甘味料の巣窟で構わないんだ。ただ、あのジュースは、臭い。臭くても、安い。だから、買う」

呆れたというように、一条さんが細かく首を震わせた。

「あたしの最近の策は、二円のポリ袋代だ。レジでポリの買い物袋は要らないというと、Fスーパーなら、二円引いてくれる」

「あ、それ分かります」

「エコ愛護者たちが、市場原理と省資源を結びつけた産物だ。庶民としては、何度もレジを通れば、その回数掛ける二円分だけ買い物が安くなる権利を得た。もともと自分の鞄で商品を運んでいるあたしからしたら、何も変わらない。ただレジを通すだけで安くなるわけだから、悪い話じゃないな。野菜を買ったら、ほうれん草で一回、レタスで一回、二分の一のだいこんで一回、玉葱三個なら三回、その回数だけレジを通ればそのたびに二円浮く」

「先生、いや、遠藤さん、それ実行しているんですか？」

「いや、いまのところ、完全実施は今後の課題だ」

二人で顔を見合せて笑った。カップに口をつけると、すっかり冷めてしまっている。

そのとき、電話のベルが鳴った。一条さんが、どうぞと身振りで示すので、田辺さんにちょっと出てみてくれるかと大声で呼びかけた。田辺さんがもしもしと言っている。僕はそのまま話を続けた。

「……権力や国際政治や財界が貧しい庶民に押し付けてくるような〝エコ問題〟にはさらさら興味はない。自動車会社が盛んにＰＲしているのは、高いハイブリッド車でいままでの十倍の距離をみんなでドライブしようという話だ。こんなガソリンの浪費に真顔で付き合う必要はない。でも、自分の懐の二円は、エコより大切だ。ついでに言うと、遠慮したところで二円引いてくれないコンビニのビニール袋は、徹底的に大事に使う。眼鏡ケースもボールペンも出張先の靴下も、ファミマやセブンイレブンやコタキナバルやビエンチャンでもらったビニール袋に入れて整理する。ビニール袋をもらった庶民はきっとそれを大切に使って、精神的に健やかになるはずだ。ただ袋の消費量を減らせば社会が明るくなるというわけでもないんだよ」

吹き出しながら、一条さんが手首の小さな腕時計を見た。男向けのそれは鉄道マニアに人気の、スイスの駅時計とかいうやつだ。確か一万八千円はしただろう。僕はちらりと、緑の目覚まし時計に目を走らせた。そろそろ彼女の帰る時間だった。

「先生、Ｆスーパーの建物の委員会、明後日の。理事が入ってくれるというのがお伝えする一点目。それから、二点目は、開始を一時間早めてもいいかという、本部からのお尋ねです」

子機の送話口を手で塞ぎながら、田辺さんがメモを読みながら伝えてきた。僕は急いで手帳を開くと、頁をめくり、指先で該当の時間帯を追った。そして田辺さんに向けて、両腕で頭の上に大きな丸を作ると、冷えたコーヒーを一気に飲み干した。

「遠藤さん、失礼ながら、Ｆスーパーさんの委員会ってなんですか？」

田辺さんがお礼を言いつつ電話を切る声が聞こえた。

「有り難いことに、Ｆスーパーが寄付金をくれたんだ」

「えっ？　いま話題にした……Ｆスーパーさんが？」

「うん。先月、マスコミに発表があった」

そう言いながら僕は慌てて頭を振った。

「あたしにじゃないぞ。東大に、だ」

一条さんが頷く。

「……ちなみに、おいくら？」

「いくらだと思う？」

彼女は、まったく想像もつかないと言う。

「五十……億円だ」

彼女の目が、宙を漂ってしまった。

「これから、委員会を開いて、大学らしい、有意義な使い方を考えるんだ」

数秒の沈黙が流れた。

「……中国の葱買ってもらって、五十億円？」

と一条さんが問う。

「そうさ。ちゃんとしたお金持ちは、社会のことも、文化のことも、考えてくれている。これが資本主義を完結させる姿さ。富裕者が六本木に住んで、あの欽ちゃんに似たなんとかファンドみたいに、『無茶苦茶金儲けましたよ』と人前で叫んでいるうちは、商人《あきんど》はチンパンジーと変わらない。ただの金の亡者だ。富を社会と文化に使ってほしいと思う人物が現れて、やっと資本主義社会は一段落する。なに、トヨタ自動車は毎年十兆円の金を動かす。ソニーも三菱重工も、兆円のオーダーだ。なのに、学問ときたら、それが日本で一番大きい東大でさえ、毎年の予算規模はトータルで二千億円がせいぜいだ。オール東大で、トヨタ自動車の、一民間企業の五十分の一だよ」

左の掌を思いっきり広げて一条さんに見せた。

「学問は小さい。特にこの国では小さ過ぎる。『学問は不要不急で税金の無駄使い』と言われる筋合いは最初から無いくらいに、規模が小さい。あたしらは、この貧しさを少しでも解消するために、心のこもった寄付を喜んで頂くんだ」

テーブルに開いたパラソルの穴に指を沿わせながら、僕は付け加えた。
「民間企業出も多いいまの大学経営者の中には、以前に癒着した業界に、文化のための貴重なお金を流したがるような奴が現れないとも限らない。それがまかり通ったら、大学の自殺さ。万一にもそれを防いで、心優しい文化を未来に育てていくために真っ当に働けるのは……」真顔の一条さんに、僕も真顔で話した。「奥さまたちに混ざって葱を一所懸命買っている、ちょっとひねくれた学者、なんだ」

五月二十三日

7　あの日の動機

早足で会議室から三〇八号室に戻ってくると、里美さんが目配せをした。同僚の斎藤さんと荻元さんが席をひとつ空けて、僕を待っているのが見えた。二人とも、僕を見ると、小さく笑った。入口に背中を見せているのはスーツ姿の男二人と女一人だ。

無言のまま里美さんに指でOK印をつくると、僕は五人の輪に加わった。遅れた詫びを簡単に伝えると、三人の来客が立ち上がって会釈する。彼らに座るように促して、僕は斎藤さんと荻元さんの間に割り込んだ。

安っぽい名刺が三枚、白テーブルの上に並んだ。真ん中の一枚に、まるで幽霊屋敷の看板にあ

りそうな崩れたNのロゴが躍っている。字面を眺めて、小さく溜息をついた。

パラソルの穴の正面に座っているのは、中堅どころの広告代理店N社の副部長だ。肌の色艶を見れば還暦まであと五年といったところだろう。だが、真っ黒な髪のお蔭で、遠目には実年齢より若く見えるに違いない。縦横に大きい身体の持ち主だ。その左に東大本部情報創生部のプロジェクトアシスタントなる無表情な男がいる。小柄で、髪を強引に八対二に分け、紺色の地味なネクタイを締めている。こちらはおそらく三十過ぎだ。そして副部長の右に、編集者の肩書きで二人より明らかに若い女性が腰かけている。

「はじめまして、東大の南の外れまで、ようこそ」

三人の客人が妙に揃って頭を下げた。副部長が口を開いた。

「ええああ、どうぞ、先生、今日はよろしくお願いします」

「はい。こちらこそ、電話でお聞きしたような件に、あたしがなんのお役に立てるか分からないのですが」

一しきり三人と挨拶を交わした。

「N社で普段はプランナーたちを率いて情報発信の仕事をしていますが、今日は情報創生部さんの起案をお引き受けしまして、こちらへお邪魔しました」

副部長の言葉に頷くと、左の男を見る。まず僕から来訪者の関係をさっさと整理させてもらうことにした。

「情報創生っていうことは、東大法人流行りのトップダウンっていうやつですね。あの家電屋だったか製鉄だったか何かの、元社長がやっている」

「ええああ、あの、部のトップは、家電ではなく、ケミカルのメーカーです」

左の情報創生部に尋ねたつもりが、応じたのは広告代理店のほうだ。トップが洗濯機屋でも新素材屋でも、こちらには同じことだ。

「なるほど、大学の宣伝広報予算がこちらからそちらに落ちたということですかね？」

最初に情報創生部の顔を見て、次に広告代理店の目を睨んで、予算の流れの確認に念を押した。

「ええああ、まあ、東京大学さんの偉大な人的資産を、多くの人々に知ってもらうために、私のところの情報発信のイニシアティブがお役に立てればと、思いまして」

「で、あなたも、その、上司と同じ、なんとか化学《ばけがく》の？」

両掌で副部長を指しながら尋ねた。

「ええああ、いいえ、私は、日本医師会の広報部におりましたが、数年前にN社に移ってきています」

僕は小さく頷いた。

「つまりあなたはさんざんCMをN社に依頼してきたクライアントだった。そして、最後にはその実績でN社の副部長さんに収まったということになりますかね？　公務員で言うと天下りですね」

副部長と右の女性が苦笑で応じた。だが、情報創生部の職員は表情を変えない。改めて僕はプロジェクトアシスタントとやらに尋ねることにした。

「で、そちらはどこの出身で?」

「ここの学部で社会心理学を専攻して、ウェブデザイナーをしていました」

喉が背中に付いていそうな甲高い声だ。今流の片仮名の職業ははたけば埃が出る。僕はちょっとだけ手続きを踏んでみた。

「デジタルの納品業か。得意の業界はどこだった?」

「ええ。まあ、介護と福祉の仕事が多くて。病院や老人ホームのウェブページです」

奇妙に高い声の返答を聞いて、反射的に鼻で笑った。医療広告の元受注者が大学に転職し、元依頼者が広告代理店にはまり込んで、二人で茶番を演じているのだ。芝居小屋は大学法人、そして小道具は教授だった。

「で、この副部長さんに誘われて大学に送り込まれたか?」

そう尋ねて目を合わせようとすると、情報創生部はすぐに俯いて黙りこんでしまった。

僕は体を右に傾けて、編集者らしき女性に声をかけた。彼女は、学生風の黒いリクルートスーツに身を包んでいる。うちの田辺さんでも、二、三年社会で揉まれれば、このくらいには見えるかもしれない。

「光山さんは編集者でいらっしゃいますか?」

「はい。フリーなのですが、今回はこのお仕事でN社さんに声をかけていただきました」

社名の入っていない光山さんの住所を指先で拾い上げた。目の大きい、肌の白い痩せた女性だ。彼女を緊張させるつもりはまったくないのだが、こわばった表情からは、どうも僕を堅苦しく受け取っているのかもしれない。

「これまではどんな仕事を?」

光山さんが答えた。

「はい、直前はK社の出した、『東南アジアの壺』という写真集を……」

「つ……ぼ、ですね?」

「ええ」光山さんは小さく俯いた。「焼き物です。芸術系のビジュアルの出版物を手掛けることが多かったものですから。ベトナムやカンボジアの焼き物を取材して、本にしていました」

彼女は焼き物の話を早口で喋り始めた。タイ北西部のとある泥がアジアのどこのものよりもいい、と彼女は言う。チェンライの傍らに良質の土の村があるというから、あの国民党が逃げ込んだあたりかと聞くと、まるで十年ぶりに話し相手を見つけたかのように嬉々として同意してきた。あそこで僕はネズミを追っかけていたと言うと、ますます熱心に話しかけてくる。泥を語る彼女の目はみるみる輝いていった。

情報創生部が発注し、大学から金を受け取ったN社が儲ける。元々両者はオトモダチだ。ふんぞり返る両者の狭間で、現場で頑張る彼女に渡る給与はごくわずかだ。せめて大学教授くらいは、世の中によくあるこういう構図を避けて生きたかった。だが、すでに法人大学の日常はこういう市場原理の芝居にどっぷりと巻き込まれている。

だが、焼き物でもなんでもいい。三人のうち、彼女だけは、将来に可能性があると、僕は見た。この三人の中で目を輝かせることのできる人間は、少なくとも光山さんだけだ。

「壺の吟味のほうが、人間を描くより楽しそうですね」

僕の言葉に光山さんの唇が少し動いた瞬間、副部長が割って入った。

「ええああ、彼女はなんにでも興味をもつもので、この仕事にも適任かと思います」

「今回の企画より光山さんのお話のほうが面白いと思いますけれど……またぜひ丸一日かけて聞かせていただきたいと思います」

副部長が露骨に嫌な顔を見せた。隣の情報創生部は横から副部長の表情を覗うばかりだ。

「で、今日の用事は、壺じゃなくて、学者の人生ですね？」

改めて僕は、真正面に座った副部長をしっかりと見据えた。幅の広い顎が立派に見えなくもない。よく見ると、ふかふかした髪はあまりに均一で、どうやら自分の持ち物ではなさそうだ。僕は茶を勧めると、首を回しながら三人に向かって声を広げた。

「熱いので、気をつけてください。うちの焼き物はこの程度の物なんで」

いつもの瀬戸物の、熱湯を注ぐと持つのが不可能になる薄っぺらな丸い湯呑に、里美さんがほうじ茶を並々と注いで出していた。熱いからその湯呑はやめようと言ったのに、里美さんにこの丸顔を引退させる気配は一向にない。僕は彼女のこの台所感覚が好きだ。使えるものは壊れるまで使う。三〇八に来たがる客は、少しの火傷に耐え得るくらい、手の皮が厚くないといけない。

生協で一番安い葉っぱから、クレオソートを穏やかにしたような香りが上る。客が長居する場合は、ちょうど四十五分したら二杯目に紅茶を入れるようにと決まりごとにしてある。

「里美さん、郵便局と銀行、頼みますね」

客に構わず、研究費の入金の仕事を彼女に託す。本郷三丁目の交差点にある四店舗の銀行のうち、ＡＴＭに平気で何十分も並ばせる三菱だかＵＦＪだかを避ければ、四十分あれば今日の振込みは終わるだろう。副部長が里美さんに声をかけた。

「美味しいお茶を、ええああ、ありがとうございます」

この鬘の中年は、異様に気を遣っているのか、それともただ味が分からないのか、どちらかだ。

「今日は、研究者の、子供時代、ですね？」

念を押して本題に入った。

「ええああ、大学博物館の先生方の、幼少期ですね、その、学問に進んでいくことになる、その体験をお話にして本にしたいというのが、このたびの企画でして……」

光山さんが首を繰り返し縦に振る。敵陣に乗り込んだ仲間として、この動きは勲章ものだ。僕が詐欺師なら、部下役の女には、自分が喋っている間は同意している様子をオーバー気味に見せ続けるよう、最初に教育するだろう。

だが、情報創生部は、時折顔を上げるだけで、口を開かない。山本だか鈴木だか思い出せなくて、僕はもう一度名刺に目を落とした。「渡辺三郎」とある。隣の副部長の名刺の左上に添えられたN社のロゴマークのほうが、百倍はインパクトがあった。

「あの、遠藤先生とご紹介くださった斎藤先生と荻元先生、それにおよそ七、八名を考えているのですが、ええああ、大学の教授先生や一流の研究者を目指して頑張った少年時代を、本にまとめることができましたら、小社としましても大変良い企画に育つものではないかと思うところなのです」

光山さんに、視線を走らせた。さすがに頷くのに疲れたのか、少し所在なさげに喜怒哀楽のないスマイルを、こちらへ投げてきた。

「研究者の先生には、きっと素敵な年少時代があって、つねに受験戦争に勝利しながら、好奇心旺盛な毎日が学問に結びついていくというその過程を……」

相変わらずマイペースな髪男だ。男の台詞を聞いているうちに、脳の上半分がくたびれてきた。壺の写真集を光山さんと一緒に作ったら、楽しい仕事になりそうな気がしてきた。もちろんN社も情報創生部も抜きで、だ。

「たとえば、熱帯の昆虫を専門にされている荻元先生でしたら、ええああ、私にはもちろん専門のことはよく分かりませんが、美しい蝶を山で見たときの経験などが、幼少期にあるものではないかと思いまして」

右に座った荻元さんに顔を向けた。彼はちょっと困った顔を隠さなかった。

「あるいは、斎藤先生ですと、古生物学と伺っておりますので、ええああ、何か素敵な化石や鉱物を理科の時間に見たとかいう経験がありましたら、そんなお話を。恐竜を掘ることを夢見たことなどがありませんでしょうか。そんな小さなことでも十分に、光山がお話を伺って本に描いていくことができるかもしれないのですが」

斎藤さんが何か言いたそうに頰を動かした。光山さんに目を向けると、こちらの三人を意識して柔らかい微笑みを作っている。もう一度、名刺の肩書きと三人の顔を見比べると、緑の目覚ましの文字盤に横目を走らせた。

民放ラジオではないから別にCMは挿入されないのだが、この話をあと二十四分で完結させると、決めた。というのもその頃には、里美さんが紅茶を出す。そのあとまで話を続けても意味はない。

僕はいつもより少し早く、脳の余計な抑制を外すことにした。

「副部長さん、その、期待に応えられなくて悪いんだけど、あたしたちが科学をやっている動機はちょっと違うんだ」

副部長が二、三度瞬きしながら僕を見た。光山さんも大きな目をいっぱいまで開けてこちらを見ている。渡辺三郎が初めて僕の目を見た。

「たとえばここにいる荻元、なんだけど、小学校四年のときに、母親が男を作って、こいつを捨てた」

荻元さんが頷き、口を開いた。

「親父は何年も前からギャンブルにのめり込んで、もともと家に帰らなかったんでね、結局、まあ、碌でもない叔父に、俺、預けられたんでね」

「だから、荻元の心を満たすのは、科学しかなかったんですよ」

副部長が口を開けたまま、僕と荻元さんを交互に眺めている。

「荻元はすぐさま誰にも負けない子供になった。成績で、だけどね。そして学問では誰よりも〝切れる〟子になった。そこいらの〝神童〟は塾通いの優等生だろう。だけど荻元の子供時代はね」

僕はいつも通りの言葉を放った。

「どぶさらい、さ」

荻元さんは顔色ひとつ変えない。

湯呑に手を伸ばすと、ほうじ茶が程良く冷めていることに気がついた。クレオソートの香りを喉に通すと、また副部長の目を見て、話し始めた。

「こっちにいる斎藤は、親は金持ちで、こいつも私立のいい学校に行かされていた。黙っていても、親に何事もなければ慶應にでも入って、いま頃は銀座の時計屋の重役かなんかになったんだろうけどね。でも、こいつが高校一年のときに、政治家への贈賄容疑で父親が首をくくった。いや正確には、殺されたんだ、権力に。なあ、斎藤？」

斎藤さんは、思った通り、明るい笑顔で応えた。

「私が勝手に殺されたと思っているだけなのですが。乗用車の残骸から引きずり出されたという、顔の砕けた親父の死体をお巡りさんが見せてくれたときのことです。あのとき、お巡りさんが、私の母と私の目を一度も見なかったのです」

光山さんと副部長が、こちらから目を逸らして俯いた。渡辺がそれに続いた。

「勝手にそういうミステリーみたいな背景を脳の中に創作しただけです。でも、私の科学者としての第一歩は」

言葉を選びながら、斎藤さんがまた笑った。

「巡査がいつまでも下を向いたままの、寒い冬の日の、霊安室です」

副部長が声を失ったまま、頬を震わせている。光山さんがこちらを見た。白く透き通るような肌が、いまでは土気色に褪せているのが分かった。渡辺は目を膝に落としたまま動かなかった。

「こいつはそれから、自分の掘った化石を売り歩いて学費を稼いだ。おろおろした母親はそのままノイローゼになって、病んだまま、斎藤を育てるどころじゃなくなったんだ」

斎藤さんが補足してきた。

「でも、化石も鉱物もよく売れるものです。たとえば、雲母。河原でたくさん取れるのですが、おしゃれな街にもっていけば、すぐに何万円も稼げます。大昔の貝のイノセラムスなんて、どこにでもある貝殻なのですが、高く買うお金持ちはたくさんいます。税金を払う訳でもなく、売り上げは全部私のものですから」

斎藤さんが湯呑の縁を舐めた。

「イノセラムスと新生代の昆虫とを売った、そのお金で私は二トン車に一台分の海砂を、町外れの林に届けさせました。高校生のときですね。建設業の社長さんがよくしてくれましたので。買った砂の中には、いい珊瑚の死骸がたくさん入っているんですよ。それを集めておけば、いざ重要な珊瑚の化石が出てきたときに、それと比較する自分だけのコレクションが出来上がるのです」

副部長が顎を捏ねまわした。

「化石を売れば確かにお金になりました。でも、その……前後不覚になってしまった母の面倒見をお金に換えると、手元には大して残らなかったですけれど。その頃の私には、中生代の化石と福沢諭吉が二重写しに見えました。地層と出土物とその値段表がいつも頭の中に出来上がっていました」

斎藤さんは丁寧に、そして笑いながら話す。荻元さんも明るい表情を作ったままだ。

副部長が震えた声を絞り出した。

「あの、そういうこととは別に、つまり私生活と別に、ええああ、何か子供に夢を与える話は……」

「あたしたちの」僕は副部長を遮った。「あたしたちの学究人生は、二十四時間であれ、四十年であれ、私生活と切り離されることは、ないんだ」

珍しく渡辺が肩をぴくりと動かした。

「私生活と人生を切り離して描くとするなら、方法がないわけでもないが。化学メーカーで偉くなって、いまや大学の情報創生部にいるような人間の成功話なら、私生活と遮断して、きれいなことだけを、書けばいい。あたしの筆でよかったら、書いてあげるよ。それで十分子供に分かる〝偉い人の話〟になるはずだから」

副部長が首を捻って困惑の表情を見せた。

「学校やお役所が推薦する子供時代じゃないと、あなたのところの企画にはなじまないわけでしょう？　広告代理店さん、それから、情報創生部さん」

副部長と渡辺を交互に見た。

「いや、そういうわけでもないのですが、ええああ、ただちょっと、学者の動機というのをもう少し普通に描けないかと……」

「普通さ。そうさ、大学の教授もその卵も。普通さ」

僕はいつものようにさっぱりと言葉を作った。

「普通に親が夜逃げし、普通に親が自殺し、普通に苛められ……」

三人を順番に見渡した。

「普通に夢を見た、普通の子供なんだよ」

光山さんが二度小さく首を縦に振った。

「ちょっとだけ違うのは、その夢が……」

副部長が顔を上げる。

「その夢が、世の中の知の尺度を超えていることだ」

副部長は黙ったままだった。

「あなたが仕事してきた日本医師会は、医師の四分の一が過労死に陥りそうだとかいうＣＭを流しているよね？　子供の運動会に医師の父親は絶対に参加できないみたいな、大衆煽動のコマーシャル。あなたの後輩の仕事だろうけど。このあと、また政界に医師の待遇を改善する法案の三つや四つは通すんだろう？　残念だけど、学者はその道に入った瞬間から、職に殉ずると決めているんだ。情報創生部は、起業に成功しているみたいな教授像を描きたいんだろうだけど、そんな嘘にはもちろん加担しない。朝、研究室に学生がやってくると、先生は顕微鏡を覗いたまま、膝の上に分厚い書物を握りしめて、死んでいる。それが俺たちの人生なんだ」

プロジェクトアシスタントは下を向いたままだ。隣で副部長が眉間に皺を寄せている。

「もう、分かったと思う。学者っていうのは、ただ人類の知のために、命を、放り出している人間のことさ。あんたたちのように、何かをしようっていうときに、誰かの作った価値観やルールや管理手法や、そう、品行方正な子供時代しか思い浮かばない連中とは、違う」

僕は確信した。十分もすれば三人は部屋を後にして、この件で再び訪ねてくることはない。だが、今日のこの時間は無駄ではなかったかもしれない。なぜなら、タイの焼き物の話が、きっと僕の次の創作意欲に結びついてくれるだろうから。もちろん、出来上がるのが神々しい壺の写真集なのか、戦争で両親を失ったラオス人少年の小説なのか、はたまた北ベトナムの泥を分析した論文なのか、自分の創作意欲から何が生まれるのか、いまはまだ分からない。

僕は呟いた。

(これが、俺の、あたしの、やり方だ)

沈黙が少しだけ続いている。黙ったままの三人の客の背後から、扉をノックする音が聞こえた。目覚まし時計に目をやる。きっと安物のティーバックの箱を大事そうに抱えた里美さんだろうと、僕は思った。

十一月七日

8 雨の花

I

珍しい場所へ行こうと、田辺さんを誘った。物流屋さんそっくりの作業服の僕と赤いカーディガンの田辺さん。二人してあたりをくるくると見回す。

「あたしも、こういうところは初めてなんだよ。何か起こったら助けてくれ」

「先生、助けてくれって、いまから何が起こるんですか?」

「知らない。が、少なくとも、キミの見合いは始まらないな」

やって来たのは、尼寺だ。

単位不足でとうとうお寺へ修行に出されるのかと彼女が言うので、ちゃんと連れて帰るから大丈夫だ、と答えて安心してもらう。

お香の香りが清々しい。

障子を開けはなった部屋からは、小さな庭が見えた。庭といってもお洒落な空間ではなかった。緑の葉を投げやりにちりばめた背の低い木が植えられ、その幹の周囲には地味過ぎる石が置かれていた。敷地にははっきりした境界線もなく、寺の土地が終わると思しきところで、庭は欠け落ちた石垣に化けて終わっていた。古い石垣から隣の民家までは、互いが見えないほど離れていた。道に迷った人間なら、知らないうちにこの尼僧の地に踏み込んでしまうだろう。

庭の右隅で、紫陽花が青紫の艶を放っている。

小さな雨粒が、花の紫を石垣に溶かし込もうとしていた。花と雨とを滲ませるのは、庭を満たす潤いだけだ。紫陽花はどこまでも白雨の中に花びらを広げる。

静かだ。

この雨は音をもたない。静寂だけが僕たちを包んでいる。ときおり、雨が薄い水のカーテンを広げるかのように、細かく散った。

「ようこそ、いらっしゃいました」

尼僧が僕たちを迎えた。白い衣を被っていて顔はよく見えないが、背の高い色白の若い尼さんだ。

「いま、お茶を淹れますので」

僕は会話に困った。口を開くのは、僕の仕事だ。学会の演壇やら、委嘱でもされた委員会でなら、いかようにもその場を作ることができる。ラジオの生放送中に、突然人生相談を始めてくるリスナーの電話に番組を盛り上げる術で応じるのも、日常の楽しい一コマだ。この尼さんくらいの若い子がマクドナルドのカウンターでハンバーガーを包もうとしたら、僕はきっと「こんなに涼しいと、柏餅をもう一回食べないといけないね」とか「この店のハンバーガーは他のお店よりなぜ美味しいの?」とか、世界最大の外食産業がマニュアルに用意していないお喋りの口火を切って、迷惑な中年おじさんを快活に演じ始めるだろうに。

だが、女の子が衣を被っているだけで、話題が無いことに気がついた。

申し訳ないなと思いつつも、衣の下の表情を少しでも伺おうと、お茶を淹れている彼女をそれとなく盗み見た。よく見ると、鼻が高くて、目尻がきりっと終わっている。尼僧に東洋的な容姿を期待するのはこちらの勝手かもしれなかった。部分的に見えるところだけを切り取って街の光景に貼りつけたら、渋谷にも新宿にも普通に融け込む、どちらかといえば白人風の顔に見えた。

頭の中で尼僧に髪を付け加えてみた。もしかするとこの人に古典的な日本風の黒髪は似合わないかもしれない。年齢の低い東大の院生に珍しくない、茶に染めた短めの髪の田辺さんはというと、所在なげに僕を見ている。赤いカーディガンが、異界の中に唯一現実を持ち込んでいた。僕は意味もなく田辺さんに頷いてみせた。

田辺さんの髪を、色をそのままに少し長くしてこの尼僧にはめ込むと、ほとんどピタリと合致する。

「そうか」

田辺さんにも聞こえないくらいの小さな声で囁いた。

尼の衣が、彼女の大き過ぎる名刺として自己主張してしまっているのだ。田辺さんの赤いカーディガンを着せて、ちょっとお洒落なミュールでも履いてくれたら、この尼さんも街の普通の女の子だった。

いったい、齢はいくつだろうか。なぜこの寺にいるのだろうか。そんなことを考えながら、やっと話のきっかけを思いついた。

「紫陽花、きれいですね？」

僕の言葉に、彼女はびっくりしたように急須を持つ手を止めて、障子の外に目をやった。

音の無い庭だった。

尼さんはしばらく紫陽花を見つめてから、口を開いた。

「はい。お客様はみなそうおっしゃいます」

「……この時期のお寺は、紫陽花が似合いますね」

僕は神奈川や千葉で紫陽花を名物にしている寺を二つ三つあげて庭の様子などを喋っては、紫色がきれいだなどと穏やかに語ってみた。

「ええ、そうですね。紫陽花は美しくて、いいです」

「……」

彼女が俯きながら発する単純すぎる応答に拍子抜けした僕は、すぐにあとの言葉に詰まってしまった。

静寂が再び三人を包んだ。僕は無理に口を開いた。

「若い頃から、お寺のお仕事に興味がおありだったんですか」自分でも少し大胆な、いや、失礼な質問だと思った。「仏教の信仰の、その、教えのことは何も知らないものですから、失礼なことを尋ねますが……」

彼女は庭を眺めた。僕には尼僧が紫陽花に見とれているのだと思われた。静寂がもう一度三人を包み終えるまで、彼女は間をおいた。

「私は、仏さまのことは、よく分かりません」

その言葉に、田辺さんが少しびっくりした目をこちらに向ける。

「ただ、このお寺のお花が好きで、それでお寺に来るようになったのです」

「……」

どう答えていいか分からなかった。

「お茶をどうぞ」

彼女が僕と田辺さんに細い焦げ茶色の湯呑を出した。

「どうぞお構いなく」

田辺さんが初めて口を開いた。

「少しお待ちください」

「ええ、どうも、あ、ありがとうございます」

立ち去る尼の背に礼を言った。

「寺で尼さんナンパして、どうするんですよ？　先生」

「ん、だけど話題がないだろう？　あれじゃ」

「ええ、失敗って、感じです」

「あんたより、若いよね？」

田辺さんが不服そうな顔を見せた。

「いえ、私のほうが三つくらい下です、きっと」

「そんなもんか、な」

僕は湯呑に手を伸ばした。

2

十分くらい経っただろうか、今度は少しベテラン風の尼僧が現れ、衣を揃えて正面に座った。

「ようこそ、お出でくださいました」

顔つきから察すると三十代後半だろう。身につけている濃い藍色の衣が、重々しく見えた。

「いえいえ、今日はお役に立てれば幸いなのですが」

尼僧が田辺さんを見た。

「こちらは、先生の秘書さんでいらっしゃいますか？」

秘書と呼ばれて田辺さんも悪い気はしないだろうが、顎を引いて唇を振動させたまま、戸惑っている。僕から助け船を出した。彼女はとびきり優秀な東大の院生なのだと話すと、尼僧は恐縮した。

「そうでしたか。失礼しました」

「いえいえ。あの、今日の御用件なのですが……」

電話であらかた聞いていた案件を僕たちは早速解決にかかった。寺に不届き者の〝侵入者〟があって、お花やら供物やら仏像やら位牌を引っ掻き回しているという。その犯人を知りたいというのが、尼さんからの依頼だった。

「遠藤先生が死んだ動物をもう一度蘇らせるという新聞を拝見したものですから、きっと動物にお詳しいと思いまして」

そういえば少し前に日経新聞の文化面で、遺体科学に関する取材を受けた。市況の数字が並ぶ経済新聞をこの尼僧が手にするシーンは僕には想像がつかなかった。こちらをイカリ消毒あたりの営業マンと勘違いしてくれたのか、調査する前に見積りが出るかなどと言うので、僕たち二人は吹き出してしまった。

「お寺の泥棒を調べて自主財源にしたら、いまどきの国立大学の経営陣は大喜びですよ、きっと」と笑ったまま僕は応じた。「こういうことはよくあることなので、普段の研究みたいに楽しんでやりますから。これ、営業じゃありませんから」

尼僧が恐縮している。僕たちは二、三日前にまた位牌を齧ったというあたりを調べさせてもらった。

五分もかからなかっただろう。

「おい、田辺」つい口が汚くなる。「これ、見ろや」

田辺さんが僕の指先を見てハッとしている。

周辺をすたすた歩きまわった田辺さんが、「先生、こっちにも」と呼ぶ。

「ははあ」

位牌が収まっているらしい漆塗りの棚を前に、腰をかがめ腕を組んだ。

「何か、分かりましたか?」と尼僧が聞く。

田辺さんと期せずして目が合った。田辺さんにその〝物《ブツ》〟の長さを測るように指示した。田辺さんが鞄からノギスを取り出す。

僕は尼さんの顔を見た。

「犯人は……」先週見た船越英一郎の演技を思い出して、心の中で笑う。「アライグマ……ですね」

「アライグマ……」

「ええ、あの……」

分かりやすい説明を探したが、尼僧が先に喋り始めた。

「古い漫画に出てきました、ラスカルのことですか?」

彼女が俗っぽい喩えをしてくれたので、田辺さんが大笑いしている。

「はいはい、あれです、この通り、本物は、けっしてアニメのように可愛いことばかりするわけではありませんが」

尼さんを物《ブツ》の前に呼んだ。田辺さんに足跡の大きさを確認する。

「十分、成獣だね?」

「ええ、長さは一〇二ミリです」と田辺さんの答えだ。

僕は尼僧に説明を加えた。

「闖入の主はアライグマで、典型的な親の大きさですね」

「はああ、そうやって、この足の主を調べるものなのですか?」と、ちょっと変わった依頼主が、感心している。

田辺さんが足跡を指差しながら、尼僧に解説を始めた。

「もともとアライグマの足跡は、獣と……日本の獣とは違い過ぎるんです。これ、アメリカから来た動物ですから。殖えちゃってどこにでも現れますけど、もともとこんな形と大きさの足跡を残す動物は、日本には暮らしていないのです」

ノートのページを繰りながら自分で集めた肉食獣の足形をあれやこれやと説明している。

「こっちがタヌキ……ですか。アライグマはまるで靴を履いているみたいに大袈裟ですね」

尼僧はまるで小学生が博物館の日曜行事に参加したときのように、彼女に質問を繰り返している。

僕は部屋の様子をもう一度見渡した。お供え物を引き上げてくる場所になっているようだ。柑橘類が積まれているのを見ても、ここがアライグマにとっては格好の餌場であることが見て取れた。位牌も仏様も、アライグマの餌探しの巻き添えだった。

僕と田辺さんから、表にいる動物に食べ物があることを知らせないように工夫することをまず教示した。相手は急な斜面を物ともしないこと、台所でも肉や魚を出しておくと彼らが来てしまうこと、などを告げた。

僕は、はっとして付け加えた。

「ごめんなさい。ここの厨房はお肉はないのかもしれませんが、アライグマは果物でも肉でもなんでも食べてしまいますから、誘わないように気をつけることです」

尼僧が頷いた。

「男が近づかないようにって、私たち尼は男子禁制の象徴みたいな扱い方をされるのですが、来ちゃったのは男じゃなくて、アライグマ、ですね。私たちも、アライグマにならモテるのかもしれません」

不意の尼僧の冗談が、その衣姿とはあまりにも異質で、僕たちは笑いを抑えられなかった。大方この尼僧を満足させられたと感じたので、田辺さんに目配せし場を離れることにした。

そのときである。紫の花が目に止まった。僕は畳の上を滑りながら、花に近づいた。花は供え物を一度整理する小さな机のわきで、板敷の上に咲いていた。

紫陽花だ。

切り花をしたのかと思ったが、茎の一端が発泡スチロールの立方体に差し込まれている。思わず膝をついて確かめた。

造花だった。

あまりにも精巧にできた造花だ。葉と茎の表面の光沢が、塗装で得られるものとは質感が異なることに気がついた。僕は一瞬にしてその紫の花に引き込まれた。

「このリアリティは、なんだ?」

独り言を漏らす。

「あ、それですか?」

後ろから声をかけられて、僕はびくっとして振り返った。

「これは……?」

「さっき、お茶を淹れた若い子が居たと思います。あの子が、作ったものです」

「作った……？」

「ええ、実はとても器用な子なんです。もともと、造花を作る仕事を目指していたらしいのですが、ドイツの博物館に学びに行ったという経歴の持ち主です」

驚いて僕は〝紫陽花〟にもう一歩近づいた。

「触ってもいいですか」

「ええ、どうぞ」

ハンカチを指先に巻くと、葉の一枚にふれた。花びらと茎にも指先を這わせると、僕は大きく首を振った。

「ガラスです。葉はガラスです」

「あ、そういえば、ガラスの色の組み合わせがどうのと、一度あの子が言っていました」

僕は田辺さんを振り返った。

「ハーバードの大学博物館にガラスの植物模型のコレクションが昔からある。ヨーロッパでそのことを学んだんだろう。それに、この樹脂でできた花も、リアリティが凄い」

田辺さんも隣に跪いて、その紫色を見つめた。

「先生、これ本物みたい」

「うん、葉と茎はガラス。花だけは、型をとって樹脂を流してある。シリコンの非常に精巧にできた型に、あたしでもよく分からない樹脂を流し込んでいる。これなら花びらは量産できるが、少なくとも、二桁以上の数の型を抜いて、組み合わせている」

感心した田辺さんが思わず花に触ろうとしたので、やんわり掌で制した。

尼僧に向き直って僕は尋ねた。

「彼女は日本の大学で、学んでいたのですか？　何か生物学か、何かを」

衣を大きく揺すって、尼さんが首を横に振った。

「ここでは、なんですから、先ほどの部屋に戻りましょう」

三人はアライグマの極楽を後にした。

3

「お行儀悪くて失礼しますが、足崩しますね」

足を投げ出す僕に、尼僧は表情を作るでもなく、「どうぞ」と答えた。

石に跳ねる雨音が初めて聞こえた。雨が前よりも強くなったようだ。僕の座ったところからは矩形の庭が丸ごと小さな滝に清められているように見える。

そこに、先の若い尼さんが茶を入れ替えにきた。今度は梅の香りのするお茶だった。あのイミテーションを作る腕がこの尼さんにあるのかと思うと、不思議な気持ちになった。

「どうぞ、ごゆっくり」

湯呑を出す指先を凝視した。工芸職人はときに指先に特徴が出る。博物館に出入りしていた彫刻家が、いつも小指の爪を長く伸ばして、粘土細工を拵えるときの工具代わりにしていたのを思い出した。

衣から覗く手は白かった。ただ、僕はそこに多数のあかぎれの傷跡があるのを見て取った。寺に暮らせば、あり得ることだろう。でもそれはかえって、彼女の細い指をより美しく見せている気がした。

彼女が部屋を退くと「あの子ですが……」と尼僧が口を開いた。

年下の尼さんを〝子〟と呼んでいることの違和感に初めて気づいた。

「すっかりやつれて、ここへ来ました。三年前の、ちょうどこの時季。紫陽花がそれはもう綺麗な日でした」

僕はまっすぐ尼僧を見た。

「そのときはまったく無言で、ただこちらも寝床を与えるのみでした。少ししてから、ぽつりと『紫陽花が素敵で、気がついたら庭に入っていた』と言っているのですが、男に、その、好きだった男性に捨てられた、というのが真実です」

田辺さんは納得したというように、唇をきりっと結んだ。

「こういう場所に来る女性では、珍しい例ではありません。立ち直って笑顔を見せて話すようになるのに半年かかったというのも、ごく普通のことです。ただ、少し変わっているのは、あの子は、二度目の正月を前にして、寺の仏像を直したいと言い出したのです」

尼僧は、彼女が確かな技術で仏像や仏具を直していったことを話してくれた。

「私がびっくりしましたのは、顔に罅の入ってしまった古い木像を、それは見事な手前でふくよかで穏やかな顔に直してくれたときのことです。仏に仕えていても、私は、彫像の技術には疎いです。でもあの子は、工作が本当に上手なのだと思いました」

昔のことは聞かないことにしていても、二年も暮らせばおおかたのことは分かってくるし、若い「女の子」を預かったら、いまの時代に、寺は彼女たちの実家とは連絡を取るようにしないとやはりいけないのだ、と尼僧は説明してくれた。

「宗教に家族を奪い取られるような事件もありますから」

尼僧は時々、畳に目を落としながら、喋り続けた。

北海道から両親が三回にわたり、彼女に会いに、実際には迎えに来たこと。そしてその両親も三回目には、納得はしないまでも、茶碗を洗い、座禅を組み、掃除を済ませ、来客に接したときに笑顔を見せるようになった一人娘を見て、当座はよろしくと言って帰っていったこと。尼僧は順繰りに思い出すように並べた。

「ご両親が、初めて実際のことを教えてくれましてね。警察官をしているという、それは精悍な面持ちのお父様でした。娘は、高校を出るとすぐに、東京は代々木にあった動植物の専門学校に通いたいと言い出した。そこで造花や押し葉の標本を勉強したいというので、まあ仕方なく一人暮らしをさせた。卒業したらどうしてもヨーロッパに学びに行きたいというので、お金を出して三か月、ドイツへ送り出した。美術館か博物館へ勤めないのかと勧めたのになかなか職を得られず、そうこうしているうちに、困った男と大船の町で同棲を始めてしまった。というのが、お父様のお話でした」

尼僧が、衣を手で整えて、それとなく話に区切りをつけた。僕は冷めた梅茶を飲み干した。

「それで、今日の先生への用件は、アライグマもひとつなのですが、あの子のこともありまして」

「……？」

僕は一瞬、何を言われているのか分からなかった。

「あの、彼女を、先生の博物館で何か標本か資料のお仕事に就かせていただくことはできないものでしょうか？」

話を整理するのにまごついた僕に、尼僧は言葉を続けた。

「もちろん、職業に、生業に、などということを望んでいるのではありません。当座はご両親も、もし関東で暮らしたがるなら、十分な生活費を送って、いい部屋も借りてくれると言っているのです。ただ……」尼僧が俯いた。「ご両親の願いは、娘さんに、尼寺ではなく、あくまでも普通に街で暮らしてほしいということなのです」

言葉を選ぶのに困っていると、また彼女が口を開いた。

「今日、先生の助手のようにお仕事をする田辺さんの様子を拝見して、東大の博物館というところは、あの子を受け止めてくれるのではないかと、勝手ながら思えてきたのです。手先の器用さがあるものですから、お邪魔でもなければ、何かお手伝いをできないものかと」

尼僧は一息つくと小さく笑みを作った。

「あの紫陽花のこしらえものは、最近あの子がどこからか抱えてきました。だいぶ前に専門学校のアトリエで作ったもので、男性と暮らしていた頃、部屋に飾っていたものだと、私には打ち明けてきました」

僕は、あの若い尼さんを研究室にオーバーラップさせてみた。三〇八号室に、標本室に、そして死体の現場に。

「壊すこともできなくて、とっておいたのでしょう。あれを寺に持ってきたときに、きっとあの子の中で、死ぬほど辛かった思い出に一区切りついたのかと、私なりに推し量りました。あのお花、客間のどこかに飾りなさいと言いましたら、いまは本物が咲いているからと、さっきのあの……アライグマの部屋に引き上げていきましたが」

僕は考えていた。あの若い尼さんの大きな目は、研究室にやってくる死体をどう見つめるのだろうか、と。

「大学で、あの子がお役に立てる場面はありませんでしょうか？　これはあの子にとって、辛いことから逃げることなく生きていけるかどうかの境目です。学問の場で、何か美しいものを創って生きていけるなら、あの子にも道が開けてくるかと思うのです」

雨音が単調に続いていた。僕は唇を噛みしめた。

仏像、雨、尼さん、樹脂、寺、紫陽花……

目の前に矢継ぎ早に現れた光景に、僕は戸惑った。死を考えたであろう若い女性を引き取らないかと、勧められているのだ。一人の人生を救わなければならないという重さが、僕を躊躇わせた。いつも休むことなく突っ走るはずの僕と僕の研究室が、尼僧の言葉を前に、微動だにしなかった。

そのときだった。

「あのぉ」

田辺さんの唐突な言葉に、僕は驚いた。

「私は、先生のところでまだ数か月しか研究をしていません。ただ先生の研究室は、世の中からいろいろな人が現れて、みんなが笑顔で喋って、帰っていきます。そして、また笑顔で来訪します。私にはまだ難しいことは分かりませんが、ひとつだけ分かるのは、紫陽花をああして愛することのできる人は、きっと博物館を楽しんでくれると、思います。そう、信じます」

真っ赤なカーディガンの胸元を握りしめながら、彼女は力強く声にした。

喋り終えた彼女の目に、涙が浮かんだ。

外の光が減って、部屋が少しずつ暗くなってきていた。電燈をつけましょうと、尼僧が立ち上がった。ほのかなお香の中に、明かりが灯る。冷えてきた空気と雨粒に、白熱灯の温もりが絡んだ。

尼僧が僕に深く頭を下げた。

「ひとつだけ教えてください」尼僧の顔を真剣に見つめて、僕は言葉を選んだ。「あの子の未来……ですが、お寺さんの、いえあなたのお考えは、尼僧として生きなくても、構わないものなのですか？」

しばらく、雨音だけが聞こえていた。寺は、清い白水の中にあった。

尼僧がゆっくりと口を開いた。

「あの子は……、ええ、名前を木原愛理《えり》といいますが、木原さんにとって、本当の幸せは、お寺の外にも、きっとあると信じています。たとえ悲しいことがあっても、それを理由に、一生をこのお寺に捧げる必要はありません。どういう人間でも、いろいろな幸福をつかむことができると信じます。木原さんの喜びは、仏の世界にだけあるものでは、ないでしょう」

僕は尼僧の言葉を噛みしめると、庭に視線を移した。少しだけ弱まった雨水の中に、紫の花が艶を帯びている。

六月十九日

9　二十一世紀の迷い犬

農学部でばかり講義している教授は、何を思って毎週のように教壇に登るのだろうか。他の学部に比べると頻度は低いのだが、農学部で教壇に立つ機会が僕にもある。卒業したのも実はこの学部なのだが、ここで教えることに何も感慨はない。

今日も、壇上から学生たちを望む。

相変わらず優等生が多い。しかもその優等生が七十人も聴いている。優秀なお坊ちゃんお嬢ちゃんは、講義にだけはやってくる。だから、人数は妙に多い。毎日三百人相手にマイクを握り締める役回りの専任教員には申し訳ないが、ビルゲイツの子分が作ったデジタル通信システムさながらに、名前も分からない相手にお喋りすることに興味を湧き立てろと言われても、僕には無理だ。

ちょっと背伸びして壇上から教室を見渡した。

ここで教えたいものがあるとするなら、それは学生が社会を生きるためのスキルでもなければ、投資や起業で儲けるテクノロジーでもない。少しでもいい企業に入るための学歴でもなければ、禁煙やエコやコンプライアンスやゼロリスク運動に命をかける思想性でもない。

僕は呟いた。

「こいつらに血反吐を吐かせてやる」

遊園地やスーパーマーケットや携帯電話会社のように心地よいサービスを学生に与えるために、僕はここに立っているわけではない。学生と一対一で対決する教室をつくらなければならないのだ。独り言を胸に秘め、講義プリントの山を両腕に抱えた。最前列の女の子は、紺色の地に、大きなデメキンやランチュウが描かれたお洒落なシャツを着ている。なかなかいいセンスだ。

「これ一枚取って、後ろへ回して頂戴」

プリントの山を彼女に渡した。

「はあい、どうも」

野太い声に度肝を抜かれる。〝彼女〟の正体は男の子だ。着ている物といい髪型といい、もはや解剖学者にも外貌からはホモ・サピエンスの雌雄差を抽出することができなくなった。初弾の撃ち合いは明らかに聴衆の勝ち、僕の負けだ。「ごめん、あんたを女だと思ったよ」とも言えず、顔を引きつらせながら壇上に戻ると、形勢を立て直す。

僕は、〝タカウジ君〟の電源スイッチを入れた。農学部の昔の駄目教授の名をとってタカウジ君と名付けられたのは、講義室備え付けのコンピューターだ。タカウジ君は、どうでもいいときには人一倍自己主張して元気に動き、大事なときにはうんともすんとも言わなくなる。ついでに言うと、それ自体では何も科学的発見をしない。論文を書かないことまで含めると、このパソコンは、鷹氏農学部名誉教授にそっくりだ。

マイクを掌に収めた。刃物もマイクも僕にとっては同じ商売道具だ。もちろん刃物でそういうことはしないが、マイクでは学生のハートを抉る。

ふっと息を吐き、まずは人格〝三のC〟で行こうと決める。手持ちの十七種類の人格の中では、若干軟らかめのものだ。これでようやく、第一声だ。

「渋谷のハチ公の内臓。病理解剖したやつ。隣りの獣医学科の建物にあるの。知ってる？」

何人かが頷いた。

「うん、この間ハチを紹介するテレビ番組を作っていて、胃袋の標本をお借りしたんだけど、ま、学生は五月祭で見ればいいね。今年もきっと出るだろう」

デメキン男が微笑んでいる。

「あれは、最近でいう農業工学の、上野という先生の飼い犬だな。映画とかで見たかもしれないけど、上野先生がひっくり返ったのは、ここだ」

マイクを左手に、八番教室の床を右の人差し指で指すと、左の膝を崩して倒れ込む振りをする。脳溢血の演技なら、仲代達矢よりも練習を積んできた。

起き上がって目が合ったのはデメキンの斜め後ろの、長い髪の女の子だ。いや、この段階で性別を決めるのはやめておこう。それよりも、お坊ちゃんお嬢ちゃんが間違ったらいけない。僕はすぐに付け加えた。

「おっと、勘違いするなよ。地理的にはここじゃあない。あれは駒場に、いまの教養学部の敷地に農科大学があったときのことだ。まだ農学部がここに来る前の話だ」

ぱらぱらと遅れた学生が入ってくる。入ってくるだけならいいが、始まって四分で出て行くのもいる。学生の人生もいろいろだ。

「あのイヌは頭良かったんだと思うよ。別に忠犬でもなんでもなくて、きっと渋谷の赤提灯で焼き鳥をもらって生きる術を見出して、いつまでも駅前にいたんだろうな。だから、胃に鳥串が刺さっちゃったらしいんだ。病理の先生に聞いてご覧。癌に侵されていたり、フィラリアっていう寄生虫がたくさんいて全身が弱っていたのは確かなんだけど、どうも命を落とした原因は胃の竹串が怪しいぞ。ま、この話をすると怒るのは、右翼だけどね。あたしは右翼の講演を見るのも、彼らと話すのも好きなんだけど、イヌの話題だけは持ち出さないことにしているんだ」

七十人の笑い声を両耳から素通しに流す。

「で、もしいまイヌの飼い主が農学部の建物で突然死したとする。そして教授の飼いイヌが、あの素敵な南北線の東大前駅の身障者用のエレベーターで遊んでいたりすると、どうなるか、だ」

デメキンの喰いつきがいい。せめて一対十の人数だったら、彼と議論したいところだ。

「まず東京メトロが困っちゃうな。みのもんたやマスコミが来て地下鉄会社はイヌを大切にしていないじゃないかって騒ぎになったらどうしようって、駅長さんはあわてて動物愛護法を一夜漬けで勉強して、記者会見の準備までしなくちゃいけない。それでもって、市民の誰かが新しい飼い主を、それも、東大教授より裕福な家族を見つけてくれたりするんだろうな。イヌは熊本の馬刺しとか最高級の食事をもらって、高血圧やリウマチまで治療してもらって、幸せ一杯だ。でもね……」僕は人差し指を天井に向けた。「いまじゃあ、難しいんだ。東大教授のイヌが野良犬になって、忠犬の称号を得るのは、天下統一より難しいんだよ」

一呼吸つくと、吹き出す聴衆を見渡す。

「話はまだ終わっちゃいないぞ。……さらに、だ。イヌが忠犬になるのは至難の業だが……」

もう一度、壇上でひっくり返る真似をする。今度はマイクを捨てて両手で頭を押さえて、右肘から落ちてみた。振り向きざまに聴き手たちを睨む。

「いまじゃ、教授がここで死んでも、ただの労災だ。いや、ひょっとすると科学技術立国に役立たないイヌの胃袋の串の話をしていた罰で、勤務中として認めてくれないかもしれないぞ。つまりだ」僕はマイクを両手に握り直した。「あたしが農学部で殉職しても、『忠犬の元飼い主』どころか、税金を無駄遣いした極悪人だ」

〝大混乱〟する七十人が落ち着くのを待った。本来ならここでタカウジ君と仕事を始めるのだが、ビジネスマンが自慢のサクセスストーリーを歩むオフィスじゃあるまいし、ビルゲイツの玩具をタカウジ君で動かしても、こちらはさっぱり面白くない。胸ポケットの腕時計に目をやると、〝三のC〟の継続を決断した。

「あんたたち、可哀想だよなあ。あたしがここの学生だったときは、微生物の田岡教授や内科の神野教授の講義なんて、あ、まあ、みんな田岡さんも神野さんも知らないだろうが、こんなだだっ広い講義室でなくて、教授室で一対一で講義をしたもんだ。お茶飲みながら、ね」

二人並んで四番目の列に陣取った女の学生が互いに顔を見合わせて、掌で口を押さえている。

「あたしのころは、学科や専攻の定員など満たしていなくても、大いに結構だった。いまみたいに定員を減らせだの、規模を見直せだのと、ケツの穴の小さいことをお上はいちいち言わなかったんだ。だから定員三十人の学科で、講義を受けているのが自分ひとりでも堂々としたもんだった。そういう教育環境を税金の無駄だと言い始めたのは昔の中曽根さんだったらしいけどね。あのあたりから、学費は倍々で上がるし、大学はどんどん貧しくなった」フロアが落ち着いてきたのを見て、言葉を継ぐ。「まさにあたしが学生の頃だ。国が大学を立ち枯れにすると決めたんだから、いいことは何も起こらないまま教育はどんどん疲弊したね。その結果が四半世紀後には、まるで北京の国会の議場みたいなマスプロのざまだ」

収まっていたはずの花粉症の疼きを鼻腔に感じた。五〇〇ccのペットボトルに仕込んだ水道水を一口含む。塩素の臭いが心地よい。

「あたしが本当にやりたいのは、双方向の根深い議論だ。それは、受講者にとってもちろん嫌になるほど辛い講義だから、覚悟しろ」

微妙な沈黙が広がる。

「ま、あたしが院生の頃には、まだ反体制を訴える輩が、触ると手が真っ黒になるビラを配っちゃ、粉砕だの殲滅だのと、とても書けない漢字を立て看板に記していたもんだけど。でも、そういうやつらが、真っ先に三井物産だのサントリーだの森ビルだの、そうだな、あのころは日本長期信用銀行とかに入っていって、突然その日から権力の側についたけどねぇ」

舌に少しずつ油が回り始めると、実年齢より数年古い人間を演じる落とし穴にはまる。微かな反省を心に秘めて、話をまた別の軌道に乗せにゆく。

「その頃だったなあ、大学のトイレの扉が壊れても、施設課が直してくれなくなった。国立大学を徹底して荒廃させたんだね、あのころの政府は」

大学の貧困を正面から話題にすると、学生たちは静まるものだ。デメキンも真顔だ。

「それで窮した大学は、小金をもらう代わりに、国の言う通りの、ミッションとやらを引き受けるようになった。その結果、お洒落な建物は建つし、高い研究機器も買えるようになった」

〝ッショ〟のところに力をいれて、この片仮名単語を思い切り嫌らしく発音してみる。

「でもね、所詮、ただじゃお金はくれないんだよ。講義は平気でマスプロ容認。研究の現場にはいつのまにか、ミ〝ッショ〟ンをこなさないとお金がまったく来なくなった。痩せたソクラテスより、ちょっと太ったゴリラくらいだな……」

静かに聴く学生たちに、ちょっとだけ思案する。

「……動物園の類人猿がギリシアの哲学者と同じに見える動物愛護精神旺盛な人には、通じないだろうけど」

聴衆が一変して、笑いの渦と化す。冗談じゃない、大事なのはこれからだから、笑わずによく聴いておいてもらわないと困る。

「あたしらは何十億なんてお金初めから欲しいとなんて思ってなかった。ザイールやパプア・ニューギニアじゃあるまいし、トイレのドアノブくらいは直してほしかったし、教員が受け取ることのできる研究費が年額三十九万円というのは、いくらなんでもなんとかしてほしかった。たったの三十九万円だよ」

三のところで指を三本突き出して、ニコッと微笑む。長嶋茂雄の背番号をトークに使うときと同じ動作だ。三本指の隙間から聴衆を窺って、聞き手の顔にピントを合わせる。三人に一人くらいの顔に、白い歯が見えた。

「ギリシア哲学や英文学や、それこそ解剖学は人の役に立たないといって発展策を打ち切って、やれ特許だ遺伝子治療だナノテクだ万能細胞だに特化して、素朴な文学や純粋な理学もリストラするなんていう世の中、初めから望んでいなかったよ」

先ほどとうって変って学生たちの反応はいまひとつよくない。学生たちは、勝ち組の起業家か、さもなくば徹底的に貧しい世捨て人に関する話を望む。若者がもっとも興味を持たないのが、労働組合風の普通過ぎるレジスタンスだ。

ただ、大事なことが頭を過《よ》ぎる。ここに座る七十人は、万能細胞も遺伝子治療も堂々と自分のものにして扱っていく可能性のある若者だ。彼らには、自らの学問が、どうやって金を得ているかということを、つねに自問する人間たちに育ってもらいたいのだ。大学が金をただ拝んだら、教育は教育でなくなり、学問は学問でなくなるからだ。

僕は一段と声量を上げた。

「東京大学は、いまのところは講義の優劣をお前さんたちの人気投票で決める糞大学じゃないな。ま、あたしは忠犬を育てられない糞教授かもしれんが」ペットボトルに手を伸ばす。後ろのほうで、ワイシャツを着たちょっと身なりのいい男の子が爆笑している。「こちらは次の世代とどう花火を散らせるかという闘いを、学生と楽しもうとするのみだ。教育がサービスで講義が商品だなどというのは、拝金行革狂いの世迷い言だ」

たくさんの学生の肩がさっきと比べて、二センチくらい低くなった。学生の肩の高さで、僕には自分と学生との〝距離〟が測れる。いまが緊張のほぐれた時間帯だ。この人数で双方向が成立しないとしても、いまからが勝負どころだ。

タカウジ君のスイッチを入れる時間帯だった。背面のボタンを押しこむと、少しずつ赤黒い肉の塊が絵になってきた。

「あたしは解剖を仕事にしているが……」スクリーンにはメスで顎を外しかけたオオアリクイの

身体が鮮明に映る。「このアリクイの名前は二郎だ。ついでにいうとこのパソコンは、通称タカウジ君だ。昔、あたしが学生の頃農学部にいた、糞みたいな教授の名前だ」

学生たちの顔が大きく崩れる。

「自分の目と自分の指先で、新しい真実を発見しているんだよ。二郎の顎は、他の動物と比べて、九十度回転の面が傾いている。こんな最高に面白いことを、自分の指先で見つけられるのは、大学教員していて、ほんの一瞬のことなんだ。つまらない書類を何百も書いて、鬱の学生を病院にまで送り届けて、昨日まで普通に使っていた薬品が今日から非合法だと罵られて、センター試験の入試問題がおかしいと文句を言ってくる受験生のママの相手をして、そういうことを山ほどやって、初めて五秒間だけ、あたしはそういう楽しい瞬間を手にするんだ」

聴き手の笑いが波打ち始めた。

「夫婦やってもおんなじ、二十年連れ添ったかみさんがいるとして、よかったと思うのはほんの一瞬。学者も同じ、だ」

フロアは楽しそうだ。錯乱に近いデメキンの喜びとは裏腹に、自分の芸風にちょっと憂鬱になる。

「おい、あたしはおまえさんたちにキャンパス生活を楽しませるためにここに来ているんじゃない。お前たちを、知でもって苦悶のどん底に陥れるのが、あたしの仕事だ。ダメ大学っていうのは、授業評価とか名づけて、鼻垂れ小僧の学生に、講義を採点させる。それを教員の給与に反映させようかなどという、おおよそ人類開闢《かいびゃく》以来もっとも愚かな類の経営者が、そういうダメ大学には現れたりする。よく小田急線とか大阪環状線とかに〝ワクワクする大学〟とか〝学生思いの大学〟とかいう中吊りを出している大学のことだぞ」

ワイシャツが金切り声に近い叫びをあげる。僕はペットボトルを一気に飲み干した。

「ゆとり教育世代というのはね。君たちのことかね。ま、馬鹿な教育政策の提唱者の被害者たちよ、かわいそうに。教科なんて、理論なんて、まったくできなくて、まったく分からなくて、構わないんだ、中学校や高校の生徒は。一番大切なのは、五十分間、黙って座っている苦行をこなしていくことなんだよ。難しくて分からない微分積分やら英文法やら守護大名やらの授業を前に、話し下手な不適格教師のつまらない授業やアル中教員の破綻した言動を、『我慢して、黙って座っていられること』を学ぶもんなんだよ、学校っていうのは！　それを知らずに、何％の生徒が、理論の何％まで理解すべきだという下らない数値目標を掲げたあげく、ゆとり教育だそうだ。かわいそうに。十代のめでたいゆとりの人生で、座ってられない生徒が増えて、それがいつのまにか、街で刃物を持ち出す」

少ししんとしてしまった。学生の呼吸が整うのを待つ。

満を持してタカウジ君の十字キーの下向き矢印を押した。液晶パネルにナメクジウオの鰓《えら》の写真が映る。そうだ、今日の話のネタは、鰓から始まる心臓の進化だ。それを語るとっておきの主人公が、とりあえずはナメクジウオだ。

やっと人格〝四のB〟の出番がやってきた。

「おい、野郎ども……」

そこまで言いかけて、気がついた。待っただ。ここには女も居た。容姿では分からないが、たぶん男より多い。改めてマイクを握り締めると、声を振り絞った。

「おい、お前たち、お遊びはここまでだ。あたしのナメクジウオで、お前たちを一人残らず血反吐の地獄へ堕としてやるっ」

五月十日

10　解剖室の大地

I

真面目に恋愛などしているうちは人生まだまだひよっこだと教えると、福井が不満そうな顔をした。岡山に置いてきた高校時代の彼女と疎遠になったというから、木綿のハンカチーフかい、そんな無駄なことはさっさとやめて、早く合理的に結婚して家庭をつくれと勧める。半島のあの宗教を見習え、たった一日で初めて会った相手と結婚式だと告げると、さすがに福井も呆れて物が言えないという表情を見せた。

福井はさっきからアルコールをバケツの水で薄めていた。東京でならもっと慌てて仕事をするのだろうが、コンピューターも携帯もないここでは、福井もひとつの作業に専念できる。十日前からちょっと乾き過ぎた空気に曝されて唇がパックリ割れていた僕は、井戸からふんだんに出る

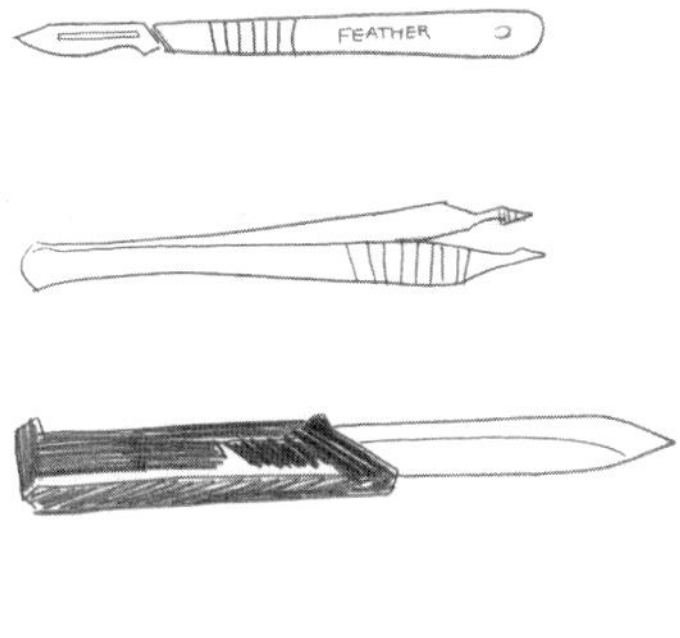

水を飲み干して、すっかり元気を取り戻した。

町からは車で丸一日半。ちょっとした遠征だ。岩と砂の大地に、思わず口ずさむ。

「ここぉは地の果てアルジェリヤ……」

だいぶ遠いっすよと福井が言った。

「明日ぅはチュニスかモロッコか　泣いて手をふるうしろ影……」

それなんですかと言うので、「カスバの女」も知らないかというと、知らないという。じゃあ、これならどうだと、僕はしかめっ面で、懐かしい曲を秋空に投げた。

「子供たちが、空に向かい、両手をひろげ、鳥や雲や夢までぇも、つかもうとしているぅ……」

擦れた僕の声に、福井はそれなら分かります、えっとあの病院で飛び降りちゃった女の人の歌ですよね、と来た。馬鹿言えそれはカバーだ、オリジナルの久保田早紀を知らないのかというと、福井はううんと呻きながら空を見上げた。

天空は真っ白だ。

水気をすっかり失った褐色の砂と小石で固められた大きな窪地に、僕たちは陣取っていた。かさかさと枯れ草と砂粒を動かす風は、ひんやりと冷たく、僕らの体温を奪っていく。僕は砂を掌にすくった。目の粗いモンゴルの砂は、指と指の間にまとわりつきながらも、軽く息を吹きかけると一粒残らず地面に帰った。

「もういいか？　固定液」と僕。

「はい、準備完了っす」と福井。

土地の若者が十五名ばかり砂の上に円座をつくっていた。その輪の中心に、美女に負けないお洒落な睫毛をつけた、ちょっと背中が重そうな今日の主役が足を折ってちょこんと座っている。

フタコブラクダだ。

「よし、みんなでやろう。いや、好きなようにやってくれ」

彼らはちゃんと僕の日本語を理解する。もちろん言葉の意味は分かっていないのだが、気持ちは完全に通じている。座っていた若者たちが三々五々ラクダの周囲を歩くと、いつのまにかこの愛すべき家畜の胴体には縄がかけられ、四肢はロープでグルグル巻きに締められていた。

ラクダは最後にちょっとだけ暴れたが、それもすぐに止んだ。男たちが全員で右側を下にして胴体を横に倒し、砂地に押さえこんだ。福井も僕も、僕たちと寸分違わない顔をしたモンゴル人たちに交ざって、全身の体重をかけてラクダの腹部を押さえつけた。

僕は若親分に目で合図した。

若親分が皮の袋から取り出したのは大きな鉄の剣だ。薄黒く鈍い光を刃が放つ。使い込まれた刀だ。土地の言葉でちょっと離れろとでも怒鳴ったのだろう。ラクダの胸を押さえつけていた三、四人の男が場を離れ、それぞれ頸部と腰部に散った。若親分は踊りを楽しむかのように軽やかに、前の瘤の側面に左足で飛び乗った。

それはほんの一瞬だった。

若親分が剣をラクダの胸に斜めに突き立てた。荒野の恵みの命は、一回だけピクッと震えた。若い衆にとっては当然のことなのだろう、感心しているのは僕と福井だけだった。一見大雑把で祭りがかったパフォーマンスで刀とともに踊った彼が、肩甲骨の直後にある肋骨の隙間に、正確に刃を突き刺したからだ。若親分はさっと刀を抜いた。肋骨の脇から血が噴き上がる。時間にして二、三秒の間、血の噴水が舞った。

若親分は、俊敏にラクダの左前肢を持ち上げた。そして、叫んだ。

「フクイッ！」

若い衆がみな息を飲んで、福井を見つめた。おずおずと立ち上がった福井に、若親分が大きな剣を手渡した。けっして怪我をしないように、剣の柄のところをそっと福井の掌に包ませた。

福井が剣の刃渡りを見て、凍りついている。

「福井っ」僕は小さく叫んだ。「躊躇ってもしょうがないぞ、みんな、待ってる」

「でも、先生」

「彼らの社会にはちゃんと融け込もう。大きな家畜を殺すのは、ここでは若い男の仕事だ」

僕は腹の脇を離れて、若親分と代わって前肢を持ち上げる役に回った。

「腋《えき》窩《か》動脈《どうみゃく》だ。分かるな？」

福井は黙ったままだ。

「おい、ラクダと間違えて、あたしの足を切るなよ」

そう言いながら、ラクダの前腕を力いっぱい持ち上げ、ゴム長の右足をラクダの胸の前で大袈裟に振り回した。固まっていた福井が、僕のこの一言でうまくほぐれた。

頷くと福井は、剣を一気に動物の脇の下に刺した。ラクダは微動だにしない。突き刺した口から鮮血が噴き出した。福井の肘から先が真っ赤に染まった。

「よし、引き切りで、クラニアル[*1]に開けてくれ」

福井が剣を前後に動かして、動物の肩口を切り上げた。そこでピタッと刃を止めた。彼が僕を見た。

「切っていいっすか、腕神経叢《わんしんけいそう》?」

福井は以前にイノシシの腕神経叢を間違って切断したことがあった。切ってはならないものを切ってしまった失敗は、彼にとっては一生の教訓だろう。いま福井の刃先は正しく腕神経叢の手前で止まっていた。

腕神経叢は前肢をコントロールする神経の束だ。動物からしっかりと血を抜いて質のいい肉を得るには、脇の下にある動脈を切るのが得策だが、普通、家畜を屠るときには動脈と腕神経叢は構わず一緒に切断してしまう。すると、一瞬にして制御を失う前肢は、その瞬間に予期せぬ暴れ方をするが、もう二度と動くことはなくなる。

僕は前肢が大きく暴れるのを予想して、力を込めて動物の腕と手首を抱え込んだ。

福井と目が合った。

「こっちは心配するな。一気に切ろう」

刃が動き出した。剣の根元から血が溢れ出るのと、ラクダの前肢が思い切り空気を蹴ろうとするのが、ほとんど同時に起きた。前肢の動きはすぐに止まった。

「福井、大丈夫だ、もう終わったよ」

福井のズボンの脛は噴き出す血で赤黒く濡れていた。周囲の砂が血潮を吸って、どす黒く変色する。少しの間、福井はラクダの脇から流れる血を静かに見つめていた。

「もういいぞ。それ抜いて、彼に返せ」

僕に目で返事をすると、福井が剣を抜いた。土地の若い衆から安堵の吐息が漏れた。彼らはこれで確実にラクダが絶命し、今日の夕食《ゆうげ》が飛び切り豪勢になることを知っているのだ。

僕はラクダの頭部に回って、鼻孔に手を当てた。肺から出入りする空気の圧を掌に感じ取る。ゆっくりとした吸気はまだ続いているが、統御された整然とした吐息は感じられなかった。口の周りからたくさんの唾液が無秩序に流れ始めた。右を下にした頭部はもう半分が唾液に塗れ、瞼が筋力を失ってきていた。五分もすれば心臓が完全に止まるだろう。

ラクダの胸の周りは、噴き出た血液が血だまりをなし、赤黒い血塊の上に、また鮮やかな血液の波が折り重なっていく。剣を手にしたまま、血の海を見て、福井が呆然と突っ立っていた。僕は叫んだ。

「福井、後肢のところ、人数少ないから、すぐロープ引いてっ」

福井が慌てて、若い衆の輪に加わった。

2

四季のはっきりしない砂の地にも、夏の終わりを告げる風には寂しさがつきまとっていた。ここはどこと問われると、土地の若者は「岩場」とだけ答える。そんな内蒙古の、名も無い荒地の外れに、福井と僕は立っていた。

ここの人は、時々ラクダを屠っては、食卓に並べる。ラクダはこの地域では重要な家畜だ。赤ちゃんのときから大事に育てる。「砂漠の舟」と形容されるように、この国ではラクダは砂漠を往来する唯一の輸送手段だ。雨の無い地で畜力を提供し続け、人間社会とともに暮らし、最後に、必ず人々の胃袋を満たす。

ウシより少しだけ固まりやすい脂分が、口の中でねっとりと広がって絶品なのだと若親分が自慢する。フクイという日本の若者がラクダの蹄の解剖をするのだというと、蹄は食わないから持って行っていいぞという。さらに、代わりの若いラクダを市場で買いつけたいので、現金を払ってくれないかとせがまれた。いくらなのかと聞けば、換算すると八五〇〇円だ。高いなと思いながらも、彼らには恩があることを思い出し、七掛けに値切って話をまとめた。これで福井が四本の肢を手にし、彼らは御馳走にありつける。

普段から、研究する以前に、縁の生じる人々と心をひとつにすることが大切だと考えてきた。僕の場合、その相手は遺体の持ち主、そしてその動物を大切に飼ってきた人々であるといえる。モンゴルの地でも僕たちはいつも通りだ。研究業績を追う前に、彼らの小さな社会に融け込む。それは学問をする人間の義務だといってもいい。

村のリーダーのおじさんが長刀《なぎなた》を持ち出してきて、皮膚を剝き始めた。柄が短くてより機能的だが、日本の長刀とよく似ている。ラクダの近くで七、八歳の子供がきゃあきゃあ言いながら遊びまわっている。僕はひやりとしたが、長刀に慣れているのはむしろ子供たちだった。おじさんが刃を振るうと、そのたびに黄褐色のラクダが肉色の小山に変わった。

「剝皮というより、肉削ぎみたいっすよね？」

座りこんだままの福井が口を開いた。つなぎの手足が真っ赤だ。

「大丈夫か？　血ぐらい慣れているだろうに、どうした？」

「いや、この経験は……初めてで」

福井は獣医学部を出ているわけではない。獣医学の学生が一応は経験するウシの安楽殺も知らなければ、乗馬ウマの去勢すらまだ見たことがない学生だ。

「ま、このくらい、できないとな」僕は福井を慰めることにした。「情報創生部のバイブルを知ってるか？」

福井が頭《かぶり》を振った。

「『学生生活安全マニュアル』っていうんだ。これには、〝危険な動物〟からどう逃げれば身を守れるかが、漫画付きで印刷してある。聞いて驚くなよ。スズメバチの巣に近寄らないとか、イモガイのいる海に入らないとか、ご丁寧にマニュアル化してあるんだ。だけど、武器を持って戦って、血だらけになりながら相手を刺し殺して勝つ方法なんて、絶対に書いてない。独法と行革のシンボル、民間上がりの経営陣が考える東大生の安全なんて、元サラリーマンのおままごとさ」

二人の笑い声が荒れ地に響いた。

二人の前に今度はぼろを被ったおばさんが現れた。おばさんは匕首《あいくち》ひとつで三つの袋に分かれた胃を引き抜き、空腸から肛門までをきれいに外した。所要時間三分半だった。

次の登場は若い女性たちだ。おばさんと同じくらいぼろの布だが、ところどころに群青や真紅や深緑のお洒落な布があしらってある。どこへ行っても女の子が身を飾ろうとするのは同じだ。彼女たちは掌に収まりそうな小さな包丁をめいめいで持ってきた。肝臓、肺、心臓、脾臓。食べれば美味しそうな臓器の数々を娘さんたちが切り出すと、腹と胸の空所に残るのは、黒っぽく変質し始めたびちゃびちゃな血だけだった。

かの地の人々の暮らしぶりに目を奪われていた僕たちを、シュウさんが英語で呼び止めた。漢民族のシュウさんはこちらの大学の一応は准教授だが、明らかに政府の息のかかった随行員だ。共産主義の国によく現れる、外交と警察を兼ねた政府のエージェントというやつだ。その証拠に、学問の話題には一切ついてくることはない。それればかりか、彼が自分の実験室と呼んでいる大学の部屋には、錆びた消火器が転がり、僕の知らない共産党の政治家の肖像写真が転がっているだけだった。シュウさんは頼んでもないのについてきた。僕たち外国人とモンゴル人社会を監視する役なのだろう。

シュウさんが言う。

「遠藤さん、あいつらはラクダをとことん食い尽くす」

少し無理をして僕は笑みを作った。

「うん、無駄がなくていい。屠殺するなら、何も無くなるまで利用すべきだ」

シュウさんが頭を振った。

「いや、あいつらはただがめついだけさ」

「そうかなあ」アイ・ドゥー・ノット・アグリーの〝ノット〟に力を入れる。「若い娘さんなのに、内臓の分け方を知っている。日本のいまの女性には無理だ」

そう告げると、「いや、あいつらはみな人妻だ。ここに生娘なんかいやぁしない」とシュウさんが嘲笑しながら、岩山の向こうへ消えた。

入れ替わって現れたのは、デュガルスレンというモンゴル人の男だ。やはりこちらの大学の教員で、日本でいう助教に当たる。歳はシュウさんより上で、研究についても話せる相手だが、組織の中ではシュウさんに虐げられているのは明白だった。

「遠藤さん、あいつが居なくなったから」デュガルスレンは、岩山を指差した。「二人で美味しいところを取って、焼いて食べよう。横隔膜が絶品なんだ」

大袈裟に笑うと、僕は福井に目配せをした。福井が口を開いた。

「これが占領っていうものっすね」

「ああ、漢民族とモンゴル人は、相容れない。ラクダひとつとってもこの有様だ」

福井が呟いた。

「日本人は、ずっとちゃんとしてますよね」

僕はちょっとだけ俯いた。

「福井、研究はせめて仲良くやろう。このラクダの成果は中国人との共著で発表したいけど、同時にモンゴル人にも厚くお礼を言いたい」

「まったくっすよ」と言いながら、福井がやっと腰を上げた。

3

モンゴルの民が現れる度に、ラクダはみるみる形を失っていく。次から次へと慣れた手つきで肉や内臓を外していく。彼らなりの配分の決めごとがあるに違いない。財を前にして、もめ事をこちらに見せるそぶりは無かった。腎臓が後まで残っているので、腎臓を食べると頭が悪くなるとかいう迷信でもあるのかと思ったら、デュガルスレンが「それはただ不味いだけだ」と教えてくれた。だが間もなく、白鵬を三分の一くらいに縮めた男が現れて、腹膜を破きながらとうとう腎臓を引っ張り出した。

ついには、肋骨と骨盤と肩、それに脂でできたあの背中の二つの瘤くらいしか、これがもともとかくある動物であったことを示す証はなくなった。大きな蠅が無数に現れる。最初蠅を払っていた福井も、諦めて、アルコールを蓋付きのバケツに分注して、解剖の準備に入った。

十歳くらいの男の子の二人組が、いとも簡単に手首を外して、福井に差し出した。福井が町の駄菓子屋で見つけた飴をひとつかみ与えると、大喜びで後ろ足も外すと提案してきた。だが、それより先に、中年のおばさんが両足首を外して僕に持ってきてしまった。福井がいいよいいよと、もうひとつかみ、飴を子供たちに与えた。僕は親切なおばさんに頭を下げた。不意の贈り物に狂喜した子供たちは、腕の筋肉をぶら下げて、自宅へ走り去った。

「よし、福井、それじゃあ、蹄だな」

福井が答えた。

「やってみまっす。四本のうち三本は、三〇%エタノールに漬けて、デュガルスレンさんのラボに持ち帰ります。前肢一本がここで今日、勝負っすよ」

「エタノールをそんな水浸しにした根拠を説明してくれ」

「ええとっすね、彼のラボまでは二日で戻れるとして、防腐も防黴も、効果は長く続く必要はありません。それより、薄めのアルコールで軟らかい部分の形状を維持しながら、持ち帰りたいので」

　僕は同意した。

「ホルマリンを使いたかったら、町でやろう。ホルマリンは葬儀屋からもらうんだとデュガルスレンさんが言ってるから」

　福井が吹き出した。途上国では薬剤や氷は、大学ではなくて葬式の場にある。葬儀屋さんは人間の通夜や葬式だけでなく、動物の遺体科学でも欠かせない存在だ。

　福井にとって遠征先での解剖は初めてだ。解剖を始める前から血だらけなのは気の毒だった。衣服が汚れると、戦意は落ちるものだ。だが、今日はどうにもならなかった。

　微笑みながらも僕は、福井の所作を見極める。彼は自分の解剖道具の入った大きなタッパからメスとピンセットを選び出した。プラスティックの四角くて赤い椅子を砂の上に押し込んで腰掛けると、ラクダの前肢の足の底の部分に刃を沈めようとした。

「待った！」僕は大声を上げた「それじゃあ、怪我する。砂地の上の什器は、安定しない。お前が転んでも、ラクダの肢の載ったテーブルが倒れても、どっちにしろ、刃物が宙を飛ぶぞ。あの途中の村の外科医まで六十五キロある。ここで動脈を切ったら、ラクダと同じ運命だ」

　福井が頭を掻いて、配置換えに取りかかる。まずはラクダの前肢を砂に埋める。掌に当たる部分を地面の下に突っ込み、指から先だけを地上に出して、周囲の砂を踏み固めてしっかりと固定した。最後に彼自身が、砂の上に直接胡坐をかいた。そして、左手にピンセットを、右手にメスを握る。

「うん、合格だ」

顔を上げて福井が笑った。

無限に広がる空と地の間に、ラクダの肢が埋まっている。福井が座り、僕は立つ。傍らにはラクダの残骸。

僕は深呼吸した。

最高に幸せな解剖室が出来上がった。

「よし。核脚《かっきゃく》を、自分で料理してみい」

「そうっすね」

福井のピンセットが陽光を弾き返す。

核脚とはラクダの肢先の特殊な構造だ。一生懸命妥協すればウシやシカに類似したといえる足なのだが、際立った特徴として非常に大きなクッションの塊を足裏に備えている。まるでゴムのような線維が重なっていて、歩き心地のよさそうな軽量厚底の高級登山靴のようだ。

この核脚の中身はといえば、コラーゲンの線維に加えて、特にここには弾性線維というゴムのような黄色い組織が発達しているはずだ。はずだ、というのは、僕は十年も前に、四千年の歴史のかの国でこの仕事に失敗していた。せっかく手に入れ、しかも綿密に解剖を進めていたラクダの肢を、目を離した隙に野良犬ならぬモンゴル人に盗まれた。

「福井、あたしの敵を討ってくれぃ」

「合点承知っす」

それを最後に福井は無言になった。彼の刃の先に、問題の黄色いゴム状線維が大量に見え始めたからだ。

4

福井のメスが西日に光った。

僕は福井の気が散らないように、背中の二つの瘤を横に割る作業に入った。本当のことを言えば、こちらは解剖の振りをしているだけだ。この瘤は恥ずかしくない論文にはなるだろうが、僕の関心は、福井が蹄でどんな解剖を成し遂げるかにある。じっと見張っているよりも、こちらも解剖している振りをしてあげるほうが、彼は落ち着くに違いない。

ちらりと福井の手元を見た。

彼流の左前肢核脚へのアプローチは、表層から線維を剥離することだっだ。蹄の底を剥がすとたくさんの線維が見えてくる。彼はそこで、問題の弾性線維の集塊を、蹄の底面に沿うように削ぎ落とし、少しずつ奥へと進む方法を選択した。弾性線維を、足の裏から一枚一枚薄く剝ぐ感じで、蹄の奥へ迫っていくやり方だ。

砂漠の舟の足元は、広い宇宙のようだ。大量の線維の塊だが、その機能性はずば抜けている。数百キロの体重を巧みに足底に分散させる。しかも、夏の昼間ともなれば、地面はベトナム製の鉄板焼きプレートくらいには熱くなる。ラクダの蹄は、足がジュージュー焼け出さないように防ぎながら、加速度をつけて落下する自分の身体を、きれいに重量配分して着地させる魔法のシューズなのだ。

福井がメスを置いてピンセットに持ち替えた。鉤付きを使う場面ではないが、彼は鉤の有るのを選んでいる。弾性線維が思ったより柔らかくないのだろうが、有鉤《ゆうこう》ピンセットを持ち出したら、組織が大きく崩れてしまう。

それでも福井は、蹄のクッションを組織だってバラバラにすることには成功しそうだ。彼の意図はよく分かる。とにかく慎重に、この宇宙の奥へ刃を少しずつ近づけようとしているのだ。

だが、彼が選んだのは、蹄の裏から水平に層を作って分けていくというやり方だった。あれでは、最終的に切り出されてくる弾性線維の断面は、五枚に切ろうが十枚に切ろうが、金太郎飴のように均質に見えるだけになってしまう。残念ながら、体重を支える仕組みを目視で確認するには、九十度角度が異なった断面が必要になるだろう。この蹄は、生きていたときの姿勢で、地面に垂直に刃を入れて断面化しないと、せっかくの機能の解明が難しくなってしまうのだ。

僕は砂地にひっくり返り瘤にピンセットを当てていく。ああだこうだと自問しながら、瘤を裏返しては転がし、奇怪な脂の塊に指先を差し込み続ける。次第に瘤はバラバラに割れていった。

ひんやりとした砂漠の風。僕の指は瘤の中を、福井の指は蹄の奥を漂っている。

「いい解剖室だ」

福井の手の動きを横目で確かめながら、僕は呟いた。

5

「先生、疲労困憊っすよ」

福井が、脂だらけの手袋を脱いだ。瘤の残骸を跨いで立ち、僕は剝皮刀を砂地に置いた。時計を見る。四時三十七分だった。一時間もすれば陽が陰ってくる。

「よくやったよ、今日は」と僕はねぎらった。「実はちらちらと全部見させてもらった」

「先生、だったら、アドバイスしてくださいよ。このゴムの塊、どうしていいか、分かんなかったんすから」

「で、納得したのか？　それとも、諦めたのか？」

「後のほうっすね」

「その心は？」

「先生、ちょっと待ってくださいね。見たことをまとめますよ」

福井はもう一度手袋をはめ直すと、二十分ほど、弾性線維をまさぐった。

僕は口も手も出さなかった。福井はラクダの蹄と勝負しているのだ。彼はいまここで、未知なる宇宙を相手に、自分で真実を感じ取らなければいけない。そのために福井は目と指先を駆使するはずだ。そして、感じ取っただけでは科学に到達しないことを、何が何でも人に伝えなければ研究にならないことを、一番よく思い知らされるのも福井自身だ。

彼が口を開いた。

「途中で気づいたんっすけど、正中断面に平行にして切らないと、ここの弾性線維とコラーゲンの機能は見えないっす。つまり、その、これだけ結合組織を積層してクッションを作ることの意味は、地面に垂直な断面を取らないと、いずれにしても語りにくいっす」

ここまで福井がフィールドで冷静だとは思わなかった。たとえ追いつめられても、この若者は一歩先へ進むことができる。確かな奴だった。

「先生」

「ん?」

「もう暗くなっちゃうんっすけど、いまから新しい蹄を垂直に切っても、いいっすか?」

彼のやる気が何より嬉しかった。

僕はちょっとだけ思案した。間もなく、きっとシュウさんは仕事をやめて休もうといい、デュガルスレンは、漢人のいないところで酒を飲もうと誘いに来る。日本人がまだ仕事をすると言えば、彼らはきっと気を悪くする。今晩に限っては、どうやって二人を追い払うかが問題だ。

だが、ここは福井とあのラクダのための解剖室だ。他の誰のものでも、ない。

地平線にだいぶ近づいた黄色い太陽に手をかざすと、僕は福井に返事をした。

「よしっ。福井、やってみろ、好きなだけ」

「サンキューっす」

何時間でもここで彼の仕事に付き合ってあげようと心に決めた。乾ききった大陸の風は、また僕の唇をぱっくりと裂く、天の悪辣な贈り物かもしれない。でもいまの僕は最高に幸せだった。この風の中で、福井の頑張りの限りを見せてもらえるのだから。

「そうだ、福井」

「はい？」

「ひとつだけアドバイスだ」

また核脚に触り始めた福井が僕を見た。

「有鈎のピンセット、今度は使うな。線維が壊れちゃう。それ以外は、さっきのやり方で百点だ」

蒙古の巨大な夕陽を浴びて、福井が満面の笑みを浮かべた。僕は彼のために投光器と発電機を運び出しに、車へ向かって歩いた。ただこのだだっ広い解剖室に感謝しながら。

九月十三日

注釈

1　クラニアル　cranial／頭側、前方の意。

11　日曜日の解剖図

開け放たれたガラス窓いっぱいの額縁を、緑の葉が埋めている。流れ込む微風が清々しかった季節《とき》は去り、空気が微熱を運んでくる。時折少し乱暴な熱気が、梅雨の水を吸い尽くした建物のコンクリートを蒸し上げていく。ガラスを射抜いて、空が白く輝いた。

三〇八号室にたどり着いた僕は、すでに一日分のエネルギーを枯渇させていた。エアコンのスイッチを強に切り替え、廊下に顔だけ出して学生がやってこないことを確かめると、デスクの脇で、汗の塊と化した衣服を脱ぎ棄て、素っ裸になる。九十九%はパジャマに見える空色の縦じまシャツに着替えると、パイプ椅子に腰を投げ出し、海の家のテーブルに顎から落ちた。

三〇八は昔なら帝國大學の教授室に当たるものだろうが、狭隘化した建物群は、どの教員にも教授室などという優雅なスペースを許さなくなってきた。そもそも秘密を守れる部屋が博物館にないことを前提に、僕は三〇八を若者と僕の、もとい「家族」の溜まり場として作り上げてきた。

日曜日はご機嫌だ。他の曜日だって寸分違わぬ二十四時間の人生がプレゼントされているのだが、この安息日《あんそくじつ》ばかりは、けっして教会になど行くことのないわが大学の本部や事務系統の職員からも、鬱陶しい電話はまず来ない。三〇八の主は、日曜日だけはえらく軽やかなステップを踏む。

丸めた手拭いを放り投げると、デスクの隅に立てかけてある真っ赤なファイルを手に取った。背表紙にペンの手書きで「いつもジョルジュ・キュヴィエとともに」とある。角がボロボロに潰れたファイルはずしりと重い。表紙を開くと精緻な解剖書のコピーが詰まっている。二十歳過ぎの頃、彼、ジョルジュ・キュヴィエ[*1]の成書から複写を取って集めて綴じた自家製のファイルだ。丹念に記述された美しいフランス語。そして、画家たちを率いて練り上げた細密な解剖図。ファイルの隅々には、読みながら感激したときの書き込みが入っている。もう二十五年も前の文字だ。

「心臓の袋は神の手では創造できない。あなたはそれを見ているはずだ」

とか、

「なぜ見つけ出した進化の事実に首をかけない。フランス革命のギヨタン[*2]を懼れたか。キュヴィエよ！」

という走り書きが余白に躍る。

そして、

「キュヴィエ。この男に近づきたい」

ついには赤鉛筆でそう記してあった。

四半世紀前の学内のコピー機は質が悪く、図はきれいに写っていない。それでも僕はこのファイルを見るたびに、キュヴィエの仕事と一緒に、若き日の自分にもまた会うことができる。

ファイルの最後の頁に、とある写真が挟まっていた。それを指先でつまんで眺めた僕は、一人ほくそ笑んだ。裏を返すと、「キュヴィエと僕」とある。

さあ、仕事だ。講義のためのプリント作りだ。ステンレスの直角定規を手に、デスクに覆いかぶさった。

上下の平行線に狂いが出ないよう、朝まで書き連ねた解剖理論のテキストの行間に、血管を観察したキュヴィエの記載文をはめ込んだ。自前の心臓の立体図を縮小コピーにかけ、彼の手によるフランス語の段落と一緒に、少し黄色い再生紙の上に落ち着けてみた。

やはりキュヴィエは解剖の天才だ。二百年前のこの才人は、ときに、動物の心臓の〝進化〟を美し過ぎる絵に遺した。彼の世界観が受け止めたのは、間違いなく〝進化〟だ。にもかかわらず、彼はそれを認めなかった。

「神が創造した宇宙は変化してはならない」

彼は神のもっとも忠実な僕《しもべ》だった。だが、時移り、彼の記載を読み、その学派の描画を凝視しているのは、この僕だ。僕には分かる。解剖学が抉り出す真実が、神と相容れないことを、ダーウィンよりも正確にそして半世紀も前から気づいていたのは、パリのこの天才だ。これだけの精密な絵を描き、これだけの正確な記述を連ねる人物は、自分が発見してしまった真理と当時の人間存在を律していた信仰の矛盾に、きっと畏れ慄いたに違いない。

彼が遺したサメの心臓が、僕のデスクの上で躍っている。サメの体の前方腹側に作られたポケットに、かの宝物は埋まっている。この魚の身体じゅうの血液は、正確に描画されているように、心臓の後ろに聳《そび》え立つ太い左右一対の血管を貫いて、ポケットの中の心臓に還ってくる。後日キュヴィエ管と呼ばれることになるこのサメの血管は、進化の過程で激しく形を変え、場所を移動しながら、いまもヒトの胸の片隅に鎮座しているのだ。

（彼なら……）僕は確信した。（その事実に気がついていたはずだ）

キュヴィエが悩み抜いたに違いないその太い血管の描画が、テキストの行間に収まりよくはまった。軽く腰を浮かせて紙全体を見渡すと、図の縁をマットの上に移し、カッターの刃先で刻んだ。小さく切り取った描画に、いつもの不思議なスプレー糊を吹きかける。財閥系化学企業の名が冠された赤い蓋のスプレーは、僕を満足させるだけの貼りつき具合を見せてくれた。

完成した配布資料の出来栄えを確かめる。たとえ真横に学生が立っていたとしても、感づかれないくらい微かに僕は一人笑みを浮かべた。

サメの心房の膨らみは、そんな僕の頰の震えほどわずかに動いていただけだろうに、キュヴィエの解剖書はその一瞬の時間を切りとって見せてくれる。二百年経ってから、碌でもない自称解剖学者の手で、しかも訳の分からない化学合成糊でもって切り貼りされるとは、パリに生きたこの人類史上最高の解剖学者はよもや思わなかっただろう。

Ａ３のプリントを白い夏空の窓ガラスに透かすと、一人悦に入った。

来週から合計二十一時間の集中講義が始まる。月火水の三日間、朝九時から夕方五時半まで、非常勤講師遠藤秀紀の夏休み前の恒例行事だ。「多様性比較解剖学」なる、何を教えているのか大学も講師も分からないような悩ましいタイトルで事は始まる。そもそも形態学を、学期が終わった夏休みの間に、どこぞの非常勤講師に喋らせて終わろうなどというＢ大学が、甘い。甘い大学に甘い教授では世も末だから、ここは僕のやり方で楽しませてもらう。

毎年、合計二十一枚のプリントのどこかの面積を、キュヴィエの心臓が占める。今年はそれが、十四枚目に入った。

「あと七枚」僕は溜息をついた。「この調子で図を貼っていったら、二十一枚までに入りきらない」

ヘッケル[*3]の胎子《たいじ》を入れて、グッドリッチ[*3]の頭蓋《とうがい》の絵を挿む。理研[*4]の分子発生学のデータを図示し、そこにヤーヴィック[*3]のシーラカンスの解剖図を切り貼りし、体腔についての自作の概念図を入れると、二十一枚が瞬く間に終わってしまうだろう。

「あっ！」忘れものに気がついて、独り言を漏らした。「獣の脳の絵が、無い」

後回しにしていた中枢神経の描画を、忘れるところだった。ちょっとだけ頭を抱えたが、ロー[*3]

マーのソフトカバーの復刻版を手に取ると、脳の絵を選び出しにかかった。

「学生による授業評価によると、遠藤講師のプリントの量が若干多くて覚えきれないという意見が四十七％ほどありましたので、今年度は留意ください。本学部が適切と考えるプリントの枚数は一コマあたり一枚ですから、遠藤先生の時間数では二十一枚程度になります」

そう一方的に伝えてきたB大学教務課の塩田課長の顔を思い浮かべて、苦笑した。銀縁眼鏡に青い髭そり跡の課長は、課長席で事務を執りながら、いつも「人生はつまらない」という顔をする。

ローマー自慢のエリマキザルの脳の絵は、この容積三〇ccの器官を鮮やかな小宇宙に飾り上げている。僕はその描画を軽やかな鋏さばきで切り抜いた。解剖学者より寄席の紙切りに向いているという確信をもちながら。

塩田課長のつまらない人生に付き合うわけにもいかないから、構わず二十一枚をオーバーする大量の図を見せて、お子様たちの脳をパンクさせ、授業評価で不可点をもらって、来年は不適格講師にしてもらおう。これほど幸せなことはない。

ギギっと扉の開く音がした。

「ん？」

「こんにちは。殿、暑いですね」

ハンカチで口を押さえながら、戸口に里美さんが立っている。パイナップルの絵のついた白いシャツが似合っている。

「おい、どうした？　日曜日じゃないか？」

僕はカレンダーに目をやった。

「今日は、ハゼの日でしたので」

「あっ、そうか」

「ハゼ」とはボランティアのことだ。わが展示室の案内係である。最初三〇八号室では「ボラ」と略してみたが、神田川の汚水に湧いてくる魚のようで音が悪い。どうせ魚ならウナギでもサメでもシャケでもいいのだが、生憎この博物館には、本物のウナギもサメも出入りしていて、混乱が生じる。もちろんその分野の研究者と一緒にだが。

サメだのウナギだのと言って人違いを起こしても困ると言っているうちに、いつのまにか展示案内係は「ハゼ」に落ち着いた。天皇陛下はこの魚の研究者だが、ここに毎日来られることはないだろうから、混同はしないだろう。

名前がボラでなくなっても、ハゼの仕事はもちろん無償のままだ。里美さんは、週末になるとハゼをやる。そもそもこのボラならぬハゼを釣り上げて研究室に置いたのは、僕の仕業だ。

「まあ、急いでなかったら、福井の買ってきたビン・ラディン・ドリンクでも飲んでけ」

里美さんのカップに怪しい粉を入れようとすると、私が美味しい紅茶を淹れましょうと言って止めに入った。確かに、あのおっちょこちょいがパキスタンとアフガニスタンの境目あたりから持ち帰ったコーヒーを自称するこの粉末は、見た目はただの鍋の焦げ滓だ。

台所のことは里美さんに任せたほうが無難だった。

「ハゼの現場に、行かなくていいのか？」

「はい、今日は午後からなんです」

大きな緑色の目覚まし時計を見た。十時二十五分だった。

いっそのこと、これ頼めるかなと、彼女の力を借りてプリントを作り上げることにした。バイト代を払うよと言うと、本気で遠慮された。

里美さんは渡された出来かけの二十一枚をぱらぱらとめくり、ふと手を止めた。

「これ、美しいですね」

十四枚目だった。

「うん、昔の人が描いたサメの心臓だ」

「いまにも動き出しそうですよ」

スプーンを片手に、感心しきりだ。

「あ、こっち、この脳みそのセット、最初の頁に貼るんですか？」

里美さんは、机上でバラバラに切られたまま、まだ貼られていない図を指差した。

「いや、今回は十八枚目にしてちょうだい」

里美さんがデスク全体を見渡した。

「これ、何度見ても、いけてます」

彼女が手に取ったのは、有名を通り過ぎて手垢に塗れ尽くした脳の小人「ホムンクルス」の絵だ。出典は大昔のものだが、いまでも基本となる理屈の部分は生きている。大脳新皮質のどこが身体のどの部分の感覚や運動を司っているかという、かなり滑稽で、見方を変えると恐怖感を惹き起こす絵だ。

ホムンクルスを使うときは、必ずそのあとに、モンティパイソンに出てきそうな、ヒトラーとスターリンが頭蓋を切り開いて脳を交換しているロンドン発一九四五年の風刺画を載せる。だからどうということもない。絵は美しいか、さもなくば楽しくないといけないのだ。身体の描画をいまどきのただのデジタル情報源と同一視されたら、解剖学は恐ろしくつまらなくなる。

「これも入れないとね」

ヤーヴィックの肺魚の骨の図の切り絵をつまんだ。この図は困ったことに横に長い。A3の紙には収まりが悪すぎだた。

「こうすればいいんでは？」

里美さんが肺魚を九十度時計回りに回転した。

「なるほど、確かにこれはいいかもしれない。だけど……」僕は呟いた「昇竜の半五郎だなあ、これだと」

「なんですか？　それ」

「段四郎演じる遠山の金さんの脇役だよ、ええっとね、遠山桜に対して、脇役の彼の背中には空を向いた竜が彫ってある。工藤堅太郎さんのはまり役ね。その彫り物とこの肺魚が、激似」

里美さんの大きい口が開けっぱなしになった。若い頃から一旦ツボにはまってしまうと笑いが抑えられなかったのだと何度も聞かされた。いまもまだ里美さんは若いと思っていた僕は、いったい彼女は何年前からこうして笑っているのかと自問する。

ちょっと哀れに天空へ昇りかけたオーストラリアの肺魚が十五枚目の左辺に踊り、笑いっぱなしの里美さんと真顔の僕が、それを両側から覗き込んだ。

「うん、いい」

十五枚目にこれを入れて、遠山金四郎の話を挿んだら、講義は最高級品に化けるだろう。

「問題は、これをB大学の子供たちが理解するかどうか、だな」

「大丈夫でしょ、遠山奉行なら、お子ちゃまも知っていますよ。殿」

カップの持ち手に指を絡ませて、そうだなと僕は気を取り直す。

「この波動砲はどうするんですか？」

尋ねる里美さんの指の間に、スズキの鰓《えら》の図が挟まっていた。正面から見れば、確かに波動砲に見えなくもない。

「うん、どうしようか？　波動砲というより、ギリザメス[*5]だな」

「それって、天本英世さんが変身するはずだったやつですね？」

僕は大きく頷いた。今日の里美さんはなかなか冴えている。

「これは？」

彼女の指先には、今度はブロードマン[*6]の精緻な脳の図が寂しそうに待っていた。

「シンナーマン[*7]の脳味噌」

「放送できないやつですね？」

「そう！」

特撮もSFも、僕の頭の中では遺体解剖と交錯している。定量的に要素還元してしまったら一瞬にして面白みを失う形の世界は、非現実の映像表現とまったく同じものだ。その解剖にも特撮にも縁の無かった里美さんだが、わずかな時間で少なくとも後者には喰い付いてくるようになった。英会話だのコンピューターだのがこなせる人間は、高給を払えばいくらでもいるだろう。だが、ブロードマンを見てシンナーマンを語ることのできるそのセンスこそ、熱い表現を大切にするわが遺体科学の宝だ。三〇八に必要な人材とは彼女のような人物なのだ。

「これはなんですか？」

「クチビルゲ[*8]だよ、クチビルゲ」

「それ、分かりません」

「うん、今度勉強しよう」

里美さんの手には、アンコウの顎の骨格が一枚にまとまった自慢の絵が微笑んでいた。

コピーから一群の絵をどんどん切り離していく。僕が紙切りに勤しみ、背を向けた里美さんがシューシューと、魔法の糊を吹く。小一時間もすれば、プリントが完成するだろう。

「何枚になるかね？　最後に」

「たぶん、二十六、いえ……二十七枚、ですね。二十七枚目はたぶん、余白がたくさんあります」

塩田課長の不愉快そうな顔が即座に僕の脳に現れ、クモ膜の直下あたりにこびり付いた。このあと聞かされるかもしれない課長の嫌味にホムンクルスも卒倒しそうだ。

「切り抜いた絵は、全部で何点になると思う？」

「うーんっと」里美さんが考え込んだ。「二百五十くらいですか？」

「いや、いま二百九十九点だ。もはやプロの紙切りだねえ、あたしは」

「すごい」里美さんが目を丸くした。

「『藤娘っ！』てとこだな」

里美さんが頭を振った。

「『ゴリラの脳味噌っ！』って感じですよ、やっぱり」

僕は吹き出した。

「でも、あと一枚で、キリがいいですねえ」

里美さんの言葉に、僕は思案した。二十七枚の紙に二百九十九枚の解剖図。これほどにたくさんの解剖図が見られるなんて、B大学のカリキュラムの片隅に隠れるわが「多様性比較解剖学」を受講してしまった若者たちは、間違いなく幸せ者だ。

（ひょっとして、あの大学からでも、私からキュヴィエの話を聞いて、解剖を本気でやってみたいという学生が現れるかも……）

窓から真っ白な光が注いでいる。素敵な休日の空に、僕はほくそ笑んだ。

「里美さん、ちょっと、これ、お願い」

「なんですか？」

「最後の、二十七枚目の余白にこれを入れてほしいんだ。これでちょうど、三百点目、だな」

僕は、分厚い真っ赤なファイルを手に取ると、最後の頁に挟まっている写真を取り出し、里美さんに手渡した。黄ばんだ印画紙に目をやると、里美さんは微笑んだ。

「おじさんの銅像と……。あっ、像と並んで写っている人、殿でしょ？　若いけど」

「うん。二十代の僕。パリだね。古い植物園の端っこで、おじさんと一緒に、セルフタイマーで撮ったんだ」

「へえ、きれいな場所ですね。殿、すごく若い。で、この像のおじさんは何者ですか？」

笑いながら僕は、プリントの十四枚目を探し出すと、サメの心臓の絵を指差した。そして、緑青を吹きながら僕の隣で写真に収まっている天才の生涯を、のんびりと喋り始めた。

注釈

1 **ジョルジュ・キュヴィエ**　一八〇〇年前後に活躍したフランスの比較解剖学者。キリスト教神学の時代でありながら、大量の標本収蔵と精緻な解剖を進め、地質学にも精通。この時代のナチュラルヒストリーと解剖学の最高水準を極めた人物である。神学を崇拝し、進化に気づくことのなかった学者とされるが、精密な仕事ぶりを見る限り、凡庸な創造論者の一人に数えるには忍びなく、本人は心の内では生物が進化することに気がついていたはずだと、僕は推論している。

2 **ギヨタン**　提案者ジョゼフ・ギヨタンの名をとって、断頭台を指す。いわゆるギロチン。

3 **ヘッケル、グッドリッチ、ヤーヴィック、ローマー**　いずれも相当する時代の解剖学・形態学の第一人者といえる。前二者は発生学の研究で名高い。ヤービックは魚類の上陸に関する解剖学的研究の推進者であり、ローマーは脊椎動物比較解剖学の権威として知られる。

4 **理研**　わかめスープで世の主婦に知られる会社のことではない。ここでは、独立行政法人の理化学研究所を指す。大正期に財団法人として発足。埼玉県和光市に本拠を置いている。戦時中の核開発で有名だが、物理学、化学、生物学など多岐にわたる総合研究所で、いわゆる国策研究の推進装置として手厚く育てられてきたといわれる。

5 **ギリザメス**　『仮面ライダー』に登場した悪役怪人。天本英世氏扮する死神博士の正体となるはずであったが、ストーリーに変更が生じ、数多ある怪人の一体として登場するに終わった。

6 **ブロードマンの脳の図**　大脳新皮質の構築を解剖学的に区分して、それを地図として表したもの。ヒトで五十以上に分けられた野（領域）は、大脳の機能の局在と関連付けて語られる。二十世紀初頭の古典的解剖学の足跡である。

7 **シンナーマン**　特撮ヒーロー物『サンダーマスク』に登場した悪役。当時社会問題となったシンナー中毒を扱った巻きであったが、露骨な描写が物議を醸した。複雑な権利関係が原因とされるが、二十六話からなる番組全体が放送もソフト化もされなくなっている。

8 **クチビルゲ**　さいとう・たかをの手によるテレビ作品『超人バロム・1』に登場する悪役の一体。巨大な唇を模した醜い外貌が人気。

12　摩天楼の月

月がきれいだ。

高層ビルの窓越しに見る月は、地面からほんの二百メートルくらいしか空に近づいていないだろうに、指先で触れられそうなくらいに大きい。それは本当は天のごく一部でしかないはずだが、まるで宇宙全体を引き連れているかのように、巨大だ。空の球からあふれ出しそうなその月は、しかも、今晩、三日月だ。

硬めの白絵の具を面相筆でこすったような夜空の弧の両側に、冷え冷えとしたコンクリートの塊が二つ、突出している。左の、この角度から見て最後まで長方形のはバベル、右の、頂部が空を突き刺すように尖っているのがエッフェルだ。

そう呼ぶことに決めてから、時計の長い針が一回半回った。最初に紙コップの緑茶が出たときで、正確には八十八分と五十二秒前だ。いま底冷えに冷たい光を放つ三日月は、真正面右二十四

度くらい傾いた方向からガラス面を透かして、僕の目を釘付けにしている。そう、エッフェルの左上に昇った月は、きっと、エッフェルの先端と、僕が映るとあるガラス窓を、あの場所から見比べているはずだ。

さっきから薄いガーゼを広げたような黒灰色の薄雲が、エッフェルの傍らで揺れている。ガーゼの端は、エッフェルから七十三ミリくらい右上まで到達していた。空の右から、ガーゼは時間をかけながら、少しずつエッフェルの背後に進もうとしていた。

僕にはひとつだけ楽しみなことがあった。

「あのガーゼが、月を包んだら……」僕は、夜空の薄雲が、氷より冷たい月光の白に射抜かれるときの、一瞬輝く山吹色を目の奥に感じた。「熱く見えるんだろうな、あの月」

僕は自宅の四畳半を思い出していた。

「おとうさん、んとね、ふたつ、いってみたいところが、ある」

幼稚園に入ったばかりの娘が、そう僕に話しかけてきたことがあった。

「どことどこだ?」

「んとね、『おっきいまいちゃ』」

夜空を見上げながら、娘は精いっぱいの大声で答えた。闇には、右上が少しだけ欠けた月が薄雲を透かして、ぼんやりと浮かんでいる。娘の行きたい場所の一番手が「お月さま」であることを理解するのに、ちょっと時間がかかった。

スペースシャトルから大きな顔の動画を送ってきたいつかのマイペースな日本人女飛行士が思い出されて、軽い眩暈を感じつつも、娘を見て頷いた。

「そりゃあいい。いつか、また人間が行くようになるかもしれないからね」

娘が笑っている。

「で、もう一か所は？」

僕は、自宅から歩いて五分のファミリーレストランの屋号を聞かされて、今度は戸惑った。三歳の子供でさえ、すでに理想と現実を使い分け始めているのかもしれない。

人々が座っているのは、超高層ビルの会議室。その町の天空には、ふんわり浮かぶおっきいまいちゃ。そして、下界では、さっきからずっと、おじさんがひとりで熱弁を振るっている。

「一人、二人、三人、四人……」

緑地課長から数えて六人目の、観光局長の右隣りで熱く唾を飛ばしているおじさん。正確には分からないが、たぶん鼻の孔から湯気が噴いているように、遠目からは見える。

「動物園というのは大学の学者先生が言うように、教育だとか研究だとか、難しい場所じゃないんですよ。お金儲けてなんぼの、商業施設なんですよ。竹中平蔵先生の論議を待つまでもなく、行政が教育と称してやってきたもろもろのことは、これからは収支で成否の決まるサービス産業なんです。だから動物園には小難しい学者先生の話よりも……」

僕はずっと月を眺めていた。

「真っ白だ」

極細の隙間のような月光は、混じり気ない漆黒の空を切り裂いて、真っ白なまま瞳の数だけ地上に届く。

中国人だかプトレマイオスだかインド人だか忘れたが、確か昔の人が考えたという空の仕組みだ。空はもともと限りなく漂う黒い膜。大きな穴が満月で、小さなピンホールの集合が、無数の星々。たまに巡ってくる天幕の裂け目が、三日月だった。

「ん？　そういえば」僕は古代人の話を思いだそうとしたが、どうしても諳んじることができない。「孔開き天幕を思いついた昔の人たちにとって、昼間の空は、いったい、なんでできていたっけ？」

「たとえば私の郷里にあるK動物園は、町全体で動物園のテーマパーク化を図り、倒産寸前から立ち上がったんですわ。まるでNHKの、かつてのあの『プロジェクトX』を髣髴とさせるような、経営の再生ですよ。もちろん地元の代議士さんも町長も、町内の主婦の会から子供会まで協力してくれて。学問の難しい話は一切なし。ユーザーにとって楽しければいい、という明確なコンセプトですね、それが成功の秘訣なんですよ……」

エッフェルとバベルの間に、頭の中で物差しを当ててみた。最初は、透明のプラスティックに青文字でセンチメートルの数字が刻印された、生協で一一五円で売っている定規を当てた。だが、うまく目盛りが合わない。よく見ると、定規の縁が直線になっていない。

「おい、だからさ、その定規でカッターナイフを使うな。刃が食い込んで、定規が切れちゃう。第一、プラスティックの物差しは正確じゃないんだ。夏は……」

里美さんに定規の使い方の注文をつける。きっと普段何もうるさく言わないからだろう。にこっと笑った里美さんが珍しく僕を遮る。

「夏はプラスチックが伸びて、長さが狂っちゃうんですよね、殿」

そうだ、温度で伸びてしまう定規はやめて、ステンレスのノギスにしよう。バベルに向けて、今度はミツトヨ[*1]のノギスを取り出してみた。あのオレンジ色の箱から発泡スチロールの内箱を引き抜いて、そっと蓋を開ければブルーの特製の袋に包まれた六百ミリのノギスが顔を出す。

「これ一本あれば、解剖学者はご機嫌だ。誰だって天下が獲れるぞ。キリンもウマもシロサイも、これがあれば骨の長さは測れるんだ」

そう福井や原野や田辺さんに教えている、現代の如意棒。秋葉原の工具屋のお兄さんから、発注に念を押された六百ミリの金属の塊だ。

「ほんとに、これ、ですか？　お客さん。滅多に買う人、いないですよ」

滅多に買う人のいないその光り輝くステンレスの顎を、バベルの縁に添わせる。そっと垂線を目に浮かべ、如意棒を水平に保つ。六百ミリのステンレス棒の重力が、左腕にのしかかる。右手の親指で顎を開く。三日月がノギスの顎の背後に一瞬隠れる。開いた顎をそのまま、エッフェルの、今度は左辺に当てる。艶消し処理を施されたノギスのステンレスが、星明かりを反射して、鈍く僕を照らす。

「二五一・二三二」

数字を読んで、紙片に書き込む。明日は三〇八号室の連中に、夜の空の大きさだって測ることができるんだと、自慢してみようか。

「休日にお金を払って動物園を親子が見に来る。そこでは心を込めたサービスを尽くす。いまの動物園の入園料はいくらですか？　六百円ですか？　お役所仕事してますよねえ、皆さん。経営にまったく関心のない自治体の方々。そんなケチくさいことはやめて、二千五百円払わせればいいのですよ。多少客が減ったって、金持ちのための動物園を作るくらいの勢いでやらないと、動物園は潰れてしまいますよ。商いを知らない公務員ってやつらはまったく、安物を売って客に恨まれて……」

鼻の孔の大きなおじさんが、掌を広げて台詞に合わせて動かしている。ラオスの中国国境沿いの村で見た〝なんとかダンス〟で、土地のお嬢さんが見せてくれる手の動きにそっくりだ。だが、おじさん自慢の鼻が目に入るだけで、民族舞踊も形無しになる。

おじさんが会議の前に渡してくれた名刺をちらっと見た。名前ではなく肩書きの部分だ。

「A電鉄株式会社常務　観光事業担当」

インドシナ半島の怪しいダンサーかと思ったら、ちゃんと資本主義にのっとった立派な肩書きだった。実に計算は簡単だ。二千五百から六百を引いた数に、客の頭の数を掛け算したりすると、このおじさんの人生の答えはすべて得られる。

「動物園の一番の仕事は、整った施設に人気のある動物を集めてきて見せることですよ。学者さんたちのいう基礎研究とか、エンリッチとかというのは、どうぞ他でやってもらえばいいわけですから。大学でおやりになればいいんですよ。動物園に研究とかエンリッチとか、持ち込まれても困るんですよ。動物園はサービス業なんですから、コスト計算をして、お客さんへの心地よいサービスを。あとは、宣伝は広告代理店に委託すれば上手にやってくれますよ。N社なんてほれぼれするようなキャッチコピーをいくつも持ってくるでしょう。それに、科学面、社会面の新聞記者と日曜日夕方のテレビのディレクター。連中は週末に動物園の人気者を報道すれば立場が安泰であることを知っていますから、苦労してそれこそ動物の基礎研究の動向や社会教育の難しい理念なんて取材しやあしない。園が人気者動物をデビューさせて彼らに売り込めば、日曜日のニュース枠はもはやこっちのものでして……」

「月も、眠いだろうな」

二つの摩天楼の間に、あたかも固定されていたかのような三日月が、ちょっとだけエッフェルの側に位置をずらしたような気がした。ハノイの街でベトナム語を一方的にまくし立てられた日本人観光客が、少し微笑みながら傾げていく頸の骨の角度のようだ。

隠れてひとつ欠伸を流した。

そのときだ。

「来たっ！」眠気を振り払いつつ、喉のとば口で叫んでいた。「薄雲のガーゼが」

エッフェルの少しばかり裏を通って、微かな雲が、白い月光に戯れのヴェールをかけはじめた。

「……これが私の意見です。自治体の方々や大学で難しいことを考える教授先生に、企業人の価値観が通じるかどうか分かりませんが……」

三日月の一番下から、人差し指をエッフェルの尖塔の肩まで移動する。

かの古《いにしえ》の国の神話のように、毛虫が穿った天幕がエッフェルの背景で揺れ、そのずっと手前の、手が届くほどしか離れていない空気の隙間で、薄雲のガーゼが融け始めた。半分隠された月光の白は、絵の具の山吹色をちょっとだけ混ぜながら、画家が遊ぶパレットのように未熟な色づけを残していく。夜空が、そこだけ暖かくなり、そして、熱をもった。温まり始めた三日月の接線が地面に水平になるあたりを、僕は人指し指でつついて、昇りゆく天の温度を受け止める。

そのとき、おじさんよりさらに甲高い声が耳に入ってきた。会議の設定や進行を背負っている、企画課長の声だ。

「何か、ご意見はございますでしょうか？　鉄道会社の経営に携わっておられたN専務から、貴重なご意見を頂きましたが……」

もう一度エッフェルの尖塔の肩を指で撫でると、すっかり温かみを帯びた月光に、僕は別れを告げることにした。

僕は手を挙げた。

「会議、終わりにしませんか?」

全員が僕を見た。鼻の大きなおじさんも、こちらを見ている。

「僕の意見は、もう書面にして届けてありますから。その要点は、課長さんが机上に配ってくださっています。それ以上のことは、何もありません」

そもそも鼻の大きな電鉄おじさんを説得して、彼の人生の曲がり角を設定してあげる親切な会議ではない。金儲けにだけ命をかけてきた経営者と、教育を市場原理にけっして委ねない学者の両論が併記されれば、この会は公的には機能を終える。

「ところで、おっきいま……」

僕はすぐに言い直した。

「ところで、月に気づかれましたか? みなさん? あそこの……」

立ち上がると、エッフェルを撫でまわしていた指先を、三日月にかざす。雲のガーゼで覆われた月光が、じんわりと熱を返してくれる。ガラス越しに照らされた指は、次第に火傷しそうに熱くなる。

会議場の人々が、僕の指を頼りに、ある人は窓を探し、ある人は身をかがめてガラス窓を覗き込んだ。

「きれいでしょう?」

会議室がざわついた。僕は、会議室が静かになるまで、きっかり九秒待った。

「会議を開くより、今度はみんなで月を見ましょう。もっといいアイデアがみんなの頭に浮かぶと思います」

観光局長と企画課長がこちらに向かって白い歯を見せるのが目に入った。企画課長に一瞥をくれると、まだあと九分二十一秒は熱くなっているであろう月を、もう一度見やった。

一月二十三日

注釈

1 **ミツトヨ** 日本のノギスの代表的メーカー。

13

戦場《いくさば》の友

解剖室の窓から理学部の植物の温室が微かに赤黄色に染まって見えた。陽炎との別れを惜しむかのように残暑が叫びをあげる頃、懐徳館も赤門も安田講堂も、ほんの一週間くらい、柑橘類のしぼり汁に浸かったようになる。

「困ったよなあ」

呟きながらエアコンのリモコンに表示される温度を、もう一度確認した。意味のないことと承知しながら、「下げる」のボタンを連打する。ピピピピと呼応するエアコンも、もう職務に飽きているように見えた。

「先生、室温、下がりませんね」

「やっぱり駄目か」

二台あるエアコンの一台が取り外されてしまった。「人類の諸課題に対応した、地球環境の持

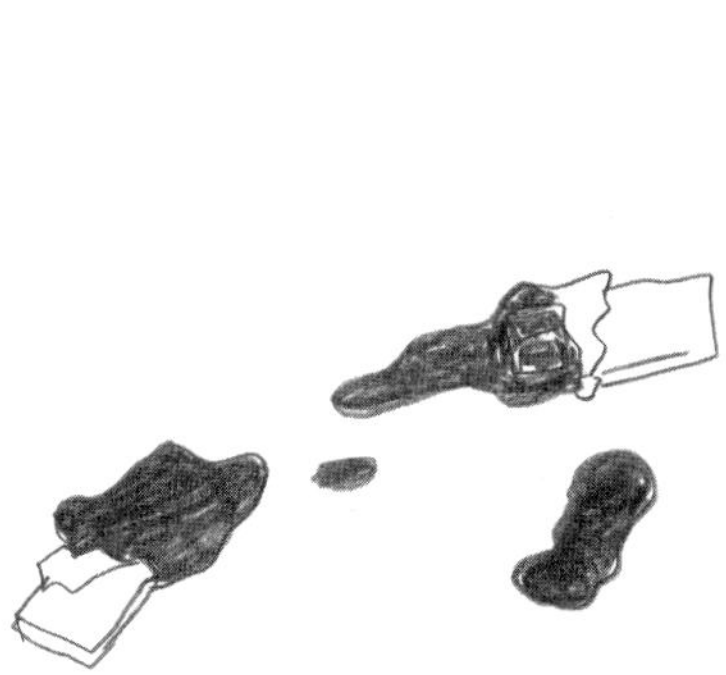

続的利用のためのイニシアティブ」とかいう〝プロジェクトチーム〟が、大学法人のどこかにできて、腕を振るっているらしい。ルールを作って守ることとしかしない情報創生部の所業だ。これに抵触したわがサンヨーの安物エアコンは、取り外し廃棄備品のリストに入ってしまったのだ。

百歩譲って愛すべきわがサンヨー君が戦死したとしても、その翌日には持続的人類の諸課題嬢がこの天井に設置されていなければ、この暑さでは仕事にならない。だが、サンヨー君の何倍ものお金を工事屋さんに払った挙句、嫁に来る持続的人類の諸課題嬢は、しおらしく白無垢をまとってやってくるタイプではなさそうだ。民間企業のトップダウンの悪いところをそのまま真似して、施設や建物の工事カレンダーは、現場と直接関係ない経営管理系のマイペースによって組み立てられている。泥水を啜って生きる前線の兵士の気持ちなど、会議室の輩に理解できるはずがない。そういう会議室を濫造したのが、法人化大学のひとつの結末だ。

「サンヨー君の代わりの〝持続嬢〟がやってくるまで、十日かかるんだ」

「この暑いのに、大変ですよね」

手拭いで汗を拭き絞った僕は、一台だけ生き残った古ぼけたエアコンが、現在温度三十一度と表示するのを、呆けた頭で霞め見た。

部屋には、さすがに紺の上着は脱いでいるものの、いつものようにエンジのネクタイをピシッと締めた小平さんがかがんでいる。有限会社小平理化学の社長だ。社長といっても小平理化学の社員は他に見たことがない。昼間電話すると、外回りの社長に代わって、だいぶ日本語の怪しいベリャさんが出る。フィリピンからはるばるやって来た彼女はたぶんアルバイトだ。

　小平さんは最近納品してくれたミクロトームを、不安げに眺めた。

「大丈夫ですかね？　滑走面自体は十分によく整っていると思いますが」

「眺めていてもしょうがないから、切ってみよう。宮本武蔵は竹刀でも人を斬れるはずだ」

「先生。源田実[*1]によれば、零戦二十一型があれば、得意の旋回戦で、熟練搭乗員はＢ29も屠れると」

　僕は大声で笑った。小平さんは実に腰の低い営業のプロだが、僕が戦闘機好きであることに気づいてからは、この手の話題には、営業の立場を忘れていい合の手を入れてくれる。

　博物館の解剖室は、闘いの最前線だ。昭和四十年代の粗悪なコンクリートで固められたなんの変哲もないこの部屋で、キリンの頭ともキツネの胴体ともナマケモノの背中ともオオコウモリの翼とも、対決してきた。もともとの部屋が大きな動物を解剖する設計になっていないから、とにかく狭い。生コン打ちっぱなしの床面に古新聞を敷き、貧弱な琺瑯の流し台を頼りに解剖を続ける。部屋に持ち込める丸ごとの死体は、どんなに大きくても百キロのイノシシまでだろう。部屋の機能不足は明らかだった。

　だが、今日の相手なら、この解剖室にお似合いかもしれない。何せ、小さいのだ。

　ミクロトームの滑走部分にもう一度油をひいた。この装置は見た目はごついが原理は簡単だ。緩やかに傾斜のついた面に、薄く切るべき動物の組織が蠟（パラフィン）に固められて載っている。螺子山の微細な回転を使ってこの蠟の塊をわずかに前後させると、傾斜に応じて、蠟がたとえば三マイクロメーターずつせり上がる。千分の三ミリだ。そこに滑走面上に置かれたステンレスの刃が走ってくるから、動物の組織は三マイクロメーターの薄さで連続して切り取られることになる。切り取られた薄片をスライドグラスに載せれば、顕微鏡用の標本が出来上がるのだ。

いま蠟に固められているのは、アルコール系の溶液で処理された二十日鼠《マウス》の胎子《たいじ》だ。交尾後十日とちょっと経った段階で、母親から取り出した。アルコールで固めて、顕微鏡レベルの水準で微細な形を保存してある。それを最終的に、特殊な蠟に埋め、薄く切れるように加工を施してあった。

この鼠は知られているように二十日か二十一日くらいで生まれてくる動物だから、今日のは妊娠ほぼ半ばの胎子だ。その一センチに満たない身体を、ミクロトームはサクサクと切っていく。

「先生、ご覧になりたいのは心臓だったと思うのですが、大きさはどのくらいなのですか?」

「うん、心臓自体は大きい。この妊娠日齢だと胎子が煙草の直径より少し痩せているくらいにはなっているから。だけど……」

小平さんがこちらを向いた。

「今日見なきゃいけないのは、キュヴィエ管という、心臓のちょっと後ろの、血管だ」

「キュビー……なんですか、それは?」

「ジョルジュ・キュヴィエ。フランスの二百年前の解剖学者だ。進化論より前の人間だから、神様と聖書を信じながら、ありとあらゆる動物を解剖したとされている。とくに心臓の解剖には熱心で、分厚い本を書いている」

東大の図書館にあった、キリストの慈悲をも凌駕する感のあるキュヴィエの名著、『ルッソ[*2]ン・ダナトミ・コンパレ』を初めて手にしたときの、あの震えを思い出した。フランス語の一語一語、図の一枚一枚が、鬼神のごとき観察眼で表現されている。

「二十歳の頃、キュヴィエの本を読んでね。あたしはこの男にはかなわないと感じたんですよ」

「学者さんには、いろいろな出会いがあるものなのですね」

あの日『ルッソン・ダナトミ・コンパレ』の、フランス綴じに製本されてそのままでは開かない頁の縁を、親切な司書さんから借りた竹の定規で一枚ずつ切り開いて貪り読んだ。ずいぶん経ってから、実験生理学と分子生物学に浮かれて古典を眺めることもしてこなかった教授連が、東大でこの名著の頁を誰ひとりとして開いたことがない証拠を、自分でつかんでいたことに気がついたのだが。

ティッシュペーパーと指先で機械油を滑走部に広げ終わると、慎重にステンレスの刃先と胎子の高さを合わせていく。

「カック、カック、カック……」

螺子でパラフィンのブロックを送り出すときに、逆戻りを防ぐ金属の爪が作動するときの音だ。病理学や組織学など顕微鏡で観察を繰り返すちょっと地味な研究室では、よく、日がな一日、この音が聞こえている。

「カック、カック、カック……」

試しに二十枚切ると、蠟のブロックの断面が安定してきた。滑走装置に換え刃を装塡し、さらに何枚か切る。ブロックの断面は、信長が掃き清めさせた安土の城の回廊のように平滑だ。もう何枚か切り捨てると、断面が光を斜めに反射する位置に自分の目を移動して、蠟の塊に囚われた胎子を凝視した。

僕は小平さんを手招きした。

「ちょっとここから見てみて。何が見える？」

おずおずと進み出た小平さんは、まるで初めて月面の景観を見る飛行士のように、恐る恐るおよそ十ミリ角の蠟の断面を斜《はす》に見た。

「私にはまったく分かりませんが、なんだかパックマンのようなものが……」

「あんた、何年生まれ？」

「ええっと、昭和四十三年です」

僕は思わずくすっと笑った。

「万博は知らないけれど、パックマンなら分かるか」

「いや、沖縄海洋博は父親に連れられて……」

「万博といえば、大阪に決まっている。ソ連館にお化けが出るやつだ」

今度は笑いもせずに、続けた。

「パックマンというか、達磨さんに見えないか」

「ええ、先生、見えます。こちらから見て右上が達磨の頭」

「その通り」

僕はまるで中学生に個体発生を教えるときのように、胎子の横断面の見方を講義していく。小平さんは、それこそ生徒のように熱心に聞き入っている。

「カック、カック、カック、カック……」

「いまから一枚拾うからな」

濡らしたケント紙の欠片を左手に、滑走装置を右手で操作して、千分の三ミリに切り出されてくる薄片を拾う。

「チッ」

生徒の前で教師は大袈裟に悪態をついた。室温が高過ぎて、薄い切片が切り取れない。切り出されてきたのは、十五マイクロはありそうな分厚い蠟の破片だった。

「先生、やっぱり部屋の温度ですね。問題は」

「そうだなあ」

もはや熱風をかき回す役割しか果たさないサンヨー君の元相方が、擦れた唸りをあげている。

「この蠟、融点四十二度ですから。限界かもしれません」

「うん、あとちょっとで、融け出す感じだ」

小平さんはカタログを駆使して見つけ出した特殊パラフィンのパッケージを読んでいる。厚いボール紙を貼り合わせただけの牛乳パックのような箱に、紺バックに白抜き文字で融点の性能諸元が書いてあった。名にし負うドイツ製の低融点包埋剤《ほうまいざい》というやつだ。

いま探し求めるキュヴィエ管には、とある熱に弱い蛋白質が存在する。これからその蛋白質を、抗体という、その蛋白質としか結合しない試薬で識別する仕事が待っている。抗体が識別さえしてくれれば、顕微鏡の下でそれを発色させて、問題の蛋白質の在り処を目で見分けることができる。見つけなければならない相手が熱に弱いので、融かして胎子を埋め込むときに、普通に使われている融点五十八度くらいのパラフィンを使ってしまったら、目指す物質が破壊されて、抗体と反応しなくなり発色させることができない。

比較的低い温度で動物の組織を固めるいくつかの術は、いずれにせよ確立しなければならなかった。だいぶ前に手法を悶々と考えていたときのこと、昆虫屋の荻元が、「拷問ショーとかの蠟燭が低温で融けるって」と口を挟んできた。「四十度くらいがいいんだが」と問うと、荻元も実際にはやったことがないのでその手の蠟のスペックは分からない、という。

こうなると頼みの綱は小平さんだ。早速、低融点のいい包埋剤はないか、昔の小難しい論文に載っているやつでも、SMクラブの小道具でも、どっちでもいいんだがと話すと、顔色ひとつ変えずに「おそらくSMの玩具よりもっといいのがあります。どちらが安いか分かりませんが。理研の古溝先生がご愛用のドイツの低融点パラフィンが、使えます」と言う。あの人に評判のいい物なら間違いない製品だななどと話して、かくして納品されてきたのが、この魔法の蠟だ。納められたのは二か月も前のことだった。

ブラインドの隙間から窓の外の景色が目に入った。ガラス板で囲まれた古ぼけた温室が、橙色のヴェールをまとっている。

「そいつを持ってきてくれたときに、すぐ試せばよかった。まだ外がもっと緑で、もちろんサンヨー君も元気良かった」

僕は顎をしゃくって窓のほうを示した。

「……いえいえ仕方ないです。先生方はお忙しいですから」

額の汗をもう一度拭った。

「うまく切れたあげく、蛋白が生きていれば、勝ちだな」

「融点四十二度ですから。大丈夫ですよ」

小平さんを見て同意した。今日は何が起こっても、二人揃って融点四十二度のせいにしよう。四十度ちょっとで融ける特殊な蠟に胎子を固めれば、大事な蛋白質は壊れない。ただ問題は、固めたあとで室温が上がると、蠟で固めた胎子全体が軟らかくなってしまうことだった。千分の三ミリに薄切《はくせつ》しようかという作業のときに、切る相手の蠟ブロックが少しでも軟らかいと、ミクロトームの刃の圧力でブロック全体が変形し、薄く平滑に切ることができないのだった。

アイスクリームに付いてくる蓄冷剤のパックを使って、胎子の周辺を冷やすことにした。熱病人の額のように、蠟ブロックの周囲にアイスクリームのおまけが三つばかり積まれた。多少お金のある研究室なら、冷却装置のついたミクロトームを持っていることは珍しくない。だがこの遺体科学研究室は適当に貧乏だ。

「アメ横で真夏に五枚千円の板チョコを買ったときのことを思い出したよ」

「融けてしまいましたか?」

「うん、下谷の実家まで歩いていく間に、買い物袋の中が日曜洋画劇場の『人喰いアメーバの恐怖』[*3]になった」

昭和四十年代製の二人が、目を見合わせて笑った。

三つの蓄冷剤に揃って結露が始まるのを、僕はじっと見つめた。

「研究は、学者だけがやるものじゃないんだ」

小平さんが真顔になった。

「先生、私たち営業は、こうやって先生方と一緒に、発見の現場をつくっていけるのが、何より嬉しいです」

「うん、こっちもだ。相変わらず貧乏で、そちらには儲けにならないだろうが」

「いいえいいえ。この特殊蠟で、先生の仕事が完成するなら、最高です」

「ま、研究は実際には戦《いくさ》だ。あんたたちに助けられて、やっと勝機が見出せる。あたしらは戦を独りで闘っているわけじゃあ、ない」

「ありがとうございます」

首を縦に振りながら、蓄冷剤を外すと、もう一度ミクロトームを滑らせた。

「カック、カック、カック……」

一枚二枚と、切片が切り出されてくる。どうしても安定した薄さにならないが、試しに僕はそれを一枚取ると、濡らしたケント紙に貼りつけた。フッと息を吹きかけると、小さく丸まった薄片がきれいに広がる。それをケント紙ごと水を張った洗面器に浸すと、薄片だけが水面に浮かぶ。それをスライドグラスに引き上げればよかった。

拾い上げたスライドグラスをアクリル製の容器に入れて、真空ポンプの電源スイッチを入れる。

「トコトコトコトコ」

コンプレッサーの頼りない連続音が響いた。

「このポンプ、使い勝手、どうですか?」

悪くないと答えた。

解剖室には建物の貧しさを素敵に飾ってくれる怪しい器械や物品が並んでいる。シャチも運べる木製連結台車。出来かけの仏壇を壊して作ったグローブボックス。発破士がダイナマイトを入れていた木箱が化けた刃物入れ。華岡青洲もびっくりの、ウエスで作ったゾウの死体用靴下……。

みんなわが遺体科学研究室にやってくる人々が置いていった、苦心が詰まった道具たちだ。

そして、小平さんもこの解剖室をつくるのに一肌脱いでくれている。この安物のアクリル脱気槽と、どう見ても真空に近づきそうもないトコトコ揺れる〝真空ポンプ〟は、彼が探し出した安価な機材のコンビネーションだ。松戸のホームセンターで見かけた金魚鉢のポンプより、こいつのほうが安い。それでもこれで三、四分脱気すると、スライドグラスが見た目には乾く。

脱気容器からスライドグラスを取り出して、切片を確認した。小平さんの視線を背に受けながら、スライドグラスを顕微鏡の脇にある有機溶媒に縦に突っ込み、さらに水で洗うと、青い染色液にどっぷりと浸けた。

「試しの染色だよ」

「先生、それで、見えるんですか」

「ああ、心臓やら脳やら、あらかたのものは、分かる」

染色液から引き上げたスライドグラスを水で洗い、濡れたまま、小さな顕微鏡で覗きこんだ。

「先生、どうですか?」

僕は唇を噛みしめた。

「うん、もう心臓のすぐ後ろの領域まで切ってしまっている。あとちょっとでキュヴィエ管が始まっちゃう」

僕は舌を打った。

「しかも、悲しいことに、切断面が体軸に完全に垂直じゃあない」

「どうにかなりますかね？」

「うん、角度はいまから直せると思う。問題は……」

僕は天井を指差した。

「やっぱり温度だな、部屋の」

僕は慎重にブロックの角度を変えると、できるだけ薄片を無駄にしないように平滑な面を削り出しながら、ブロックを胎子の体軸に垂直な角度に補正した。もうキュヴィエ管まで、千分の三十ミリもないだろう。薄片を十枚から十五枚取るだけで、キュヴィエ管を含んだ薄片をすべて消費してしまう。

顕微鏡のレンズから目を外すと、傍らに置いてある『パッテンの発生学』を小平さんに無言で渡す。動物の赤ん坊をたくさん図にしたこの古典的教科書には、身体にいくつかの節ができてきた段階のブタの初期の胎子の絵が、きれいに印刷されていた。

「その図の赤ペンで矢印付けたところが、キュヴィエ管だよ」

蓄冷剤を並べ直し、僕は最後のチャンスにかけた。

しばらくパッテンを眺めていた小平さんが、話し始める。

「よく分からないのですが、心臓の左に……」

「いや、それは後ろだ」

「……う、後ろに……そうか、対になっているのですね？　二本一対で立ちあがった血管が、キュ、キュヴィエさんの管なのですね？」
小平さんが開いている頁を見て、指を指した。

「ここにある心臓を胴体に喩えると、ソッピース・キャメル[*4]の主翼の支柱のように斜めに突き出ているのが、キュヴィエ管だ。分かるか、一次大戦のは？」

「ハハハ、いやあまり強くないですけどね。簡単に言うなら、コルセア[*5]の逆ガルウイングというか……」

「うん、そこの医学部三号館[*6]のナンセンスな耐震支柱みたいな、斜めの張り出しだな」

そう言いながら僕はパッテンの本をくるりと回した。

「上下がめちゃくちゃだな。普通は、こっちを上にして見る」

「ははあ」

僕は蓄冷剤を除けると、ちょっとだけ特殊パラフィンの平面を見た。

「冷えたかな？」

自問しながら小平さんを振り返った。

「小平さん、いまからやろう」

「ええ」

「この胎子でキュヴィエ管の内径はざっと二十マイクロだ。その周囲に、目指す蛋白質が散っている」

「先生、質問をしてもよろしいですか？」

「なあにぃ？」

おどけて尋ね返した。

「ひょっとして、それを、そのキュヴィエ管を、縦に、切るんですか」

「ああ」

「……」

「どうかしたか？」

「あのう、ちょっと考えると、かなり無茶にも思えるのですが」

「いや。キュヴィエ管の太さは、赤血球二つ分以上は、ある。そんなに細くない。薄く切れれば、四枚は確実に切片が手に入るはずだ」

「私、どうしましょうか？」

「うん、神に祈っていてくれ。キュヴィエは敬虔なキリスト教信者だ」

小さく切ったケント紙を濡らして左手に挟み、右手で滑走台の上の刃を引き寄せる。

「カック、カック、カック……」

切っては戻し、切っては戻し、水平運動の繰り返しだ。ただこのブロックに関しては、何往復かさせれば、もう勝負は終わっている。すくい取った薄片をケント紙の上に拾い、息を吹いて広げる。

「カック、カック、カッ」

広げた切片を水面に浮かばせて、スライドグラスに受け取っていく。

「カック、カック、カッ」

突然、僕は右手を止めた。

「……」

「どうしたんですか？　先生」

「残っていないよ、もう。キュヴィエ管、ぜんぶ切っちゃった」

僕は切片を張り付けたスライドグラスを板の上に並べ、乾燥器のところへ運んだ。

部屋の隅にある電熱式の乾燥器の扉を開けて、スライドグラスを中に入れる。

「一、二、三、四……」

「九、十、十一、十二、十三。小平さん、全部で十三枚だ」

「この中に入っているといいですね、キュヴィエ管と、周りの蛋白質」

不安そうな小平さんの声だった。

「うん。でもね、悩んでも仕方ないぞ。とにかくここで慌てると駄目なんだ。学会にでも出かけて、一週間くらい間があくといい。学生なんて暇だから、やめろと何回言っても、明後日には抗体の発色を始めちゃう。切片を貼りつけたスライドグラスは、最低でも五日は乾燥させないと、染色中に剥がれちゃう」

乾燥器の扉を閉めると、小平さんを振り返った。

「現場まで見てくれて、嬉しかったよ」

「いいえ、この特別なパラフィンと、あの真空ポンプと、それにミクロトームも、しっかりと活躍しているかどうか、見たかったので」

小平さんの指は、真っ黒い鋳物のミクロトームを指していた。

「ありがとう。この世で一番安いミクロトームと真空ポンプで、世界一の研究ができるってもんだ」

小平さんが低融点蠟の箱を手に微笑んだ。

「SMショーのとどっちが安いか、今度詳細に確認しておきます」

「うん、公費で伝票切るからな。ドイツの理化学屋より歌舞伎町の店のほうが安いって、理由書を一筆つけないとな。財布は科研費[*7]だから、会計の顔が真っ赤に沸騰しそうだ」

僕は建物中に響く声で笑った。小平さんも腹を抱えて呼吸できなくなっている。

「先生、私は小学校以来、こんなに真面目に生物学の授業を受けたことはなかったですよ」

「なかなか面白いもんだろ？」

「ええ、すごく」

「小学校？　……国はどこだ？」

「ええ、松山です。四国の」

「なんだ、三四三航空隊[*8]じゃないか」

「ええ、紫電改、墜[*9]ちぃるグラマン、シコルスキ、シコルスキーのノリですよ」

営業であることを一瞬忘れる小平さんは、それこそ小学生のような瞳を見せる。僕は壁の時計に目をやった。

「……もう四時半だ。喉乾いたろう？　お茶でも飲んでいかないかい？」

「ありがとうございます。でも、これで失礼しますので」

僕は頷いた。

「次の注文は……無いぞ」小平さんが振り返った。「ドイツの蠟を買ったら、もう上半期の研究費が尽きた」

ハンカチで首筋を拭いながら、小平さんが笑っている。僕は部屋の扉を開けた。外の空気は一段と熱を帯びていた。廊下には、まだオレンジ色の光がたっぷりと注いでいた。

九月二日

注釈

1 **源田 実** 日本海軍の航空参謀。太平洋戦争を通じて航空作戦を指揮した。同戦争の特に後半において、航空機とその戦術の技術的革新に対して疎かったと批判されることが多く、日本の航空戦闘を理の欠如した精神論の範疇に停滞させたといわれる。

2 **ルッソン・ダナトミ・コンパレ (leçons d'anatomie comparée)** ジョルジュ・キュヴィエの手による比較解剖学の大著である。この時代に比類ない精緻な解剖の成果が記載されている。

3 **人喰いアメーバの恐怖** 一九五八年制作のSFパニック映画の傑作。B級とされる一方で、実はスティーブ・マックイーンが巧みに主役を演じている。七〇年代のテレビの洋画劇場の定番だった。ゼリーで作られた〝アメーバ〟を、建築物のミニチュアに流して撮影したとされている。続編も好評。

4 **ソッピース・キャメル** 第一次大戦のイギリスの複葉戦闘機。胴体から上翼へ、左右対称に斜めに太い支柱が伸びる。キャメルの胴体を心臓に、この支柱をキュヴィエ管に喩えるのは、たぶん私だけのセンスだ。

5 **コルセア** F4Uコルセアのこと。第二次大戦後半からのアメリカ海軍主力戦闘機のひとつ。前から見た主翼の形状がW字型に折れている。カモメの翼形態の逆さまになるため、この翼形を逆ガルウイングと呼ぶ。

6 **医学部三号館** 建物の外から支柱を大量に添え、外観が醜悪といわれる東大構内の建物。耐震補強工事の悲しい産物だとされている。

7 **科研費** 文部科学省・日本学術振興会の科学研究費補助金の略称。営利に結びつかない純粋学術を支える最後の砦ともいえる補助金である。競争的な資金ではあるが、地味な研究をも広く支援したいという大切な理念を堅持している。

8 **三四三航空隊** 太平洋戦争末期に源田実大佐の発案でつくられたとされ、松山に配置された戦闘機隊。敗色濃厚な中で、新鋭戦闘機「紫電改」を運用し、熟練搭乗員を集めた精鋭部隊といわれ、本土防空に戦果を上げた。

9 **墜ちぃるグラマン、シコルスキ、シコルスキー**　軍歌「搭乗員節」の一節。三四三航空隊を描く映画『太平洋の翼』のシーンで、兵士たちが歌うことでも知られる。

14　熱砂のお喋り

I

肌の水分を根っこから奪い取っていく凶暴な西日に苛まれつつ、僕とミッシェルは走り続けていた。暑くても、砂埃がひどすぎるので車の窓をあまり開けないでねと、ミッシェルが言う。だが、放っておいても砂がしこたま車内に吹き込んでくる。入ってきて欲しい涼しいそよ風も、入れたくない砂粒や泥も、壊れた窓の隙間から勝手に車に乗ってくる、そんなポンコツなのだ。

絶海の島マダガスカル。面積は日本の三倍だから、大陸ではないという理由だけで、島と呼ぶのは相応しくないだろう。だが、この〝島〟は、どんな大陸にも負けないような、天涯孤独の生涯を経験してきた。

太古の地球、その南半球にあった巨大な大陸がマントル対流とやらに乗って分散し始めた頃、この島の祖先はインド半島と接着しながらアフリカから少しずつ距離をとって、北へ向かって移

動を始めた。およそ一億年以上前に、最後の伴侶であったインド亜大陸と決別する。そのままインド亜大陸は北上を続け、ユーラシア大陸のほぼ中央部の南岸に激突し、なおかつユーラシアにがぶり寄って、ヒマラヤ山脈をいまの高さにまで押し上げたとされる。だが、もう一方のマダガスカルは、少しずつ北上しながらも、静かにインド洋に浮かび続けた。今の今まで、どこの陸地とも陸続きになったことがない。サイズは大きくても、まさに孤島だ。

〝島〟の南緯二十度の白砂の大地を、ミッシェルの運転する世も末のライトバンは、まるで蟻んこのように移動していた。紺色に塗られた車は、だがしかし、熱射に一通り褪色したあげく、何度も泥と小石を被って、元の色が分からなくなっている。車に疎い僕にはいったいどこの国のメーカーが作った車なのかも分からないのだが、針のない速度計に書かれた単語を見ると、フランス車に違いなかった。

(さもありなんだ)

フランスの車は一般に軟弱だ。普通に乗っていても、すぐ壊れるらしい。絵や彫刻を長くとっておくことが得意な国民が、工業製品とくるとみな短命だ。かつての交戦国ドイツから、技術の巧みさを見習うこともない。

さっきから生ガスの臭いが気になる。ガソリンがちゃんと燃焼していないのだろう。ともあれ、この場所では走るだけでも十分だ。止まったら、通りがかりの誰かを捕まえない限り、町まで帰れない。サハラ砂漠ではないので行方不明ということはないだろうが、一日や二日はサバイバルもどきを覚悟しなくてはならないだろう。それにこの日射では、昼間、生身のヒトは空の下を歩けない。地球の裏、日本の師走は、マダガスカルの砂漠がもっとも暑くなる時季だ。

ミッシェルの今日の仕事は、ひたすら砂塵の中に車を転がすことだ。どこまで行っても景色が変わらない以上、彼に二つ目の仕事は生じない。

「相棒、大学の先生か農業省の技官になろうとは、思わないのかい?」

彼は頭を振った。

「そんな格好いい仕事なんて、ないさ」

僕は突っ込むことにした。

「多少でも科学や教育に関わる仕事のほうがいいだろう?」

「そうかもしれないが……」彼は巧みに灌木を避けてハンドルを切っていく。「実際には難しい」

シートベルトを引き伸ばし、彼に向いて斜めに座った。

「だけど、直径三十センチ、いや、四十センチのが見つかるかもしれない。一緒に発見者になって、そしたら、〝ミッシェル教授〟も夢じゃないぞ」

ミッシェルが大声で笑った。

一億年の歴史が詰まった島の、神秘に満ちた被造物。熱砂を踏破してきた僕のターゲット。その名は、エピオルニス。謎の鳥である。

よくある南洋の怪鳥伝説になんらかの影響を与えているかもしれないこのエピオルニスが、生きた状態で人間と接触したという証拠はない。島のどういう気候のもとで、どういう暮らしを営んでいたのか、ほとんど何も分かっていない。おそらく三千年くらい前なら、島の自然にその姿を披露していたであろうかの鳥は、残念だがすでに一羽もこの世には存在しない。すべては過去に消えた幻である。大昔、マレーの民がか弱い小舟でこの島にやってきたとき、まだこの鳥が生きていたのかどうかは分からない。それを示してくれる狩りの痕跡などは、ひとつも見つかっていないからだ。

しかしこの鳥は、僕たちを魅了する愉しい秘密を残してくれた。まずは骨だ。

小さなウシほどの大きさもある武骨な腿。そこから推定される体重は四百五十キロ。背丈は二百五十センチを超えていたとされる。エピオルニスの正体は、地球史上最大級の巨鳥なのだ。

外敵も少なく、厳しい競争にもさらされない穏やかなパラダイスに、過去のある日、エピオルニスのご先祖様はたどり着いた。どういう因果でここまで来たのか、堂々と大洋の空を渡ってきたのか、流木にでも休んでいるうちに吹き寄せられたのか、もちろん誰にも分からない。

だが、この絶海の極楽にたどり着いてから、この鳥はとてつもなく大きくなった。そして飛べなくなったのである。

(象鳥《ぞうちょう》の卵、見に行くか)

島への渡航を前に、心に決めた。

語として的確かどうかは別問題として、エピオルニスを、気楽に象鳥、エレファント・バードと呼ぶことがある。象鳥研究会なる怪しい仲間が集まる会まで作ってしまった。この鳥は、そのくらいに大きく、そして現実のゾウがダンボになれないのと同様に、退化した翼を備えてはいたものの、絶滅のその日まで空を飛ぶことはできなかった。

当然のことだが、おとなが大きければ、赤ん坊も大きい。象鳥の卵の大きさは常軌を逸している。記録では長さ三十五センチ弱。重さはあと少しで十キロに達したとされる。

(これ、ほんとに卵か?)

キュヴィエのライバル、ジョフロア・サンチレールがパリで著したエピオルニスの卵の記載は、事実を知らない者にとっては、冗談に近い。この古典論文を手にしたとき、主題の物体がなんなのか、にわかには理解できなかった。そもそもこの世で最大の卵といえば、ダチョウのものと決まっている。そのダチョウですら、せいぜい長径十七センチに重さ一・五キロまでだ。

日本で見ることのできたわずかなエピオルニスの卵の殻の破片を手に、僕は慌てた。解剖学は物の形を見る学問だが、物の姿が解剖学の普通のセンスで想像し得る範疇を超えるとき、プロであっても完全に打ちのめされる。

(ほとんど平らに見えるのに、これが、卵の殻?)

僕は、『空の大怪獣ラドン』[*1]の一シーンを思い出していた。平田昭彦さん演じる博士の頭脳で、卵殻の破片の曲率からこのモンスターの巨大卵のサイズを最新の電子計算機で割り出すという演出である。

平田昭彦さんでも志村喬さんでもいいのだが、幼い僕にとってＳＦ作品の博士の姿は、自分の人生を学問に追い込んでいくのに十分なほど魅力的だった。巨卵を相手に、いまそんな舞台を現実の自分が踏んでいる。出張書類に渡航目的がどう書いてあろうと知ったことではない。ＳＦの主人公を演じたい一心で、絶海の孤島を目指した。

ミッシェルが笑う。

「四十センチなんて、見つからないよ」

人生に遠慮がちなこの男に、僕は思いっきり笑い返した。

「分からないぞ、この島なら、何が起こるか分からない」

天の中心を過ぎたばかりの太陽が、ミッシェルを左サイドから射た。横顔は完全にマレー人の風貌だ。彼本人は混血はしていると言うし、フランス風の名前の持ち主でもある。だが、明らかに、マレー半島やシンガポールで見かける浅黒い肌の人々とよく似た表情を見せる。

地図で距離を見るとアフリカが近いように思われる上、政治や外交の枠組みではしばしば、アフリカ南部と一緒にされることがある。しかし、島の住人はかなりがマレーシアからの移住だ。文化も人種も生活も習慣も、東南アジアで見てきたものと相通じる。

たとえば島でアフリカの黒人を見かけることは稀だ。食べる物も、アフリカ流の芋や穀物の鍋といった食事はほとんど見られない。その代わりに、ここの住人は、信じがたいほど大量の米を喰う。アジア人以上に大飯喰いだ。

実際、なんでも日本人の倍以上米を消費するという統計があるらしい。背の高い米粒のインディカ米が主流で、あの米だと日本人のように白米を炊いて味わうという食べ方は成立しない。代わりに、焼き飯の類をつくっては、朝から晩まで何度も食べるのだ。

だが困ったことに、貧しいこの国は、米を自給しきれていない。これだけ米を喰う国が、純粋な援助として米を外国に頼っているという現実がある。

助手席から尋ねた。

「なあ、ミッシェル、なんであんたの国は、政治や農業をフランス人に頼ってきたんだ?」

傷だらけの窓ガラス越しに、島の青空を眺めすかすと、彼は以前より流暢なフランス語で単純過ぎる持論を返してみせた。

「それは、この国が植民地というものだからだ」

「……」少し考えて、質問を掘り下げた。「だってさ、フランス人は米作り、下手だぞ。どう考えたって、日本人のほうが米のことはよく知っている。フランスよりちょっと遠いかもしれないけれど、米のことは、日本か、それが遠過ぎるなら、せめてタイかベトナムあたりに相談してもいいんじゃないか」

道に穴ぼこが多くて、ミッシェルはシフトチェンジに忙しい。普段はマダガスカルの現地語を使っているので、せっかくうまくなったフランス語も、運転しながらでは単語を選ぶのが少し厄介なようだ。数十秒過ぎ去ってから、返事をしてくることがある。

「確かに、俺も日本の米作りには関心がある。俺だけじゃない。生物学や農学に関心のあるこの国の若手は、きっとヨーロッパだけでなく、これからは日本と一緒にやっていくだろう」

僕は小さく頷き、戦時中の日本軍の特殊潜航艇のことを話すことにした。

「なあミッシェル、日本の潜水艦がディエゴ・スアレスの港を雷撃した話は知っているか？」

港の名前と日本の潜水艦という言葉だけで、彼はすぐに話題を理解した。

「詳しく教わったことはないが、日本の高沢教授から少しだけ聞いたことがある。ここの国の人はもうほとんどが戦争を忘れている」とミッシェルが言う。

ミッシェルは四十五歳だ。もちろん戦争は知らない。彼が学生だった頃、高沢先生が島でアンモナイトを掘っていたのだ。

僕は高沢先生が若いミッシェルに古生物学を教えて、ついでに潜水艦の物語を話す姿を思い浮かべた。

「パリを占領したドイツの傀儡政権、つまりはビシー政府と結んでいたマダガスカル政府は、イギリス軍の敵になった。実際イギリスはビシーフランス軍から島の政治と外交を連合国側に取り戻すために、マダガスカルに船を送って上陸し、最終的には当時のマダガスカル政府を軍事的に屈服させた」

「うん、その辺は父親からも聞かされた」とミッシェルが応じた。

「日本は当時ドイツの友好国だったから、ビシー政府は日本の味方だ。それに……」

「それに?」

ミッシェルが聞き返した。前を見るとさっきより道が整っている。クラッチの操作が減ると、ミッシェルの応対が早くなる。

「うん、日本軍は一九四二年頃は、インド洋を好きなように動き回ることができた。セイロン島も空襲し、イギリスのインド洋の艦隊も壊滅させた」

「ランドゥシーヌを脅かしたのもその頃だな」

ミッシェルの〝ランドゥシーヌ〟はベトナムあたり、つまり仏領インドシナを指している。

「うん。そうだ」

声が聞こえなくても分かるように、指でOKのマークを差し出した。

「だから、ディエゴ・スアレスに停泊中のイギリスの船を雷撃しに、特殊潜航艇で地球の裏からやってきた」

僕は二人乗りの特殊潜航艇がどれほど小さい潜水艦であるかとか、それを日本はパールハーバーやオーストラリアの特殊雷撃作戦に使ったことなどを説明した。

ミッシェルは興味深そうな顔をして聞いている。

「日本人は身体が小さいから、日本から何万キロもその小型潜水艦に乗ってこられるのだね?」

「いやそうじゃあない」半分笑いながら、首を振った。「近くまで大きな潜水艦で来て、そこから特殊潜航艇で出撃するんだ」

「なるほど」

ミッシェルが妙に感心している。

「実際に特殊潜航艇の小さな魚雷でイギリス船を沈めたのは、この手の決死隊では予期以上の大きな戦果だ。でも、ディエゴ・スアレスの二隻の特殊潜航艇の乗組員には過酷な運命が待ちうけていた」

「どうしたんだ?」

「うん。みんな……死んだ」

「彼らはカミカゼか? スゥイシデか?」

イスラムの同時多発テロ以来、外国人はカミカゼという言葉と同時に、スーサイドアタックという言葉を併置するようになった。神風特攻隊とイスラムの自爆テロがいつの間にか同義に近く扱われることに、日本人の僕は明らかな違和感をもつ。だが、ミッシェルの誤解はそれ以前の話だ。

「いや、特殊潜航艇は、神風特攻隊のような体当たり攻撃ではないよ。大きな母艦が、指定の場所と日時に再度特殊潜航艇と会合し、攻撃後の兵士を回収する作戦になっていた。ただ、ほとんどの場合、生還するのは不可能だよ。だって敵の港湾の奥深くまで侵入し、大事をやらかしてから、追手を巻いたうえで、母艦に帰らないといけない。性能も武器も乏しい潜航艇で、それをやるのは無理な話だ。スタローンの映画じゃあるまいし……」

僕の頭は、アクション好きなら誰でも知っているタイロン・パワーの『潜航決戦隊』[*2]や、笑いと拍手で終われる『ラット・パトロール』[*3]を思い出してしまっているのだが、この例をマダガスカル人に話題にするのは無理だろう。

僕は、必ず生還できるという状況でない限り、特殊潜航艇の出撃を山本五十六が認めなかった話や、結局戦争の最後には、この小型潜航艇の発想は、人間魚雷にまで行きついてしまったことなどを語った。

「でだ、マダガスカルを攻撃した計四名のうち二名の将兵は、島に上陸して逃げた。彼らは、マダガスカルの村落を渡り歩いたりしながら、結局、追い詰められて、自決したんだ」

平らな道が続き、ミッシェルはアクセルを踏み続けていられた。だが、少し間をおいて、彼は言葉を発した。

「やっぱり、スゥイシデに思えるんだが……。二人はなぜ捕虜になって、生き延びなかった？」

それは日本兵だからだ、と言いかけて、僕は「それが戦争というものじゃないか？」とミッシェルに同意を求めた。「個人は武器を持って闘っている。でもそれはその人間の存在そのものではない。国が、政治が、軍隊が、戦闘が、戦場での彼の人生を握り、その行く末を左右する。それが戦争というものだろう?」

彼は言葉なく前を見つめ、二、三度、深く頷いた。

行った先で戦争の話をするようになったのは、とあるきっかけからだ。マレー半島の森林でスマトラサイを追っていたときのこと、ある田舎町で、国立公園の管理所を訪ねた。現地の動物の実情を知るためだった。

施設には、東南アジアなら、少なくともマレーシアなら必ずあるように、守衛所があって、日がな一日番人が暇そうに座っていた。

「スラマパギ」

片言のマレー語で挨拶をした僕は、日本人特有の所作を、相手に見せていたことに気づかなかった。

「あんた、若そうだが、日本人か?」

少し威圧的だったが、守衛の言葉は、東京で話されているのとまったく同じ日本語だった。

僕は驚いて、相手を見た。目の前の男は、六十半ばを過ぎていると思われたが、どう見ても普通のマレー人だ。

「人に会って、背をかがめて頭を下げるのは、日本人だ」

「……あなたも……」この年配の男性がどう考えても日本人ではないことを見てとって、言葉を選んだ。「日本語が、お上手ですね」

「ああ、私は、日本人に日本語を教わった。いや、日本語を喋らなければ生きていけなかった。戦争だ。あんたの歳では知らないと思うけど、ここは昔、日本に占領された。落下傘兵と銀輪部隊が来たんだ」

アジアで仕事を続けてきた僕は、ときに戦争の認識で意見の一致をみないこともあったから、普段は自分からその話はしないようにしていた。が、続いて出たその男の言葉は、胸に突き刺さったままになった。

「私はマレー人だ。私はまだ連合軍に降伏していない。私は日本軍と一緒に、イギリス相手に戦争をした。イギリス人を何人も殺した。イギリスに味方しているマレー人も、撃った。みんな日本のためだ。もちろん家族は殺された。それでもって、最後に白旗を揚げたのは、日本人だ。天皇の軍だけが降伏したんだ。私はまだ降伏していない。私はまだ闘っている」

僕は深く頭を下げて彼の言葉を聞いた。マレー人社会が、イギリスや日本やアメリカやオランダに翻弄されて、敵味方が定かでないような地獄絵図に巻き込まれたことは知識として知っていた。ただ、日本語を流暢に話す老いた男性が、この場所でその気持ちを訴えてくるとは、想像できなかった。

そのとき動物を追うばかりだった自分は、調査隊というものがもつ、まったく別の意味に遭遇していることを悟った。二十代の頃、自分の海外仕事のごく初期に、「フィールド調査とは、見ず知らずの人に会って、そこで自分が成長することだ。けっして論文を書くことだけが、調査ではない」と恩師に教わったことを、このときしっかりと噛みしめた。

以来、僕はアジアはじめ調査地の人々と、日本の戦争を率直に語り合うことにしている。かつての保守でも左翼でもなく、ただ感じるままを語り合うことができるのが、個人と個人の対話というものだ。公務員の職務を背負ったり、ミッションの衣をまとったら、真実の人間の言葉など、発せられない。

学者が幸せなのは、そういう対話を胸にフィールドを生きることができるからだ。

ミッシェルが話してきた。

「いまは、戦争のない世の中で、幸せだ。この先、米作りを日本人に学びたいな」

「うん、難しい話じゃないと思うよ」

僕は答えた。

「ただね、歴史は、人間が戦争を必ず起こすことを教えてくれる。だから、島は、フランス人とも、日本人とも、アフリカ人とも、みんなとうまくやらないといけない」

ミッシェルが頷いている。心なしか、彼の左腕を射る陽が、地平線に近づいた気がした。

「ところで、ミッシェル、卵のあるところまで、あと、どのくらいで着く？　朝からもう七時間は走っているぞ」

ミッシェルは腕時計に目もくれず、ハンドルに掌をかけたまま、空を指差した。

「着くまでの時間？　それは、お陽様に聞いとくれ」

僕が肩をすくめると、もう一度彼は空を指差した。

「時間は、マダガスカルでは太陽だけが知っている。すべては、太陽のせいだ」

呆れた僕は切り返した。

「おいおい、ムルソーのつもりか？『異邦人』の」

「いや」彼がくしゃくしゃな笑顔を見せながら、僕を横目で見た。「本当のことを言うと、いまどこを走っているのか、さっぱり分からないんだ」

十二月十三日

注釈

1 **空の大怪獣ラドン**　一九五六年公開の東宝特撮映画。円谷英二氏の高度な特撮で、翼竜型の怪獣が、卵から孵り、都市を破壊する姿が、映像化されている。平田昭彦氏は科学者・柏木久一郎を好演した。

2 **潜航決戦隊**　一九四三年制作の戦争映画。荒唐無稽な筋書きながら、背景に将兵の恋愛を絡めた潜水艦アクションの傑作とされる。カラー映画の初期作品としても名高い。

3 **ラット・パトロール**　日本で六〇年代以降にテレビ放映が繰り返された戦争アクションドラマ。北アフリカ戦線の連合軍のチームを描く。奇想天外な物語と負け役に徹するドイツ軍の描写で人気が高い。

15　華僑、巨卵に会う

I

一億年の時を閉じ込めた、地球の歴史を詰め込んだ巨大書庫、いや、巨大標本収蔵庫といえるだろうか。マダガスカルの島は今日もインド洋の西のはずれにぽつんと浮かび続ける。現地人の女王様が統治したという数百年前の平穏な始原国家の時代も、その後のフランスの搾取の時代も、ビシー政府と大英帝国の戦乱も、そして日本の特殊潜航艇の若き将兵の最期も、ヒトたるものの足跡は、島の歴史書のもっとも新しい最後の一頁に記されたものでしかない。その頁の最後の一行の句点のあたりを、二人の男がもたもたしている。

ミッシェル自慢のポンコツは、どうにかこうにかマダガスカル島南端の、名もない村にたどり着いた。道中と同じく、熱風は、村の周りでも吹き荒れている。今日はこの小さな村にある農家

の主人が持っているという、その卵を見せてもらう約束だった。

実は村にたどり着いたところで、ミッシェルの車はもう走らなくなっていた。車重を支える板ばねが折れたという。この村に直せる工場などないぞと言うと、彼がトランクをごそごそやって、怪しいブルーの平打ち縄を取り出した。

南の島のこのインテリは、一度ジャッキアップして、折れた板ばねに平打ち縄を巻きたいと言う。いいからあとでやろうと話し、とにかく僕たちは土地のお兄ちゃんの軽トラに乗せてもらうことにした。ミッシェルもこの辺の道はもちろん分からない。僕は道端で買ったザリガニモドキをプレゼントし、しばしの運転を頼んだ。

「この人のところまで頼む」と目指す人物の名前を書いたメモをお兄ちゃんに見せる。なんだか分からないな、という顔をしながらも、ミッシェルが現地語で何か話すとどうやら通じたらしい。三回ほどエンストしてから、のろのろと走り出した。

標識もない道路らしきものを乱暴に運転すること三十分。大きな看板のある門をくぐった。中はサイザル麻のプランテーションだ。それもとてつもなく、広い。門をくぐってから十五分くらい走ると、やっと焦げ茶色の家が目に入った。

車が止まった。車と焦げ茶の家の間には、ビル四階分くらいの深さの谷ができている。要するに、車はここまでしか入れなかった。

「マルション」

歩こうと、ミッシェルが誘う。

僕はお兄ちゃんにありがとうと言って車を降り、谷を下ってなかなか立派にそびえて見える建物へと向かった。小さなザックに六百ミリのノギスを突っ込んだが、鞄の口からはみ出てしまう。ゴトゴト背中に当たるノギスを不快に感じながら、歩を進めた。ミッシェルが後ろからついてくる。エンジンを切るまでもなく、お兄ちゃんはさっさと元の道を戻っていってしまった。

僕は相方に話しかけた。

「ここで取り残されたら、死んじゃうかな」

「シナナイヨ……」

肩越しに彼が答えた。数分地元民と現地語を喋っていただけで、彼のパリ弁はいつも破壊されてしまう。

「ダイジョウブ、ヨ。ココデ、オウサマニナレバ、ヨ、カナラズ、シアワセダ、ヨ」

吹き出しながら、僕は谷を下った。細い木が並ぶ谷間を過ぎると、次第に登り坂に変わる。顔を上げると谷の上の家がすぐそこに見えた。

調査地ではいつものことだが、むしろ何もない原野に放り出されるほうが気楽だ。ここは明らかな私有地だけに、かえって人的トラブルに巻き込まれる可能性がある。

（庄屋、さん？）

焦げ茶色の家は、こちらに妻面を見せていただけで、奥に四棟ほどの建物が並ぶ、一見して富裕だと分かる農家だった。

屋敷の木の扉を叩いた。

「こんにちは、日本から来た遠藤といいます」

「いらっしゃーい」

予想に反して、使用人らしき中年のおばさんがすぐに出てきた。

「ご主人を訪ねて日本から来ました。鳥の大きな卵を見に来ました」

フランス語が分かるとは思えなかったが、おばさんはにこにこと笑みを残して建物の奥に消えた。少なくとも悪い人たちではなさそうだ。

壁には怪しい貝の化石や魚拓もどきや、どう見ても価値のなさそうな海を描いたらしい油絵がかかっている。

「おう、らっしゃい。タナ大学[*1]から話は聞いてるよ。島じゅうで地面に穴を掘っているって聞いたけど、中国人じゃねぇのか」

おばさんと入れ替わりで、英語をまくしたてながら主人が登場した。六十過ぎに見える白人だ。ピンク色のポロシャツをまとっている。マレー人や日本人には真似のできない服のセンスが、この人を十歳くらい若返らせているようだった。

「いや、日本人ですよ、日本人」

慌ててフランス語で答えると、主人が微笑みながら、手を差し伸べた。

「そりゃあ、遠くから、よお来たな」

多聞にもれず、痛いほど強い握手を交わす。

「ひどい島だろう。サイザルとミサオしかねぇんだ」

貧富の差の目立つ島では、有数のお金持ちなのだろう。返答に困るようなやり取りがすぐに始まってしまいそうだ。

「穴掘って商売するような強欲の輩は、中国野郎かと思ったぞ。日本人はもっと、礼儀正しい」

穴はテンレックを捕るための落とし穴だと言うと、ますます信じてもらえなくなった。

「中国野郎は、どこ行ったって、金儲けさぁ。まあ、悪いやつらじゃないが。あいつら、川のエビを網で根こそぎ捕まえちゃあ、道端で高く売りやがる」

僕は笑顔を作って答えた。

「確かに、普通の日本人は大人しく観光だけします」

「ハハハ。まあ、お前さんたちも、いまじゃ魚雷を港に持ち込みはしないだろうが。日本人は、お前以外にも、ここまで来るのが少しはいる。だけど日本の連中ときたら、喋りゃあせん。謙虚ってやつさぁ。海を眺めて、夜中に車でキツネザルを見て、観光して帰っちゃう。まあ、いいホテルに泊まって、しっかり美味しいものを食べるがな。なのに、お前は汚い身なりで、しかも、畑の周りに穴を掘り始めたっていうから」彼は、スコップで土を掘りかえす真似をしながら話した。「どこから見ても、新しい商売を探しに来た、華僑の手下だ。品行方正な日本の訪問者とは違うぞ」

僕はミッシェルと目を合わせ、大声で笑った。話の軌道を元に戻す。

「確かに日本人は小綺麗でしょうけど、でもいろいろいます。とくに博物学者は仕事を始めたら国籍は関係ないでしょう」

単語のいくつかをミッシェルが土地の言葉に換えてくれた。ミッシェルの言葉に耳を傾けながら、主人が大袈裟に頷いた。

「ところで、象鳥の卵なんですが……」

「ああ、あるよ」と大声で答えながら、あっさりと使用人にここへ持ってくるように告げた。

「まだそこのおっさんにもらったばかりで、あげるわけにはいかなんだが」

「いえいえ、もちろん結構です。僕は大きさが測れれば、それで十分です」

「ほら。これさぁ」

使用人が持ってきたのは大きな段ボール箱だ。主人は無造作に両手を突っ込むと、馬鹿でかい代物を取り出した。

僕の反応より、ミッシェルの驚嘆の声のほうが早かった。僕の背後で、彼がヒューヒュー口笛を鳴らしている。僕は、数秒は声が出せなかった。

「デッケー！」

僕は叫んだ。いや喉を振り絞って声を出した。

クリーム色の〝物〟は、形は確かに卵でしかない。それ以外に形容できない、ただの卵だ。でもこれは、鳥の卵といっても、ホモ・サピエンスの目には、子宝に恵まれる置き物を売りに来る詐欺師の商売道具にしか映らない。こんなものが現実の卵として存在するとは。

わざと少し離れて全体を見渡した。卵のシルエットを作る縁の部分が、僕の心を捕えて放さない。同じ卵型でも、これだけ大きいと曲面が緩いので、反射する光の具合が鶏卵とはまったく違う。

「しかし、でかい」

この黄白色の奇怪な物体を、主人がテーブルの上に立てた。卵を縦に飾るための、穴の空いたベニヤ板をおばさんが持ってきてくれた。

「抱えてもいいですかね?」

「ビアン・シュール」

掌を僕の胸へ向けて、主人は大歓迎の意を示してくれた。

手術用の手袋をしっかりはめた。平常心を失った僕の、一応はプロらしく卵を扱い始めようという、微かな抵抗だ。すでに僕は、ただ大きいだけのはずの相手に、完全に打ちのめされている。抱えた両掌にずしりと来る重さだ。もちろん中身は何千年も前に死んで乾燥してしまっている。しかし、殻だけでも十分に重い。

尻のポケットからルーペを出し、卵殻の表面を詳しく観察する。微かな凹凸が無数に並んでいる。まるで探査機が十億キロ彼方の惑星から送信してくる写真のように、地球上では見たこともない大平原だ。

指先を卵殻の表面に走らせた。この感覚は鶏卵と、違う。たぶん全体のサイズに合わせて、表面の凹凸も大胆に彫られているのだろう。

「宇宙のちょっとあばた気味の未知の星、みたいなもんだな」

真上を指差して話すと、ミッシェルが笑った。

六百ミリのノギスを袋から出し、主人に「これを当てて大きさを記録したいのですが」と尋ねた。これもビアン・シュールだ。

「三百五十・四ミリ」

値を読むなり、ミッシェルがまた歓声を上げた。主人は自慢げにミッシェルに現地語をまくしたてている。

見つかっている中でも最大サイズの卵だった。ふと、これから生まれてくる雛の姿を想像した。だがすぐに無駄であることに気づく。

ダチョウ、アホウドリ、コンドル……。イメージできる鳥の大きな雛は、やはり現実に生きているものだけだ。この造形物が生み出す命を、僕の頭では思い描くことはできない。

一仕切り大きさを測ると、カメラを手に取った。D80に24‐85ミリのマクロレンズをはめると、いろいろな角度から卵殻を写真に収めていく。

「チェッ……福井の奴」

僕は舌打ちをした。福井がどろどろの沼の藻の中に沈めたせいで、露出と合焦の具合がおかしくなった。オートフォーカスのモーターは動き出すが、くぐもった音を出して途中で止まる。露出計の指示グラフも明らかに安定していない。貧乏研究室の懸案の備品が、マダガスカルで駄々をこねはじめた。
二、三度試みてから諦めてマニュアルに切り替える。幸い、ニコンのこのレンズの表現力は頼りになる。ピントは目で合わせれば怖いものなしだ。露出はちょっと面倒だが、思い切り絞り込んで深度を稼げば、あとは運を天に任せてシャッターを切る。若者が物品を壊し、親代わりの教授はそれをだましだまし使って論文のネタにする。研究室の運営というのは、場所がしょっちゅう地球の裏にまで広がることを除けば、十五歳の悪ガキたちに土俵に上がる前に障子を破るなと教えなくてはいけない相撲部屋と、同じ構図だ。
一時間ほど粘ったところで、礼を告げて、場を離れることにした。

「ありがとうございました。また、来ます」

「そうしてくれや。こっちはいつでも大歓迎だぁ」

「ええ、必ず」

主人がお別れを言い始めた。

僕とミッシェルは、卵の殻が見つかりそうな場所を、主人から詳しく教わった。僕が広げた地図上に主人が赤のマジックで無造作に印を入れていく。結局三十分くらい話しているうちに、僕の大切な地図は全面真っ赤にされてしまった。

共産党の旗もびっくりの哀れな道路図を指差して、僕は尋ねた。

「ミッシェル、これで、行き方が分かるか？」

ミッシェルは自信なさそうに笑みを返した。

「エンドウサン、キット、ヨ、ココイラハ、サ、ソコラジュウガ、エピオルニス、ヨ」

いまさらどうにかなるわけでもない。できるだけ詳しい場所の様子を主人から聞き出すと、とにかく出発することにした。

「貴重なものですから、この先もぜひ研究の機会をください」

「ビアン・シュール」

また掌を壊しそうな勢いで、主人が僕の手を握った。

「おい、あんたも一緒に、卵と写真、撮らないか」

主人がミッシェルを強引に卵の前に座らせて、使用人にシャッターを切らせた。

「ありがとう」

卵と主人が僕たちを見送る。僕は日本人らしく、深く頭を垂れた。脱いだゴム手袋を小脇に挟むと、今日ぐらいは白衣を着てみればよかったと、後悔した。ずいぶん昔に銀座の映画館で、白衣をまとい眼帯を着けた平田昭彦さんが、「私の映画をよく見てくれて、ありがとう」と中学生の僕に頭を下げてくれたことがあった。あのときの平田さんを、南の島の自分とだぶらせたからだ。

2

ミッシェルが何やら、もぞもぞしている。

「すまない、遠藤さん。故障……だと、思う」

今日初めて聞くミッシェルの整った鼻母音だ。ハンドルを握りしめながら、彼はフロントガラス越しに岩だらけの地面を見つめ、けっして助手席のほうを見ようとしない。嫌な予感が頭を過ぎった。

僕は作り笑いを浮かべた。

「もちろん、板ばねとは違う箇所だよねえ?」

ミッシェルが明らかに落ち込んでいる。

「ガスケットか、ラジエーターホース……だろうと、思う」

結論がどちらでも同じことだった。車内に焦げ臭い空気が充満してきたからだ。

「まずい、出よう」

ミッシェルが、いたずらを見つかった幼児のように、恥じらいの笑みを見せた。惰性で転がる車をいい加減に停める。停車前の軽いブレーキの緩みを感じると、二人はすぐに車内から退散した。振り返ると、ボンネットの隙間から白煙が漏れている。ミッシェルに尋ねた。

「大丈夫か？」

彼が現地語で悪態をつく。本当に悪態かどうかわからないのだが、そう見えた。

煙をはらいのけながらボンネットを開ける彼を、黙って遠くから眺めた。十分くらい、彼は無口でキャブレターからエンジンにかけてを覗き込んでいた。こうなってしまってからは、何かまともな策が講じられる可能性がないことを、僕は数知れぬフィールド経験でよく知っている。

ミッシェルがこちらを向いた。

「問題ない。爆発もしないし、火災にもならない。でも……」彼が戸惑いながら白い歯を見せた。

「絶対に走らない」

「……そりゃあ、最高だ……」

僕は天を仰いだ。

絶海の孤島の砂漠の真ん中に、岩ほども動かない鉄の塊と、二匹のホモ・サピエンスが存在している。三つの物体は、どれも偶然他の大陸からやってきた、島とはなんのゆかりもないものたちだ。僕は自分たちの置かれた状況に悦に入り、乾いた地平線を見渡した。

「ミッシェル、一応、確認しよう」

ミッシェルが僕の目を見た。

「ケスクッセ?」

「うーんと……助けを求めないといけないだろう?」

「ああ、ガスケットだ。もうヘビ一本分の長さも、走れない」

「どうする?」

「村まで二十五キロだ。まっ平らだから……」

二人が声を合わせた。

「マルション!」

僕は時計を見た。午後四時十八分だ。

「明日の朝、遠藤さん、暗いうちに出れば、涼しい時間だけ歩いても、野宿なしでたどり着く」

ミッシェルの提案に同意しながら、僕は予備の策も講じた。

「あとは一応、車が通る可能性があるから、牽引できなくても、ヒッチハイクは、あり得る」

ミッシェルが笑い、僕は非常鞄を確認する。水は十分。パンもお菓子もあるから、何も心配はなかった。命にかかわらなければ、慌てるものではない。

滅多に開けないレスキュー鞄を覗いた僕は、おそらくはもう糊が利かない絆創膏の山と、印刷が擦れたアリアリ紙幣の束を見つけ出した。アリアリの紙なら、湯島の駅前でサラ金が配っているちり紙だって、もう少し価値がある。札束は、アリアリの価額だと太陽の直径の値ほどゼロの数が多いが、日本円で百五十円くらいだろう。

「結構な財産だ。これじゃあ、シャンゼリゼの店のティッシュペーパーも買えないが」

鞄の口を開け、戦利品をミッシェルに見せた。

「パンがいっぱいある、今晩は、ベルサイユ並みの宴会だ」

彼の笑い声が砂に吸い込まれていった。ここでは音はすべて自然のものだ。死んで乾いた植物の茎がすれる音。耳元をただ通過していく風の摩擦。そして、聞いたことのない昆虫の愛の囁きかもしくは共食いの悲鳴。ここでは二人の声は永久に砂に沁み込んだままだ。声は人間が呼吸する空気の世界には、戻ってこない。

ミッシェルが、テントを広げ始めた。鉄のペグを地面に打つ彼を見て、僕はふと思いつきを口にした。

「エピオルニスの卵が埋まっているところは、この辺には、あるか？」

相方が地図を少しだけ広げた。

「さっきのご主人の言うことじゃあ」地図を見るミッシェルは眉間に皺を寄せている。「この辺は、もうあのキチガイ鳥の巣窟ですよ」

「えっ、本当か？」

ダラスで弾をもらったケネディのように、僕は仰け反った。地図を覗くと、この辺り一面は赤ペンで塗られている。もっとも地図全体が真っ赤なので、真偽のほどは分からない。僕はぶらぶらと車の周りを散歩してみることにした。

特殊潜航艇の乗組員なら戦争の記憶とともに後世の人にも思い出されるはずだが、巨鳥の卵に会いに行って骨になった日本人、しかもその手に握りしめられた絆創膏と百五十円分のアリアリ紙幣とくれば……。ちょっとだけ歩く道を間違えてそのまま砂塵の彼方に消えるだけで、名もない学者の目立たない最期だ。

（平田昭彦さんの博士なら、ここじゃ、死なないな）

かさかさに乾ききった植物の死骸を前に、ぼうっとした頭で思案した。気を取り直して、さらに歩き続ける。

研究の中身を頭に呼び戻しながら、この先の計画を練った。さっきの卵殻のデータを東京に持ち帰る。既存の完全な卵の大きさと比較する。そして、残されたエピオルニスの化石を、ダチョウやエミューやヒクイドリやキーウィの骨格と比較して、卵と身体のサイズの議論ができるはずだ。

（よしっ）

いい旅だった。お金持ちの宝物の卵を測ることができただけでも、大収穫だ。そう思って、自己満足に浸りながら、木の陰に腰かけた。都合よく背の低い可愛い木が生えていた。

（この木の学名、なんだっけか？）

三百メートルくらい向こうに、車が停まっているのが目に入った。出来かけのテントが傍らにある。ミッシェルの人影がボンネットの周りをうろうろしている。

僕は何気なく足元の石を拾った。白くて、薄っぺらだ。

(ん?)

投げ捨てようとする手を止めた。小石を掌に転がす。

(……?)

もうひとつ、小石を拾う。

(……?)

もうひとつ、拾う。

(……これ?)

まとめて三つ、拾う。

僕は地面を這いつくばった。顔を横にして、銃弾を死ぬ気で避ける兵士のように、右の頬を地面に押し潰して、周囲の地表を見渡した。

僕は立ち上がり、走り出した。

「ミッシェル! ミッシェル! ムッスィユー! ミッシェル! ここ、ここ、こっち、地面の上が、た、た、卵、卵の欠片だらけだぁ」

僕のありったけの大声は、砂に吸い込まれていくだけだ。

「ミッシェル! ミッシェル!……」

僕は車へ向かって真っすぐ走った。人影がだんだんはっきりとした輪郭を見せ始めた。

「ミッシェル！　卵！　エピオルニスだ！」
声はやはり砂に沁み込んでいく。ミッシェルはまだエンジンを見続けている。

十二月十五日

注釈

1　**タナ大学**　アンタナナリボ大学のこと。マダガスカルの首都アンタナナリボは、しばしばタナと略される。

16　奥さんの宝物

優雅なマンションの一室に見えた。掃除と整頓が行き届いた居間だ。奥からは赤ん坊の甲高い泣き声が聞こえている。

隣りに座った木原さんは出窓の縁に置かれた浜菊を見つめていた。真っ白な花が五つ、部屋の片隅に固まって、空気を清らかに編んでいる。彼女の黒髪と浜菊の白が綺麗に絡んだ。

紅茶をすすった僕は、木原さんに耳打ちをした。

「入口のセキュリティ。顔認識のカメラ。見たでしょ?」彼女が視線をこちらに向けて、首を振る。「ああいうのがあるのは、普通より高いマンションなんだ」

よくある遠隔解錠のインターフォンに加えて、顔の特徴をカメラが認識しないと開かないガラス扉があった。居間の天井の高さといい、敷き石を模した玄関の床といい、国立大学の教授には冗談でも手の届く代物ではない。京王線で調布のちょっと先、駅前を歩いて七、八分、扉が閉ま

っているので正確な間取りは分からないが、客間だけでももちろん三〇八より断然広い。九十平米超と推測して、新築で六千万円代の後半か。地味なグレーのセーターを着ているが、迎えた奥さんの仕草が醸し出す上品さから察するに、収入に相当余裕のある若夫婦だ。赤ん坊はそんな夫婦に天が与えた宝物に違いなかった。

「お呼びして申し訳なかったです」

五分くらい待たされただろうか。背の低い奥さんが居間に戻ってきた。動物よりもヒトの、ましてや女性の年齢は推測するのが難しいが、この人はまだ三十手前と見た。

「いえ。こちらこそ、博物館の仕事に関心をもってくださって幸いです」

「さっそくですが、どうぞご覧になってください」

頬が痩せているせいか、面長に見える。眼力のある丸い瞳といい、華奢で色白の指先といい、はっとする美しさを湛えた人だ。だが、何よりも気になるのは、その話の早さだ。靴を脱がないうちに、玄関で初対面の挨拶。リビングルームに通されたときに、お礼を一言。間が悪く赤ん坊が泣き始めて中座をすると頭を下げたときのお詫び。奥さんの台詞はまだ五つめなのに、もう本題を切り出してきた。黙りがちな木原さんには、ほとんど無関心のようだった。普通、大切なものを譲ってくれる持ち主は、自慢話のひとつもあって、もう少し手間がかかる。

奥さんのあとについて隣の和室に向かった。安マンションの中和室などではない。アルファベットのL字形に配された廊下の突き当たりに六畳間が用意され、かなり厚い桜の木を敷いた床の間がある。そこにお目当てのものが鎮座していた。

アナグマの剝製である。

僕と木原さんはこの立派な寄贈物の前に、立った。どうぞ好きなようにご覧くださいと言いながら、奥さんは部屋の片隅に退いた。

木原さんをその場から動かないようにと目で制して、仕事にとりかかる。剝製の前で、いつもの左膝立ちになった。まずは落ち着いたいい色のガラスの義眼が目のくぼみにはまっていることを確かめた。眼球のみずみずしさを輝きで表現するこのガラスは、間違いなくヨーロッパから輸入したものだ。アナグマ独特の顔の両脇後方に広がる頰骨の表現も、なかなかの腕前だ。秀でた職人にかかると、同じ死体でも表情豊かな剝製に仕上がってくる。その見本のようなものだ。

鞄から巻き尺を取り出して、縦横高さを測り、鼻先から肛門までと、台座から肩までの高さをメモした。

「動物に触ってもよろしいですか?」

「ええ、もちろん」

台座を引いて、床の間に置かれたアナグマの剝製を斜め前にずらした。剝製に掌を添えていく。首から胸、そして腹部にかけての毛皮の縫い目を指先でたどって、皮革処理の技法をチェックする。割れかけている爪、飾ると陰になる側に密かに隠されている脱毛の跡、制作後に甲虫の幼虫に食われたと思しき脇腹の切れ毛……。作りと保管に多少の難点はもちろん見つかるが、けっして悪い状態ではなかった。生前より若干太らせ気味に演出して作られていると推察したが、やはりそれ相応の実力ある剝製師の手によるものだ。三十五万円……。評判のいいアトリエが売ったら、そんな数字だろう。

もし最高水準の剝製師が関わっていれば、こんなふうに刃を走らせるんだが、などと想像しながら、指先で余計なチェックを始めた。台座はニス仕上げだが、けっしてその辺の余り木をあてがったものではなく、この剝製を載せるために一から作られたことは間違いなかった。そうしている間に、鼻先の軟骨がどのくらいきれいに除去されているかも、眼の片隅で確認を終えておく。剝製をなでまわす動作とは別に、これなら木原さんと二人で、新聞紙に包んで紐をかければ、京王電車で運べるな、と頭の中で輸送手段の目星もつけた。

「目が、きれい」

背中からの唐突な木原さんの声に、ちょっと驚いて振り返った。

「そ、そうだな。瞳孔の周辺をちゃんと作ってある。たぶんドイツあたりのガラスだろう」

木原さんが黙ったまま、目線で同じ見立てだと応じた。

僕は奥さんのほうを見た。

「彼女、ガラスやプラスティックの細工が得意なんです」

奥さんは頷いたが、何も話さなかった。

静かな中での作業が、十分ほど続いた。横に奥さんの存在を意識しながら、さぞこの夫婦の大切な宝物だったのだろうと、勝手に結論づけた。

（ただし……何かが……）僕は感じていた。（……違う）

奥さんにこちらの意図を悟られないように、至極普通に剝製から少し離れ、遠目に作品を見回した。

（どうにも、この部屋の空気としっくり来ない）

僕の嗅覚はそのことに戸惑っていたのだ。部屋の隅に立つ丸っこい瞳の色白の若奥さんに、少し肥えたこのお宝はあまりに似合わないのだ。

僕はふっと息を吐くと、もう一度剝製に近づいて、台座ごと持ち上げ、木原さんを呼んだ。

「ちょっと、見てくれないか」

彼女が剝製の近くに立った。

「台を裏返すよ。署名か何かあるかもしれない。よく見て頂戴」

僕が傾けた台座の裏に、彼女が目線を走らせた。木原さんが文字を捜す間に、僕は台座の角材の使い方と剝製の足の裏から台座に刺さっているワイヤの様子を確認した。作りの確かな作品だった。

「何も、書いてないみたいですけど」

「そうか。うん、ありがとう」

木原さんが今日初めて、頰を緩めた。

念を入れて一仕切り外貌を見終えると、奥さんに一通りの見立てを伝え、僕は質問に取り掛かる。大事な剝製をただで手放したいという、まったく博物館にとってこれ以上ないような嬉しい話だ。ここは、キュレーター[*1]たるもの、標本にまつわるありったけの話を持ち主から聞いておかなくてはならなかった。

　譲渡の場面でよくあるように、僕はインタビューの口火を切った。木原さんが奥さんの傍らでやりとりをメモしてくれた。

「とても良くできたアナグマの剝製です。水準以上の技量の剝製師さんが作られたものと判断できますし、何より奥様が大切にされている気持ちが、保存の状態から分かってきます」

　最後の一節はもちろんお世辞を含んでいる。しかし、プロの収集家でもない限り、剝製を取っておける環境には限界があろう。これが精一杯というのが、本当の見立てではあった。

　奥さんは無表情のまま僕の言葉を聞いている。アナグマがそれを補うほど愛らしく、自慢の義眼を輝かせた。

「もしこの剝製を博物館での教育研究のためにお譲りいただけるのであるならば、喜んでお引き受けし、未来永劫大切にしてまいります」

　一息つくと、いつものように付け加えた。

「ただ、基礎学術を営む博物館ですので、対価をお支払いして購入というわけにはまいりません。私たちからお届けできるものは、文化に携わる者からの精一杯のお礼の気持ちと、館からの感謝状くらいしかないのですが……」

遮ったのは奥さんだった。

「これは、先日亡くした主人が大切にしていたものです」

「……」

奥さんの眼を見た。

「三月《みつき》前に主人に死なれました。アナグマは、こういうものが好きだった主人が、一番大切にしてきたものです」

沈黙が過ぎった。どうにも言葉が選べなかった僕を置いて、奥さんが続ける。

「私はこうしたもののことはほとんど分かりません。ただ主人は、いつも毛筆でこれの埃を丁寧に拭き取っていました」

物言わぬ床の間の主に、僕はもう一度目を落とした。

「他にも剥製はあったのですが、博物館のことなど思い至らずに、すべて処分してしまいました」

木原さんがメモを取る手を止めて、僕を見た。剥製を家庭ゴミとして捨てるとしたら、この奥さんは、旦那さんの持ち物を鋸や刃物で切り刻まなければならなかったはずだ。眼の前の女性が刃物で剥製を裁断していく様がどうしても想像できず、頭の中が真っ白になった。

「平成十四年の冬に、主人のお友達が鹿児島県で獲ったものを、C社という毛皮屋さんに作ってもらったと言っていました。これ、主人のこういうものをまとめた手帳です。一緒に差し上げますので。この帳面以外のことは、私は何も知りません」

奥さんはいつのまにかA4の少し黄ばんだ大学ノートを手にしていた。

「それ、見せていただけますか？」

受け取ってページを繰ると、二十体ほどの獣の剝製について事細かな記録が残されている。多くが日本のタヌキ、アナグマサイズのものだが、なかにはミネソタ州の都市名らしきものと、M. B. Wilsonというハンターの名が記入された「オジロジカトロフィー」というものも混ざっていた。「推定五歳」とある。大きめのマンションでも手にあまりそうなシカの胸から角までの剝製を、奥さんが切り刻んで廃棄したのだろうか。

ノートに走る少し傾いた青いペン字には、剝製をこよなく愛していたご主人の気持ちが乗り移っているように見えた。体の大きさから、発見の経緯、狩猟時の天候まで、詳しく記されている。ノートを精査すればこの悲運の薩摩っ子についても十分なことが分かる。そう確信すると、奥さんに切り出した。

「私から申し上げるのは余計なお話かもしれませんが、ご主人がそれほど大事にされたアナグマなら、このままいつまでも大切にされたらいかがでしょうか？　ご家族にとっての想い出の品物かと思います。博物館は、アナグマがどうでもいいものと言うつもりはありませんが、この種の剝製を集める機会はきっとこれからも巡って来ると思うのです。このままおうちに置かれてはいかがですか？」

「いいえっ！」

間髪入れない奥さんの鋭い返事に、僕は驚いた。木原さんはびっくりして肩を揺らし、横から奥さんの表情を凝視した。

「これ、持って帰ってください。私は、主人のことを、物ではなくて、心のうちだけに収めておきたいと思います。感謝状は、要りません」

そう一気に口にすると、こんどは視線を床に落としながら、言葉を継いだ。

「それに、主人の実家からは、こんなものが床の間にあるから家に不幸が来るんだと、言われまして……」

奥さんが掌にハンカチを握っているのに気がついた。

木原さんが顔をくしゃくしゃにしながら僕を見た。すぐに彼女の目に涙が浮かんできた。しばらく間があったかもしれない。気づかれないようにそっと呼吸を整えると、僕は奥さんに声をかけた。

「ご事情、分かりました。では、ご主人の大事な剝製、いただいて帰ります。これからずっと、博物館で大切にします」

木原さんが涙を拭った。僕は彼女に作業を促しながら、奥さんに尋ねた。

「梱包をいまここで始めていいですか？」

俯いたままの奥さんが、首を縦に振った。木原さんには、エアーキャップ[*2]と新聞紙で剝製を丸ごと包み、二人で両側から荷造り紐で提げられるように、丁寧に指示を出した。

標本をくれた人に、僕はよく手紙を書く。博物館の最大の仕事は、人のものをいただいて、文化や学問の源泉として役立てていくことだ、だから感謝状を送り、寄贈者にその後の挨拶を欠かさない。場合によっては、機会を作って訪問し、再度の謝意を伝えることもある。

しかし、この奥さんにだけはキュレーターがもう一度連絡を取ることはないだろう。もちろん、博物館の人間がこの部屋をもう一度訪ねることも、ない。

木原さんが手際よく、アナグマを四角い紙包みに変えた。

「さ、帰ろうか」

結んだ荷物紐の一端を握りしめ、木原さんにもう一方の持ち手を提げるように促した。僕には奥さんへの適切な言葉が見つからなかった。

そのとき、口を開いたのは木原さんだった。

「ご主人の思い出を、大切にしてください。心の中で、いつまでも、大切にしてあげてくださ い」

涙声は、最後まで声にならなかった。彼女を振り返ると、頬を伝って涙が幾重にも流れ落ちていた。木原さんに向かって、奥さんが深々と頭を下げた。

玄関口まで送りにきた奥さんは、いくぶんか晴れやかな顔色に見えた。扉を押し開けながら木原さんを先に外へ通すと、僕は新聞紙に包まれた大きな荷物に目をやりながら、奥さんに会釈した。

「このアナグマ、大事にします」

奥さんが黙って小さく頷くのが見えた。

「さようなら」

閉じた扉の向こうから、赤ちゃんの甲高い泣き声が、また聞こえてきた。

十月二十九日

注釈

1 **キュレーター** 博物館や美術館の研究者。欧米でこう呼ばれるのは、大学教授と同等の能力をもつ学術のリーダーである。日本語で学芸員と訳されることがあるが、我が国の「学芸員」の貧相な位置づけとは、雲泥の差がある。

2 **エアーキャップ** 壊れ物を包むビニールのクッション材。俗にいうプチプチ。

17 不意の来訪者たち

I

キリンの頸動脈の絵を描きながら、僕はひとつ欠伸をした。ボールペンを走らせるたびに、だんだんと動脈らしい形が出来上がっていく。番組の進行表の両サイドにある細長い余白は、長さにおいては天下無敵の血管を絵に換えるには、うってつけのスペースだった。お蔭で今日のジラフの血の道は、とても縦横比のバランスがいい。もうちょっと時間があれば、気管も添えて描きたいくらいだ。自画自賛とはこのことだろう。

先生役の出演者の飾り気無いデスクで、もうしばらく座って待つ必要がありそうだ。大学の先生をゲストにしたとき、スタッフはどうしても遠慮が先行するだろうから、済ませておきたいマイクの調整も注文しにくいかもしれない。僕は、デスクに立つ黒鉄色の古ぼけたマイクに向けて、

どうでもいいことを口にしてみた。

「遠藤です。遠藤です。巨人強いですね。このまま日本一まで行きそうですね。台風はいま大東島の東ですか？　いかがですか、聞こえますか？」

中二階にいるスタッフがいまの声をマイクの調整に役立たせるかもしれない。

「ありがとうございます」

十秒ほど間を置いて、イヤホンを押さえながら大声をあげたのは、フロアの守本さんだ。

「先生。調整室からです。マイク乗り、完璧だそうです。よろしくお願いします」

エンジのシャツを着た守本さんに、両手を振って応じた。

「先生、私、進行、お任せしちゃいますね」

今度は背中側から声がした。年配の女性だった。進行役の工《たくみ》アナウンサーだ。

「いえいえ、とんでもない。頼りにしてますよ」

工さんが上品な笑みを見せた。

僕がいるのは、子供向け理科生テレビ番組のスタジオだ。四月に始まった学年の半分の区切りとして、秋深まるこの時期に教育テレビに特番が設定される。

渋谷のＮＨＫは、民放の現場に比べて、異様にスタッフの人数が多い。これでも大分減った気はするのだが、多いほうがいいと僕は思った。合理化とリストラの進み過ぎた制作現場は、人の数が少ないだけ、笑顔も少ないからだ。受信料の使途だの人件費の妥当性だのという些末な話に、とやかく口を挿む気はさらさらない。それより多人数で楽しくわいわい番組を作らないと、見ている視聴者にとっても番組が楽しくなくなるはずだ。

心地よい騒々しさのなかに、僕は居た。

ディレクターの守本さんの軽い高揚ぶりとは対照的に、僕は退屈していた。進化に系統に多様性に温暖化に……。生だから突っ込んでみようとは思うものの、普通過ぎる構成に落ち着いてしまっている。手堅いが、跳びはねる勢いのなさそうな番組だ。

「早く始まらんものかな」

と、二つ目の欠伸をしかけた途端、若いＡＤさんが僕にメモを差し出した。「ちょっと急いでいるようでした」と一言添えながら。

僕は目を疑った。

「東大の原野さんから九時十八分、先生の楽屋宛てにお電話。通話を会議室へ転送。用件：徳之島でオサガメの漂着あり。非常に大きい。甲羅で長さ百八十センチ。腐敗激しい。役場が所持。譲渡の意志は微妙。三〇八で指示待つ」

僕は名前を知らないＡＤさんの顔を見た。見た目は冴えない小太りの若者だが、有能だ。いくらゲストとはいえ、出演者への怪しい電話をここまで丁寧にメモする人間は珍しい。

腕時計のデジタル表示に目を走らせた。九時二十六分だ。スタジオに携帯はない。ゲスト席からネットにつなぐのは不可能だ。僕はＡＤさんをその場に待たせて、クリップ映像のコンテンツデータが書いてある紙を裏返すと、ペンを走らせた。

「原野、見事な連絡だ。オサガメほどの宝物は無い。すぐ徳之島へ飛んでくれ。出張手続きはすべて後日。下の電話番号でＪＡＬ予約課の若林めぐみさんを呼んで、空港で航空券を受け取れ。遠藤に命じられたんだと言えばいい。電話を入れて、羽田へ。三番装備だ。台風に気をつけて」

　僕の遺体科学には、救急隊やサンダーバードと張り合う初動体制がある。相手が死んでいるからこそ、救命とは違った意味で、素早く動かなければならない。一刻でも早く駆けつけることで、死体の科学的データは保存される。腐れば腐るほど、解剖は負けが込む。

　もちろん、いつでも持ち出せるように装備は揃えている。三番と番号を付けられたセットはコンパクトだが、大きなウミガメ相手でも十分役に立つだろう。剝皮刀、砥石、メス、ピンセット、鉗子、メジャー、重量計、サンプルパックが入っている。刃物と鉗子を除けば、機内持ち込み荷物の検査のときでも、トラブルを避けられる便利なセットだ。もっとも鉗子で[*1]田宮高磨の真似ができるとも思われないが、鋏と間違える空港職員の自慢の手柄を取り上げたくないから、最初から預けることにしている。ちなみにゾウが死ねば一番装備だ。皮剝ぎ用の鈎手に、大量のビニール袋と洗濯ネット、スコップ、バール、最終的には長刀《なぎなた》が加わる。ヘビー級の一番装備はフルセットだと車でしか運べない。

　僕は一瞬筆を止めると、今日の三番装備の鞄には送液用の点滴セットが入っていないことに気がついた。突然死した水牛を固定するのに、昨日から福井が持ち出している。僕は台本に目を走らせた。九時五十四分から始まるニュースと十時三十分の国体の開会式の中継が、長めの休みだ。

思案しながら僕は付け加えた。

「地下室から点滴セットと鋸とカメラ・三脚を持っていくように。こちらいまから渋谷でオンエア。十時三十一分に電話する。浜松町か三田あたりで、電話を受けてくれ。あ、月曜日で里美さんは居ないけど、現金は彼女の電気スタンドの底に、封筒に入れて五万円貼りつけてある。足りない分は現地で。必ず追いかける」

九時二十八分五秒だ。気がつくと守本さんが背後から電話のメモを覗き込んで、唖然としていた。仕事中に申し訳ないが、すぐこの紙をファックスしてくれるようにと、三〇八のファックス番号を添えて、ＡＤさんを送り出した。

僕は守本さんに詫びた。

「すまないです。鹿児島でカメが死んじゃって。院生の遠隔操縦を開始するけど、ちゃんと仕事をするから心配なく」

「すごいですね、先生の仕事。いやこれだけで十分生番組のネタに……」

「だめだめ、相手の気持ちがちゃんと分かっていない段階で、電波に乗せて話すことじゃない」

「……そっかあ、でも、びっくりしました」

生放送で喋っている人間の心の内など、聞き手にはまったく想像できないものだ。電波に化けて飛んでいく台詞は、そのときの僕のものではない。このあとどんな言葉を電波に乗せていようと、現実の僕は、原野の動きをどう助け、自分はどう彼を追いかけるかを懸命に考えていることだろう。

「二十秒前でぇす」

守本さんの高い声が聞こえた。僕は、さてと、今日の番組のタイトルはなんだっけかと、台本の表紙をもう一度確かめた。

2

「原野、いまどこだ?」

「三田の駅です」

「了解。三番装備は完璧だな」

「はい、ただ洗濯ネットが足りません。もたもたすると鹿児島便に間に合わなくなるので、ネットは現地調達します。それから固定液がどうにもなりません」

「心配するな。あたしがあとから担いで行く」

腐った相手を解剖するとき、防腐能力の高い固定液は何より大切な必需品だ。メモ用紙に「固定液」と赤文字で残した。

腕時計を見た。十時三十四分だ。ずっと国体を中継していればいいものを、なぜか四十四分にはスタジオに戻すという。遠藤さん必ず帰ってきてくださいよ、守本さんに念を押された。

「若林さんが、カウンターで待っていてくれるとのことです」

「OK。かみさんの高校の後輩だ」

「あ、それはいい。で、先生、空港に着いたら、どうすればいいですか?」

「あとで、そっちが徳之島の空港に着くまでにメールを打とう。あそこのカウンターパートは義《ぎ》庄治さん。苗字が正義の義、一文字で、下の名前が庄治だ。いいおっさんだが、上腕骨が長い。教育委員会の人だ。そうだな……」

　僕は時間を確認した。

「乗り継ぎの鹿児島空港から電話を入れて、義さんと打ち合わせるんだ。それまでに義さんには僕からも電話する」

「分かりました。で、現物を前にしたら、ええっと……」

　僕は思い出していた。アルゼンチンの原っぱで真っ黒い*2チンチラを解剖していたとき、関西の動物園でゾウが死んだ。原野は一人でこの死体を引き受けて、骨にした。その動物園はゾウ舎が古くて、クレーンが立てられない。原野が選んだ重装備は*3バケット付きフォークだった。見事過ぎる選択だった。この判断ひとつのお蔭で、いまもそのゾウの全身骨は見事に博物館に収まっている。原野は困難な現場でも十分に一人でやれる。

「お前なら、交渉ができないとも思えないな」

電話越しに二人が笑った。

「役場のキーパーソンは、いずれにせよ知らない人になるだろう。だけど、*4花徳《けどく》の斜面で昔ハブを獲っていた若者で、トクノシマトゲネズミの発見者だと言えば、役場には覚えている人もいるだろう。あとは義さんをテコに、頑張ってみてくれないか。役所はそれほど座礁のカメに執心してはいないと思う。東大に寄贈するほうが、標本として学問に生きることも、彼らなら分かってくれる。それと幸か不幸か腐敗がひどいとすると、さっさと手放してくれる可能性が高い」

そうですねと原野が答える。

「ただなあ、原野、彼ら自身が社会教育機関に安置したいとかいう希望があったら、絶対に無理は言うな」

時計を確認した。四十分ちょうどだ。

「先生、ダメなら、頭だけ借り出して、ＣＴ撮って返したら、どうでしょう？」

「さすがは、よく気づくぞ」僕は同意した。「和戦両面で構えよう。もっとも大きくて、すべて引き受けて現地埋葬。ミニマムで、頭部だけＣＴ用に借用、凍結輸送して、最後に骨にして返却だ」

「了解」

「凍結は、やっぱり義さんの自宅の冷凍庫が一番いい。問題は穴だ。手で掘るとしたら、一人でやれるか？」

「ええ、いくら大きいカメでも、所詮カメですからねえ」

原野が笑った。頼もしい男だ。

もう一度時計を見た。もう限界だった。

「よし、また放送へ戻るから、次は十一時二十二分頃に、西表のマングローブから中継が入る。その頃はもう乗っているかな？」

「分かりませんが、たぶん。飛行中です。メールも含めてやり取りしましょう」

「こっちは午後便だ。空港着が十七時くらいになっちゃう。穴掘りは、無理するな。丸一晩置いても、死体の状況はもはや大して変わらない。あ、島に民宿、いまの時期ならたくさんあるから、適当に割り込むようにな」

そう告げると、僕はスタジオへ駆け戻った。このカメは確実に標本にできると、高をくくりながら。ただ、一番の焦点は、世話になる島の人々に僕が一刻も早く会わなければならないことだ。

3

義さんとの電話を終えた。彼が受け入れ体制を整えて、原野を空港で待っていてくれる。役場とも密に話しているから、安心しなさいと来た。真に頼れるおじさんだ。これは丸ごと手に入る可能性が高い。問題があるとすれば、原野が一人きりで砂浜にでも穴を掘って、世界最大のカメの身体を埋めないといけないことだ。できない仕事ではないが、一人だと孤独だろう。これも僕が着けば万全だ。

僕はＪＡＬの若林さんに電話をすると、午後の鹿児島行きの切符を確保した。放送終了直後にＮＨＫを出れば間に合うと、時計の計算を終える。

「一段落だな」

余裕の独り言だった。

僕は最後に自宅へメールを打った。パソコンをネットに繋ぐ。僕の家族にとって、千代田線に乗って帰ってくるはずのパパが、その晩千五百キロくらい離れたところをうろうろする羽目に陥るのは、けっして珍しいことでもなかった。

まずはテキストを打ちこんだ。

「ぱぱです。これからとくのしまというところにいきます。おおきなかめさんがしんでいるので、おはかをつくります。あさってくらいにとうきょうにかえります。ぱぱ」

最近は家内に向けて手紙を書いていない。重要な連絡は、すべて平仮名の娘宛てのラブレターだ。

さてと、自宅のアドレスはと思って、ヤフーのメールソフトを開く。真っ先に飛び込んできた受信トレイの画面を、僕はぼうっと眺めた。

上から三行目に目が止まる。「ゾウの件で。岩手」という手紙だ。背筋に冷水が走った。即ダブルクリックだ。

「岩手の醍醐です。本日朝十時五十分、アジアゾウ「サクラ」、腸炎で死亡。雌四十八歳。およそ五トン。トップから東大へ寄贈の意志があります。お電話しましたがご不在でした。至急連絡ください。十二時までにお願いします」

僕は一分間だけ、凍りつくことにした。そのくらいの時間をこの人生で無為に送っても、天罰は勘弁してもらえると思ったからだ。

デジタル時計の文字は、十一時二十九分を示している。もう何もする時間は残っていなかった。

僕は廊下を走った。たかが百二十メートルの間に、時代劇の役者さん数名と、幼児番組に出演する親子ざっと二十組とすれ違う。そのままスタジオに滑り込んだ。

「遠藤先生。ラストスパートです。よろしくお願いしまぁす」

守本さんの掛け声に、僕は精一杯明るく返事をした。

「お任せください」

「はいじゃあ、地球温暖化と動物たち、最後のシークエンスです。三十五秒前です」

守本さんが走って画面から出る。ＡＤがカンペを掲げる。３カメの出番だ。さすがは工さんだ。こっちを見て微笑んでくれた。

僕はもう一度今日の時間割を整理し始めた。

放送終了が、十一時五十四分。すぐに醍醐さんに電話して、譲渡を受ける旨を伝える。「全部あげるが、庁舎の置き物にするから頭骨だけ返せ」と言ってきたらどうしようかと思ったが、いまは考えるのをやめた。

次に、セイさんの四トントラック二台にPCBタンクとブルーシートをしこたま積んで発進してもらう。いやまて、トラックが二台も今日空いている可能性は五分五分だ。遅く見積もって明日東京発として、明後日朝九時から積載だ。……待てよ、あそこで吊り上げたら、客から死体が見えちゃう。駄目だ。開園前の朝七時までに積載だ。

で、死体は、一体どこに運ぶ。山形県の埋葬地は、先月のゾウアザラシで一杯だ。群馬の緊急避難地を思い浮かべたが、去年隣接地にアパートが建ってしまったから、タヌキやサルならともかく、ゾウほど大きいと住民が嫌がるかもしれない。手拭いを配って済む相手かどうかも分からない。

僕は、博物館で展示の造作を作ってくれている大工さんの実家の、ほうれん草畑を借りることを思いついた。たしか相模湖の近くだ。まだ使ったことのない土地だが、条件は完璧だった。ともあれ、まずは電話で土地の交渉をしないといけない。ユンボも連れてこないと、ゾウを入れる穴は掘れない。セイさんには行き先未定のまま、とにかく北から南へ向けてゾウを走らせてもらおう。

他に必須なのは、産廃処理トラックだ。ゾウ一頭解体すれば、七百キロは焼却が必要な物が研究室から出る。搬出車の到着は四日先の朝に指定しよう。僕は東大へすぐ戻って、一番装備からバールと長刀を除いて、残りを担いだら、上野駅だ。

次は人力だ。自前の戦力を数える。静岡県で水牛を切って埋めている福井。確か茨城の牧場で大学院実習を終えつつある田辺さん。そうだ、今日なら木原さんがいるに違いない。もう一人、弘前に木村が居た。木村は弘前大からこの冬に大学院の博士課程を受験しに来る、両棲類に狂っている受験生だ。まだ向こうの学生だからマナー無視の早出しだが、とにかく彼を招集だ。うまく高速バスでも捕まえれば、あいつが一番早く着く。待てよ、園に入らずに入口で待つように釘を刺さないといけない。あいつにこの状況で動物園と話すだけの力量はまだない。のこのこ「ゾウの死体を取りに来ました」などと言って動物園の玄関から入っていったら、ただの不審者だ。ちなみにあいつの解剖の経験は確か十センチのサンショウウオだけだ。その次にいきなりゾウは飛躍しているが、居たほうが断然いい。カエルを獲りに出かけていなければいいが。

萎えそうな気持ちを奮わせる。そういえばもう一人。ゾウの心臓の電子顕微鏡をやりたいと、日大の佐藤さんが言っていたっけ。彼を巻き込んでしまおう。[*5]グルタールアルデハイドを持って、すぐに岩手へ来ないかと誘おう。あのドライブ狂、必ずや東北道に休憩なしでシトロエンを走らせるはずだから、何かこまごましたものを積んでいってもらうにも、好都合だ。

あとは関東平野の遺体収集連合軍に声をかけよう。横浜国大、東京農大、北里大、早稲田大、筑波大、それに東京藝大あたりからだ。クオリティはまだまだ二軍と育成枠の間くらいのメンバーが多いが、人数は揃う。東京近辺で待機してもらうだけで十分助かる。

おっと、お金がない。この期に及んで僕は笑うことにした。〝自前〟の努力なら、まずは館長の脛を齧って、館長裁量経費なる予算を狙おう。それも無ければ自分の冷凍庫の改修を中止して捻出だ。旅費は全員立て替え払いで頑張ってもらおう。

最後は自分の予定だった。手帳を見る。明後日の午前に入試の会議がある。本当は欠席できない。かといって、出席はあり得ない。これればかりは、代役もあり得ない。入試の検討委員会に一報して叱られればそれでいい。その日の午後は学内の施設改修の委員会だ。もはや知ったことではなかった。

僕は決めた。今週は人に迷惑をかけて生きることに、決めた。そう考えれば、この仕事、気は楽かもしれない。

何事もなかったように、番組のオープニングソングがかかり、大きめのモニターにオンエアの絵が入った。がんばれ3カメ、こっちは準備完了だ。少なくとも、あと三十分間、放送は笑いながら行こう。親が死のうがゾウが死のうが、スタジオで僕が果たすべき責任は変わらない。人格〝二のA〟で押すのみだ。

守本さんが、五本指を立ててカウントダウンを開始した。僕は念じた。

「岩手の動物園さん、十一時五十四分まで、必ず返事しますから、ゾウを焼却炉に送らずに待っていてください」と。

番組が進んでいく。僕は、ゾウの関節をあの岩手の狭い獣舎のどこで、どう外すかのシミュレーションに没頭していた。確かあの園には小型のフォークリフトがあった。あれで吊れば、腰椎も外せるはずだ。そんなことを考えていると、なぜか工さんの優しい声が聞こえてきた。

「さあ、遠藤先生。こうした問題はみんなでどうしていけばいいんでしょうかね？」

しまった、スタジオで何が話されていたのか、何も聞いていなかった。まあ、適当に喋っていれば答えになるだろうと信じて、突然振ってきた工さんに、まずは、前置きから返す。

「温暖化っていうのはですね、大変深刻で、もう手遅れなんですよ。たとえば南の琉球諸島の珊瑚礁なんですけどね……」

西表島にかこつけてコメントしたつもりが、南の島のことを口にした瞬間に気がついた。原野を徳之島に置き去りにしている。

僕は、環境問題を明るく語れる学者として、できる限りらんらんとした笑顔をつくった。そして工さんに珊瑚が広い範囲で死んでいる事実について語り始めたが、頭の中では、まったく別のことを呟いていた。

「原野、助けに行けない。固定液、届けられない。独りで、頑張るんだ」

とっておきの笑顔を3カメと、続いて工さんに返しながら、僕は念じた。

「なあに。相手はお前の大好きなカメだ。きっとうまくいく」と。

九月二十六日

注釈

1　**田宮高麿**　よど号乗っ取りグループの主犯。

2　**チンチラ**　ここでは南米原産のネズミの一種を指す。良質の毛皮が採れるので、家畜として飼育、育種されている。

3　**バケット付きフォーク**　フォークリフトの先端に大きな箱を装着したもの。土砂運搬や除雪など、低い位置にある重量物をすくい上げて移動するのに好適。

4　**花徳**　徳之島島内の地名。

5　**グルタールアルデハイド**　細胞や組織の形態を保存するための優れた固定液の一種。たとえば電子顕微鏡観察のために組織を固定するときに用いる。

18　血糊とピアノ線の含意

I

さっき里美さんがデスクに積んでいった封書は、十四通あった。行事などが何もなければ、郵便物は毎朝このくらいで済む。中のひとつを乱暴にちぎって開封した僕は、十数秒後には地球上でもっとも目を大きく開いている人間になっていた。

医学解剖学系の小難しい学会の小さな年次大会のアナウンスである。普通は「演題が四十いくつかありますよ。これ、目に付く所に貼ってください。○月×日開催です」という感じでプログラムとポスターが来るものだ。だが、僕が驚愕したのは、ポスターのセンスだ。

航空自衛隊のＦ15が三機、蒼空を斜めに突っ切っていくだけのポスターだ。これと解剖学の何が関係あるのか。眺めていた僕は、その意図なき意図に打ちのめされた。

Ｆ15と学会大会にはもともと何も関係ないのだ。ただ、右下に小さく「会場：防衛医大」とだけ書かれている。

（こういうのを、待っていたよ、あたしは）

僕はこれを作ったおそらくは面識のない防衛医大の担当者に、ゴール寸前の日本ダービーに劣らぬ拍手を送り続けた。いまどきの大学経営陣が優雅に作る合理的ＰＲごときに、この真似はできない。

（十万人が君を称賛しているぞ）

空をつんざく幸せなＦ15のお蔭で、眠りかけていた表現センスを覚醒された。いい朝の始まりだ。

目の前はテレビの画面だ。いい加減にリモコンのボタンを押していくと、画面に躍り始めたのは、椿屋敷の総天然色だ。椿の花が漂う流れの片隅に、設えられた岩がある。世の中であの岩の上を凝視する鑑賞者は、わが遺体科学研究室の人間たちだけだろう。

あそこには原野が田んぼで捕まえたカエルが乗っている。僕が霊長類研究所[*1]にいた頃、撮影所からカエル収集依頼を受けて彼が捕まえたものだ。リメイク版には、もともとアニメーションでカエルのキャラクターが登場するアイデアがあった。実現していれば、もしかしたら織田裕二を喰っていたかもしれない、名優の幻だ。

このカエル、よく見ると、画面の中でちゃんと少しだけ動いて見せる。

僕は明日の講義の台詞をひとつ作ってみた。

（皆さんね、映像表現は、何が面白いかっていうとだね、それが、たとえばカーナビが予定通りに皆さんに道順を教えてくれるようなものじゃないってことだ。まあ、まず、新しいほうの、『椿三十郎』から話そうかね）

世の中でただ一か所、三〇八号室だけでスポットライトを浴びることのできるトノサマガエルの大見得を、しっかり見極めてフリーズさせた。プレーヤーに一時停止をかけると、僕は机に並ぶ四枚のDVDパッケージの束を左手で鷲づかみにした。三〇八号室を訪れる院生たちにいつも笑われてばかりのディスクたちだ。今日は一見して枚数が少ない。いつもなら『大坂城物語』[*2]と『マタンゴ』[*3]と『奇跡の作戦キスカ』[*4]も仲良く加わっているのだが、「戦争と秀頼君は、原野が借りていきます」とデスクの端にピンクのメモが貼ってある。さらにその脇に、「先生、キノコ、ごちそうになります、キノコ。田辺、キノコ」という、乱れ気味の文字の付箋が残されている。ダグ・マクルーアの『大空の恐怖』[*5]のVHSと『新幹線大爆破』のDVDも見当たらない。『633爆撃隊』[*6]も無いことに気づいたが、原野が〝戦争〟と呼んだものに含まれているんだなと、納得をした。

（他のはきっと、荻元だな……）

あの天下無敵の昆虫屋はよく勝手にソフトを持っていって返さない。同僚の教員の顔を思い出して、僕は苦笑いを浮かべた。

残された四枚の写真入りディスクパッケージが、僕の掌で躍っている。

2

死体を解剖する者は、多かれ少なかれ、「動くものの形」を愛する。よくある動物図鑑には、ウシの写真の下に四つの胃袋をはめ込んだ絵が描かれる。ゾウの頁には鼻の解体図が、チーターの頁には柔軟に屈伸する背骨の漫画が、クジラの頁には鰭《ひれ》の断面図が、そしてキリンの頁には七つの頸の骨のスケッチが添えられるものだ。これらはみな、動くことを宿命づけられた身体のパーツだ。読み手の子供は、図に落とし込まれた骨が筋肉に引っ張られて動く装置であることを、いつのまにか知っていく。

そんな子たちの書棚には、親に買ってもらった電車の本も加わっていることだろう。とくに男の子は幼い頃から、車か飛行機か鉄道に惹かれるものだ。格好いい外見が載っていれば当座の役割は果たすだろうに、読み手の好奇心をくすぐる良書には、ご丁寧にも山手線の車輌を縦横無尽に切り刻んだ断面図が付いている。主電動機だのVVVFインバーターだの空気圧縮機だの元《げん》ダメ管だの、パパもママも知る由もない語句を、子供はそんな本で身につける。

僕の脳味噌の起原はまさにそこにある。バラバラにしたキリンの頸椎を手にするとき、不惑の解剖学者の好奇心は、山手線の床下に陣取るインバーターの位置と働きを知ろうとする六歳の男の子の欲求と寸分違わない。もっとも、昭和四十年生まれの僕が見た車輌の本には、半導体の塊のようなＶＶＶＦインバーターは影も形もなく、代わりに怪しい水銀整流器を積んだ真っ赤な電気機関車や給水温め器を誇らしげに頭上に抱えたＤ51が描かれていたものだったが。

ここまでは、動物が相手なら機能形態学、鉄道や自動車の世界なら機械工学、飛行機が主役なら航空工学やら流体力学なる看板を背負って、誰でも多少なりとも心の内では相互交流を図って楽しむものだ。もちろん工学系の教員は博物館など貸し会場か自分が儲けるマーケット程度としか思わず、逆に解剖学者は博物館に命を預けているという本質的な違いはあっても、一人の人間が、動物と機械に共通のセンスを通わせる動機は深い。

しかし、それに加えて、僕のような死体屋の場合、学究人生に「映像」が介在する。

たとえば、円谷英二さんの特撮作品に、『緯度0大作戦』[*7]がある。海底深く人知れず造られた理想郷。そこには科学と技術によって人類の夢を具現化した都市が造られている。貧困も暴力も犯罪も人の死をも克服し、人工太陽が輝く未来世界は、生み出される科学的知と技術革新を、偶然を装いながら地上の人類に提供している。そこに、高度な技術力を悪用し、欲望のままに武装と戦闘をエスカレートさせる集団が現れたとき……。

陸に海に空に、暴れまわる超兵器群。もはや神の目でしか見えない極彩色の空間を映像化することに、円谷氏は挑んだ。彼の世界は、データを入力すれば力任せに動画を作ってしまうコンピューターグラフィックスのものではない。氏は模型と着ぐるみとセットで、すべての実体を制作し、実際に動かしながら、フィルムに焼き込んだ。緯度0の超兵器もモンスターも、すべてが架空だ。だが、氏はもはや神の目をもち、神の目だけが捕えられる映像を、スクリーンを通じて観る者に投げ尽くした。

すべてが現実に人の手で作られた実体である円谷氏の被写体は、実は、僕の解剖室に横たわる死体と同一の存在なのだ。漂う臭いが血なのか火薬なのかという相違は表面的なものに過ぎない。模型や着ぐるみを思うがままに操った世界一の特技監督も、ちっぽけな博物館で死せる形に生前の機能を宛《あて》がう解剖学者と、同じ感覚で没入していたに違いないのだ。二人はともに、行きつくところまで表現を執拗に求め続ける……。そう、「形あるものの動き」を相手に。

3

秋のこの時期、『映像と人間』と名付けた時間を、博物館学演習のカリキュラム受講者とともに過ごす。博物館学演習というのは、既に博物館に雇われている学芸員などと呼ばれる職種の人々と、改めて語り合おうというカリキュラムだ。世の中の博物館の大半は職員の高度化に関心なんてないものなのに、年度末の事業報告書に一項目を増やしたいのか、毎年二十名以上の職員をここまで参加させてくる。

今年の参加者の名簿にちらりと目をやった。明日の教壇の自分を思い浮かべながら。

（沖縄や秋田から、僕の映像の話を聞きに、ここへ来てくれたのですね？　ありがとうございます）

動機はともかく、幸せな受講生相手に、今年は演出の王道を語ろう。

大きなトランプを手にした寄席の手品師のように、手の中のＤＶＤをさばきながら、タイトルを見渡した。カート・ニューマンの『蠅男の恐怖』*8に、蓋に鮮やかなカラー写真の織田裕二が翻ったリメイク版の『椿三十郎』、そして大きな翼の影と絶叫する女優さんが描かれた『空の大怪獣ラドン』。最後に残ったのは、赤文字で書かれた『椿三十郎』。これは三船敏郎主演のオリジナル版だ。引き出しから近作のディスクも見つけ出して、二、三枚重ねた。

次々とＤＶＤをデッキに差し込んでは抜いてを繰り返し、明日語るべきシーンを見つけ出す。だが、関係のない場面で、何度も一時停止をかけてしまう。講師が楽しみ始めてしまっては、講義の準備は一向に進まない。

僕の講義は映像作りのプロセスに直接に役立つというものではないだろう。本当は『筋立ての実践』などと題して、起承転結の作り方を教えるほうが、受講者にとっては職場で役に立つのかもしれない。だが、映像を、そして映画を語るという最高に楽しい時間に、受講者にとって実務に役立つか否かなどという考えを持ち込まれてはかなわない。医師、獣医師、薬剤師、建築士、弁護士、学校教員。そんなもの、どれもみな大学で躾ける必要はない。労働者の技能養成は専門学校の仕事だ。学芸員の映像作りも同じことだ。

「だからさあ、成功と失敗が衆愚と市場原理に判定されてしかるべき業種は、仮にそれがナントカ教育だと名乗っているとしても、本質論として大学で面倒見る必要は無いんだよ」

何年か前の議論は、僕がこの言葉でお開きにした。食い扶持とは別に、純粋に映像を議論してみたい。題して『映像と人間』。それが僕の求める受講生との必然の接点だ。

画面は、蠅男が夜の怪しい建物内を逃げていくシーンを映し出した。すぐに巻き戻しをかけた。綺麗過ぎる女優さんが薄汚れたコートを羽織った蠅男とともに逃げ惑う姿が、逆さまに回転する。あまり名の通っていないこの作品の監督は、何十年も経ってから安物の家電でこんなことをしてまで作品を見つめる人間が現れるとは、よもや思わなかっただろう。

特定のシーンを順送りにチェックしていく。受講者たちには、ＤＶＤのカウンターを使って、問題のシーンの位置だけはちゃんと教えておくことにしよう。モンスター出現後の驚愕のシーンを一つ二つ選んでは、問題にすべきカットの位置を順番にメモした。

「あっ。来た来た」

喜びの独り言を漏らす。老眼でもないのに、椅子を軽く引いて、画面を少し遠くから眺めた。世界一切ない蠅男の複眼が、世界一恐れた叫び声を絞り出す愛妻の姿を、何人も並べて映し出している。愛する妻は、もはや蠅男と化した主人公とは、同じ世界の人間ではない。

(邦題で、『蠅男』を受けている言葉は『恐怖』ですね。画面上に現れている何人もの素敵な奥さんは、彼女が最高の演技をしても、ただ撮っただけでは、伝えられる恐怖の深さには限りがあるでしょ。ましてや、着ぐるみであろうとCGであろうと、演出部が作った〝予定された蠅男〟は、いかにそれが精巧に拵えられていたところで、作り物でしかないんです。それだけでは、観客の誰からも見透かされます。それ以前に監督と脚本が作り物に負けているわけですよ）

もう一度再生ボタンを押して、複眼の映像を動かした。

（実験事故で生まれたこの哀しき化け物は、自分の醜さを見た愛妻が恐怖に卒倒する姿を、その蠅男自身の眼を通して表現したときに、初めて観る者を底なしの恐怖の世界に引きずり込むことができるんです。そして実は、それは恐怖ではなく、蠅男の切なさ儚さの、寡黙にして鮮烈な表現の完成なんです。これが、監督と演出の力量ですよね）

蠅男が身悶えながら、逃げている。

（最後にここまでたどりついたのは、女優さんの顔と叫びと、蠅男の複眼と、そしてキャストに与えられた哀しい運命の、偶然の交錯かもしれません）

講義をイメージする僕を、液晶の画面が追い抜いていく。

4

ラドンが画面を舞った。西海橋の破壊シーンまで、チャプターを送って急いだ。

お台場の科学未来館の夏休み行事で川北紘一監督と話すイベントを作ったときのことを思い出

した。「東宝に許可をもらって、館内にラドンのシーンを流したいのだが、どの場面がいい？」という話になったときだ。科学教育を担当する館のスタッフは、特別展の翼竜については古生物学の知識をかき集めているのだが、この関連イベントと称して始まった〝ラドントーク〟には、ほとんど意味あるアイデアを提示できない状況だった。

科学と文学、ＳＦとサイエンスのリアリティを創造的に往来できる人間は、現実にはほとんどいない。解剖学を、死体の科学を、天才的特技監督の足跡とオーバーラップできる人間は、いま流の経営至上主義の博物館には絶対に生まれてこない。紅蓮の怪鳥ラドンの超音速の旋回に魅せられ、同時に翼竜の指の関節を想起し、コウモリの鎖骨の運動を目に浮かべ、ついでにアメリカ軍のＦ１１１の可変翼を比較しながら、その場で気の利いた喋り手を演じる人物など、どこにいるものか。オンブズマンとポリティシャンが、無駄だと仕分けて捨てるゴミ箱の中にしか、そういう真に新しい教育は残っていないのだ。

「会場で流す場面？　そりゃあ西海橋前後の六分くらいと、ラストじゃないかな？　阿蘇の。きっと円谷さんに惚れ込んだ人間なら、みな同じだよ」

自信をもって、僕はそう提案した。

西海橋破壊シーンのチャプターをメモすると、今日はラストシーンだけもう一度観ておくことにする。

阿蘇山にミサイルが打ち込まれる。ミニチュアワークの真骨頂だ。朝鮮戦争水準の実在の兵器を選んで模型を並べたのも、この作品の妙味だ。兵器が実在のスケールモデルであるからこそ、あくまでも現実の阿蘇の山に、モンスターが躍るのだ。

爆発の炎が上がり、火口の噴煙と溶岩が画面を占める。不規則な軌跡を残しながら火に巻かれ、重力加速度との微妙な差を残しながら墜落していく、哀し過ぎる怪鳥。

（なぜ、この主人公が、不自然なくらいに寂しく落ちていくのか、みなさんは分かりますか？本当は、世の中の誰もが、このモンスターの絵コンテに描かれた最期の姿を知らないのです。なぜなら、これは炎のせいでピアノ線が切断されてしまった不慮の事故だからですよ。誰ひとりとして予測して作ることのできなかったシーンというわけです。アウトリーチを入札で引き受けているいまの広告代理店に繋げさせたとしたら、NGなんです、これは）僕は息をついた。（ノー・グッドなんですよ、ラドンは。いまの制作体制では）

画面には阿蘇山のミニチュアが火口から炎を上げ続けている。

（モンスターは、憂いをはらんだまま消えていくんです。演出家が考えたものは、最後には一人間の考案でしかないかもしれませんが、現実に作り込まれたミニチュアは、CGと違って、確率は低くても、必ず人間の発想を、監督の想定を超える映像まで生み出すのですよ）

メモ帳に『大坂城物語』と『日本誕生』[*9]という文字を書き連ねた。明日は時間があれば、ここでこの二例も取り上げたほうがいい。

（ミニチュアって、いいものなんですよ。なぜなら、ミニチュアは必ず、失敗を生むからです）

明日のための言葉を反芻しながら、僕は「失敗」という言葉に、照れ笑いをこらえられなくなった。解剖の場でも、同じように失敗を繰り返しているからだ。

せっかく運んできたイルカの顎を、ちょっとした気の緩みで解剖台から落として壊したことがある。やっと作り上げたアヒルの[*10]気嚢《きのう》の樹脂模型の上に、ウマの巨大な盲腸の標本を落下させたこともあった。埋葬地から掘り出す大事なカバの骨盤を、誤って重機の鉄の爪で砕いてしまったのは、たった三か月前のことだ。

（ね、解剖と映像は同じでしょ。失敗しながら「自己表現」を繰り返しているんですよ。転んで石にかじりついて、また転ぶ。人間臭く失敗をして創っていくからこそ、面白いんです。映像も、もちろん解剖も）

やっと潤滑油が回ってきた頭を振り回し、僕は次のＤＶＤを差し込んだ。

加山雄三を従えて、三船敏郎が所狭しと跳びまわる。

（日本映画史上最大級の失敗をお見せして、講義を終わりましょうね）

手に取ったオリジナル版のカバーに視線を落とすと、決闘のチャプターを探した。当然、終わり際にあのカットは収まっている。僕は何度かボタンを押して、シーンにたどりついた。

仲代達矢の胸から、信じがたいほどの勢いで、これでもかという大量の血糊が吹き出す。モノクロの画面を埋めるその血糊は、黒く見えるからこそ、真に鮮血を思わせてくれるのだ。

掌に余る大きなリモコンを繰りながら、七回繰り返して、仲代が斬られる瞬間を凝視した。自分でも不思議なことに、僕は笑みをこらえられなかった。

　血を見せるだけで形式的に視聴年齢制限がかかることが、織田裕二と豊川悦司のリメイク版で同じことをしなかった一因だと現場から聞いた僕には、いま流のコントロールが抱いている危惧とはまったく裏腹に、三船に斬られる仲代の死に様は、可笑しくて仕方ない映像に見えてきた。（実は、笑えるでしょう、これ？　このラストは老若男女を問わず、笑えるくらいに愉しい、とあたしは確信しています……）

　やっと、いい講義になる予感がしてきた。

　いつになく周到な予行演習だ。僕は明日の締めの言葉を用意することにした。（この血糊、もちろん、NGですよ。失敗ですよ。血が予定よりたくさん出ちゃった。こんなもの、本来の絵コンテと、違い過ぎる。そう思うでしょ？）沖縄から来た学芸員が目を見開く姿が浮かんだ。（表現は、綿密に作り上げたなら、最後は、偶然の失敗で、いいんです。史上最悪の失敗を、皆さんの手で呼び込んでみたら、いかがですか？　皆さんの映像に）

　画面にもう一度目をやった。また舞った。世界でもっとも鮮やかな血しぶきが。

十月十六日

注釈

1 **霊長類研究所** 愛知県犬山市にある京都大学の研究所。ヒトを含めサルのなかまを総合的に研究する世界最高水準の研究所である。

2 **大坂城物語** 大坂の陣を描く一九六一年公開の映画。特技監督円谷英二氏のもと、戦国終結の戦いが、ミニチュアワークを主体とした優れた特撮によって映像化されている。

3 **マタンゴ** ここでは一九六三年公開の特撮ホラー映画を指す。無人島に漂着し、都市から隔離された遭難者を描きながら、極限状態での人間のエゴに斬り込んだ傑作。円谷英二氏の特撮が光る。

4 **奇跡の作戦キスカ** 一九六五年公開の映画『太平洋奇跡の作戦 キスカ』のこと。太平洋戦争中のキスカ島撤退作戦を描いた作品だが、円熟期の円谷英二氏のミニチュアワークを堪能することができる。

5 **大空の恐怖** 一九七一年公開のアメリカ映画。アーサー・ヘイリーの『0－8滑走路』の映画化である。ダグ・マクルーアとロディ・マクドウォールの熱演と、きめ細かい演出で評価が高い。航空パニック映画の傑作。

6 **633爆撃隊** フィヨルドに守られたドイツ軍燃料工場を空襲するイギリスのモスキート攻撃機を描く一九六四年の戦争映画。丁寧に描かれた人間ドラマとミニチュアワークが融和し、戦争アクションとしての迫力にも満ちている。本作のクライマックスシーンを知る映画ファンは、円谷作品『ゴジラの逆襲』を再評価し、一九七七年の『スターウォーズ』をただの模倣に過ぎないと批判する傾向にある。

7 **緯度0大作戦** 一九六九年公開の日米合作特撮映画作品。円谷英二氏の最晩年の作品に相当し、円熟した特撮技術によって、超科学兵器が海洋で活躍するというシーンがふんだんに盛り込まれた。人造の凶悪な生物体も着ぐるみで登場する。

8　**蝿男の恐怖**　一九五八年公開のＳＦホラー映画。カート・ニューマン監督作品。物質瞬間移動装置を開発していた物理学者の悲劇を描く。精緻なシナリオと演出に支えられた傑作。リメイクもされているが、カート・ニューマン版の評価は俄然高い。

9　**日本誕生**　一九五九年公開の東宝作品。日本の古代神話の世界を描く巨編。ヤマタノオロチを中心に、円谷英二氏のあまりにも高度な特撮映像が光る。

10　**気嚢**　鳥類によく発達する呼吸装置。肺や肋骨の周辺に大きく広がるが、実体的構造の少ない空気の袋であるため、これを三次元的に把握するのは、解剖学者にとっても若干厄介である。伝統的には、樹脂を注いで固めるなどの技法で、この袋の形状を理解しようと努力してきた。

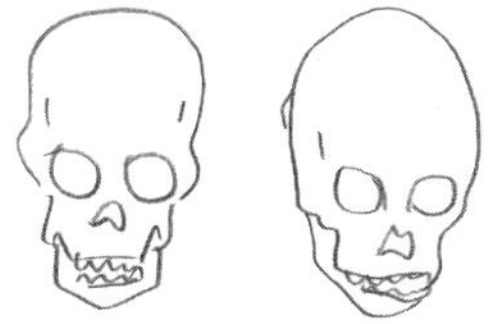

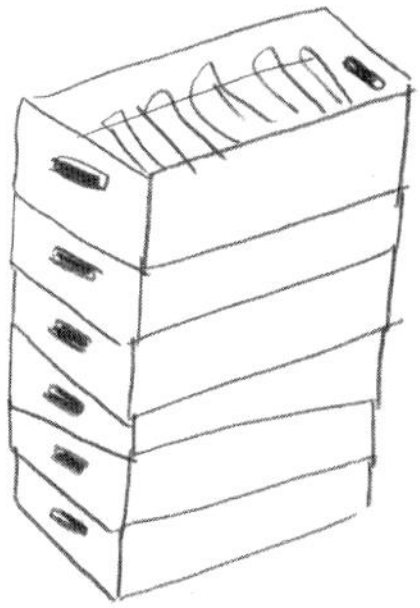

19　理事詣で

　青空だ。ただ、けっして透き通ることのない、夏の空だ。五月を過ぎると、いまどきの都心は、青いだけのくぐもった空に覆われる。湯島天神の前の緩い坂道を登ってきた僕は、腫れぼったい夏の空気を気だるく吸った。少しすれば巨大な雲が湧き上がって、にわか雨でも呼びそうだ。

　竜岡門をくぐると、僕はいつものように左へは曲がらずに、正面にそびえたつ褐色の建物を目指した。大学を国が直轄運営していた二十年前ならば、さして表舞台に出ることもなかった大学経営の本山だ。

　本部棟。著名な建築家が手がけた建物は、側壁に大きく開口した窓も、周囲を固めるがっしりとした枠の造形も、立派の一言に尽きる。だが、我が国の普通のオフィス同様に、所狭しと書類を積み重ねる使い方をしていくと、建築家渾身の美しいデザインだったはずの巨大な窓は、美とは対極にある段ボール箱の山を、東大病院前の道路を往来する人々に〝陳列〟する悲しいショー

ケースに化けてしまう。

「宗教法人なら、ここにもう少しめでたい像でも、建てるんだが」

本部棟の玄関口で待ち合わせた松野教授が、冗談で僕を迎えた。彼は歴史系の研究科に属す人だが、つねに博物館のために力を貸してくれている。

「茨城あたりでやたら大きな仏像を作って建てる寺の入口では、あんなお姉さんが出迎えてくれますよ」

本部棟で案内役を務めている女性職員を僕は顎で示す。

「うん、三菱重工も、どこぞの新興宗教も、そしてこの東京大学も、玄関口の有り様は、いまやみんな同じだ」松野教授が真顔で応じた。「なぜだか分かるか?」

二人肩を並べてエレベーターへ急ぐ。

「さあ、いえ、分かりません」

「簡単なこった」松野教授が持論を披露する。「企業も、信仰も、学問も、疲れ切った社会においては、その良さも悪さもお金にしか換算されないからだ」

「そんなもんですかねえ?」と僕は応じた。

「ああ、商品経済や自由主義が生む快適さは、人間の物差しを均質化する。だから、大学に外からやってくる人も、預言者にすがる訪問者も、巨大企業にビジネスに来るお客さんも、いまは結局同じセンスで扉をたたく」

「なるほど」

「だから、玄関口には、同じように案内役を置いて、同じように空気を作る。大学も、普通に、普通に、普通になってしまった、ということだ」

普通という言葉を繰り返しながら、教授は向き合わせた両掌を近づけて、風船が縮んでいくような仕草をして見せた。

完全には納得しかねながら、僕は教授の話を聞く。

「ま、だからこそ大学博物館があるんだけどね。あそこで教授たちに、サービス産業と同じことをされちゃ、困る。いつも違う物差しで仕事してくれ。他の大学の博物館は、まず間違いなく大学の広報部門でしかないだろうが、この大学では、博物館は新しい文化を創る責務がある」教授は噛みしめるように語った。「普通じゃ、困るんだ、大学博物館は」

松野教授は博物館のよき理解者だ。こういう人物が二、三人いれば、相当によい大学博物館ができる。だが、彼の言葉の通り、普通の大学では博物館は田舎町の観光振興PR部門と同様の扱いを受けている。この大学でさえ、博物館を消耗品的ショールームだと勘違いする教授は少なくない。それどころか、博物館を自分のマーケットに化かし、コンテンツやらシステムやらと称して商品を売りつけようという教授の肩書きを持った山猿の輩が、ちらほら出没している。その風潮を拝金と市場原理至上主義で後押しするのが、「いま」という時代の大学の姿ですらある。

エレベーターの扉の前で、箱が降りてくるのを待った。運悪く左の扉に「注油整備中」の札が掛けられている。右一台で本部棟の上層に昇る人間をさばくのは無理があるだろう。いつのまにか僕らの後ろに十人以上もの人間たちが連なってしまった。箱もなかなか降りてこない。小声でそれぞれの関心事を喋る声が、僕の耳に入ってきた。

「問題はグローバルの次、『宇宙的卓越』国家戦略の配分だよ、もっとなんとか、マシにならんか？」

「そうですねえ、あれ研究科ごとの話になっちゃうから」

「そりゃあ、分かってるけどさ」

「それにしても、最近の科学技術戦略とかいうの、日本語がもう破綻しているよな。『卓越の卓越』とか、『スーパートップなんとか』とか、『日本生き残り十二箇条』とか、昔の一億火の玉特攻隊のスローガンと同じになってきた」

「ま、一九四四年秋くらいの感じですかね」

そう語り合っているのは、髪が銀灰色に輝く男と左足を軽く引きずる背の低い男だ。

「全体で電子ジャーナルの支出を十五％削れって、本部から言ってきたんですよぉ。そんなの急に言われたって、無理じゃないですかぁ」

「いや、できますよ。儲け過ぎのアメリカの出版社を叩くだけでも、かなりお釣りが来る。先生っ、もっと強《したた》かに行かなきゃだめです」

「……東大が要らないといえば、他の大学も買わなくなるかもしれませんが。そうすれば、確かにこちらのペースではありますけれどぉ、ちょっと乱暴過ぎる話では……」

どちらも教員だろうが、痩せた女が、息子ほどにも若く見える男に叱咤されている。ベージュのスーツをまとった女教授は、頭脳労働にだいぶ草臥れた感じだ。数年で引退を迎える年齢だろうか。

「次の政権がどっちでもね、俺が作ったペット税法が通る。岡田か小池百合子が、間違いなくイヌ畜生に税金かけるぞ」

「それで日本のイヌが七百万頭減るというのが、先生の予測ですね？」

「ああ、ネコも四百万は減る。獣医学とパラメディカルの予算枠は俺が工学研究科にスライドさせる。今日はその布石だ。あんたのところのロボットイヌなら兆円のオーダーですぐ売れるだろう。ペットロボットの寿命は、やっぱり一年半に設定だ。普通のオーナーはそのくらいで持ち物に飽きる。それより、少しはマシなネコのロボットを製品化してくれ」

一昔前ならあり得なかったはずの大学教授の怪しい儲け話が聞こえる。黒幕肌の百キロは超えていそうな太った男を、僕は軽蔑の目で見やった。相方はどこぞのコンピューターメーカーの人間だろう。口髭を蓄えた少し草臥れた風貌の中年だ。

「明日、慎太郎とそれから長崎県議たちにも会う。あのシステムでＩＯＣが説得できれば、狙い通りなんだが。世の中は画像処理次第で嘘もまかり通る。十億人騙すのは訳ないこった。まあ、原爆オリンピック、じゃない、反核オリンピックがとりあえずどうなろうと、その先のこともあるから。いまから理事の耳には入れとくよ……。ん、高島って?、あいつ、審議官やってたんだろう。なんでそんなことも分からないんだ?」

と顎と肩の間に携帯電話を器用に挟んで話すのは、グレーの背広を着込んだ五十過ぎの男だ。ここで会わなければ、大学の先生というよりは脂ぎったビジネスマンの風貌である。

安田講堂を理念から壊してしまおうかという話から、農学部三号館裏のゴミ捨て場にたむろする鳥をどうしようかという話まで、本部棟のエレベーター前のひそひそ話は、録音なり速記なりして保存しておけば、なかなか笑える二十一世紀はじめの教授小噺シリーズを未来に残すことができる。

対馬だか豊橋だか米沢だか忘れたが、博物館で見た江戸時代の役人の訴状に、「昨今は馬の走る力量が落ちている。藩をあげて、良馬の生産と、新しい飼養技術の導入を望む」というような文書があったことを思い出した。侍が上司に宛てたであろうその書面は、本人の深刻な訴えを直接表現しているとともに、三百年後に生きる僕たちにとっては、なんとなく微笑ましくも映る。価値ある歴史資料であると同時に、どちらかといえば、落語の元ネタに使えそうな小噺の類だった。

馬の肥やし方と大して変わらない小噺をいまこの瞬間に生み出しているのは、この大学の教授たちだ。彼らはみな、大学の経営の中枢と関わりをもっている。そして、このうちの何人かは、わずかな予算とポストを何とかして引き出すためにここを訪れている。僕と松野教授と同じように。

法人化される前の大学は、いまよりお金の流れは貧しかったろう。法人化などしなければよかったと思える点ばかりなのだが、法人というものにひとたびなってしまえば、経営陣によるトップダウンの様相が明確に打ち出されてくる。そういうことは性に合わないから経営者とは交渉しないという教授もたくさんいるだろう。僕は彼らの哲学も理解し、ともに生きてきた。ただ、少なくとも今日の僕と松野教授の仕事は、経営陣との交渉だ。

エレベーターが来た。乗り合わせた十名あまりの人々と、面識はない。みな黙って目指す階のボタンを押していく。この人たちの何人かは互いに知り合いのはずだが、狭いエレベーターに乗ると、どの組み合わせも、しっかり黙る。

箱が上昇する加速度を感じながら、僕は考えた。

学者より強い経営者の出現。法人大学の一見合理的役割分担に見えるこの帰結は、学も文化も大切にしない資本主義の化け物どもに、大学が哲学を売り渡している現実……。

目指す階で降りる。松野教授は気心知れた様子で事務員に左手を上げて挨拶し、そのまま小さな部屋へ入った。中年の女性の事務員が立ち上がって礼をした。この仕事の経験が豊富なのだろう。彼女の立ち振る舞いは初対面の僕にも安心感を与えてくれる。

「この部屋は初めてかい？」

「ええ」

「さっきのは理事の秘書だ」

「見るからにちゃんとしていますね」

くすりと笑いながら、教授が答えた。

「ここに入り浸るようになったら、学者も終わりだけどなあ」

顔を見合わせて二人で笑った。

「でも好きな人は、ここでずっと仕事するんでしょ？」

「ああ、教授にはそういう人種もいる、物理とか工学系とか、サイズの大きな集団は、三六五日をこの建物で過ごすだけの教授を、ちゃんと選ぶ。部局によっては、研究をして論文を書く人材など、一定数以上は雇う必要がないという未来像も持ち得る。ノーベル賞学者と有能なマネージャーが居ればそれでいいっていうグループは珍しくない」

僕は頷いた。

「ところで、このあと、どう話を始めます？」

「うーん、そうだな……」

松野教授は思案げに、顎を撫でた。

「あれだけの古文書を引き受けるとして、そのための若手研究者を一人でも雇わせてくれというのが、基本線だ」

「でも、難しいですよね」僕は答えた。「これまでも、貴重な資料はなんとか手に入れてきたけれど、人間を獲得するのは、あまりにも……」

「うん、まあいい。ポストは無いと困る。いつだって当たって砕けろっていうもんだ」

僕の目には、江戸時代半ばのものとされる古文書の山がちらついた。とある古刹に残されていた、江戸期の海産物取引の商業文書だ。数か月前、僕は松野教授とともにその寺を訪ね、古文書の価値を確認したところだ。

よく作り込まれた時代劇の大店の蔵の中に迷い込んだ思いがした。近世史を専門にする松野教授は、子供のように目を輝かせて、文書のいくつかの頁を繰った。僕には字が判読できなかったのだが、なんでも、昆布を江戸市中に運ぶコスト計算が綿密に書かれているらしい。

保存状態を考えて、持ち主の住職が大学への寄贈を提案してくれた。博物館にとっては最高に嬉しい話なのだ。これほどのものが譲られるなら、大学として助教の一人くらい雇用を手当てして、頂いた物で研究成果を挙げていくのが当然という思いになる。それが、この大学の真っ当な姿勢を見せる場だ。法人であろうがなんであろうが、東京大学は日本の学問の懐の深さを見せていかなくてはならない。巷で喧伝誤解されるように、何も最新のテクノロジーで便利な生活を演出し、国の経済力に寄与することだけが、大学と学者の責務ではないからだ。

「これで人が付いたら画期的なんですけどねえ」

僕は松野教授を促した。

「うん。近世研究という意味よりも、日本の大学が、金にならないことにちゃんと力を注いでいるかどうかの姿勢を見せられる大切な事案だな」

頷きながら、僕は窓の外を見た。東大病院に人が集まってきている。朝の診察に並ぶ人たちだろう。

「前のお客さんが帰られましたので、どうぞお部屋へ」

秘書が声をかけにきた。

「ありがとう」

松野教授が答えた。

どこかで見たことのある教授とすれ違った。たしか経済学部あたりだ。理事室とあるプレートを横目に、松野教授のあとについて、扉が開けっ放しになっている部屋へ入った。

大きな窓の夏空を背に、理事が書類を手に立っていた。前の客人との交渉の書類をまだ熱心に見続けている。僕たちに気づくと、老眼鏡をちょっと持ち上げて、よく来たねと言いながら、座を勧めた。

僕はこの理事をどこか別の委員会で遠目に見たことがあった。確かキャンパスの〝都市計画〟を民主的に承認する全学委員会だったと思うが、「建てるだけ建てて、なぜ要らない物を壊さない」と不機嫌そうに怒鳴っていたのがこの人の唯一の印象だ。いま至近距離で見ても、あの委員会のときと同じで、苦虫を噛み潰したような気難しい顔をしている。好みを言えば、話す相手なら快活な男のほうがいい。僕は少し陰鬱な気分になったが、やむなく名刺を出して、改めて自己紹介した。松野教授の説明に合わせて、また老眼鏡をつまみ上げ、名刺と僕とを交互に見た。

「博物館の若い教授さんね。頑張ってね」

理事はけっして似合わない笑顔を僕に向けて作った。

「あ、ありがとうございます」

「私もここへ来てまだ間がなくて勉強中だ」

「恐れ入ります」と少し動揺しながら僕は答えた。

「今日はその博物館のことなんですが、これだけの古文書を引き受ける可能性が出てまいりまして……」

切り出した松野教授を、すぐさま理事が遮った。

「ポストと金なら……」理事は最初に松野教授を、次に僕を目で制した。「無いよ」

僕は慌てて松野教授を見た。教授も一瞬僕を見た。僕ら二人が苦笑いを浮かべると、理事は声を出して大笑いを始めた。

この人は笑うときも難しい顔なのだと、まるで他人事のように、僕は思った。

「いまは何も無い。勘弁してくれ」

理事は小さく息を継いだ。

「無い袖は振れない、ってやつだな」ちょっと前まで気難しそうにしていた顔を紙屑みたいにくしゃくしゃに潰しながら、理事が続けた。「でもね、無いものは無いけど、博物館とこの古文書のために、頑張ろうや、みんなで」

今日の理事詣での結論は、三十秒で出た。もう何も起こらない。

僕は松野教授に目で合図した。教授は小さく首を振ると、理事に視線を移して口を開いた。

「先の展開もありましょうから、流れだけ話しますので、承知ください」

教授の言葉を耳にすると、僕は理事室の窓から外を見通した。澱んだ青空のど真ん中に、真夏の白い雲が姿を見せていた。みるみる大きくなっていく元気な雲だ。あの電子ジャーナルの女教授も、あの広島オリンピックの画像処理屋も、あのペットロボットの商売人も、あの宇宙的卓越のロマンスグレーも、みんな交渉の最初の三十秒で打ち砕かれて、あの雲を所在なく眺めているのだろうか。

普通の大学の普通の出来事。

このキャンパスでそれをこなして給料をもらっている人間は、意外に多いのかもしれない。いや、これからは、この敷地はそうした人間ばかりで占められていくだろう。普通のことをするために、普通に人間が働く場。大学が変わろうとしている姿は、まさにそれだった。

「分かった。その話、聞こうじゃないか」

理事の言葉が耳に入った。青空を背に垂れこめてくる憂鬱をありったけの力で掻き消して、僕は懸命に口を開いた。

「理事、無駄に思える時間を取らしてすみませんが、幸い、今日話題にする江戸時代の資料はとっても面白いと思いますので、まあ、黒澤明の名画でも観るつもりで、大いに楽しんでください」

理事がまた声を上げて笑った。

六月三日

20　愛すべきエンジン

糸魚川の駅を出ると、相棒は急勾配に差しかかった。緑の美しい田んぼはあっというまに姿を消して、小さな山の斜面が次々と迫ってくる。

朱色に塗られた不惑過ぎのディーゼルカーは、最新の気動車に比べるとやはり非力だ。早々に直結と呼ばれる高速域の運転を諦めて、液体変速機[*1]を使った低速での均衡運転に入ってしまった。おそらくしばらくの間は時速四十キロ以下でもたもた行かなくてはならない。

「いい感じだ」

軽油を燃やす安定した低い唸りが、車体を揺らしている。床下に二台ぶら下がったディーゼルエンジンは、半世紀もの間同じ音を奏でてきた。余力を残す最近のエンジンと違って、思い切りふかしても走りには一向に勢いが出ない。だが、低めに抑えられたその音律は、機械としての安定の極みを示してくれる。出力と引き換えに甲高い金属音を発するのがいまの機関なら、このエンジンは旅する人をまろやかに包み込んでくれる、そんな柔らかさに満ちた音の世界を創る。

「エンジンっていうのは」閉じた瞼をそっと開きながら、僕は一人で頷いた。「こうでなきゃ、いけない」

膝がつかえそうな狭い向かい合わせの席に、土地の人と思しきお婆さんが二人並んで座っている。右のお婆さんはさっきから分厚いレンズの老眼鏡を頼りにスーパーのチラシを熟読している。千九八十円のワンピースの写真が天地逆さまにこちらに向けられ、ニッコリ顔の同じモデルさんの顔が十人くらい並んでいる。左のお婆さんは座ったきり目をつぶったままだ。足の間に大きな夏蜜柑を詰め込んだ紙袋をはさみ、白い髪をうとうとと前後に振っている。

背もたれ越しに周りを見た。ざっと座席の七割が埋まっているが、男女を問わず、全員の年齢が五十代後半より上と見た。

ちょっと前までローカル線といえば高校生しか乗っていなかった。モータリゼーションとやらの真っ只中を少年期に経験してきたから、ローカル線といえば運転免許を持てない高校生のものだと思って乗っていた。それが、いまやローカル線の典型的な乗客は、六十代から七十代の老人ばかりになった。

「あゝ、ディスカバー・ジャパン……」

笑うこともなく呟く。旧国鉄のキャンペーンに「ディスカバー・ジャパン」があった。万博の頃に始まって、第二弾は八〇年代の初めまで続いていた。誰もが明るい未来を信じて疑わなかったあの頃。この草臥れたディーゼルカーこそ、あの標語を牽引した主役たちの一人だった。

いまや、車輛は老い、乗客はそれ以上に高齢化した。ローカル線の一つひとつの光景は、社会全体の見事な縮図だ。

「地方路線はどこも同じ。お年寄り、ばかり」

東京を出てから昨日までの三日間で、千二、三百キロは走破しているだろう。走行距離にはまったく興味はないのだが、朝から夕方まで在来線の各駅停車に乗り続けると、結果的に一日に四百キロから五百キロの移動が起こる。

最初に向かった先は東北だ。上野駅を出て常磐線で仙台へ。その先東北線の小牛田という小さな町まで来ると、なんとなく眠くなったので、駅前で泊まった。小牛田で泊まるのはたぶん四回目だ。誰の興味も惹くことのなさそうなこの町は、意外にも鉄道マニアが泊まる可能性は低くない。鉄道路線的には東北を旅するのに便利な玄関口になっているからだ。

二日目は小牛田から一ノ関を経て三陸入りを果たした。気仙沼、盛、釜石とＪＲと第三セクターを乗りついで、再び東北本線の北上まで出た。最終的には夜中にひとつ山脈を超えて奥羽線に達して、横手が宿泊地になった。

翌日はなだらかな山越えからだ。新庄を経て陸羽西線で庄内平野へ。日本海を見ながら新潟から長岡、直江津に至った。糸魚川を目の前に三回目の夜を上越市で過ごした。

同僚に迷惑をかけながら無理やり作った四日間。そしていま日程の最後の日の朝に、大糸線[*2]を南下して、松本へ向かっている。

「これが、あたしの……旅だ」

目的地が必要なわけではない。ただ乗っていればそれで満足なのだ。収支に物差しを委ねれば、僕は国鉄のなれの果ての株式会社群にとって、中程度の招かれざる客だろう。なぜならば、乗るには乗るが、ちゃんとした収益になるような新幹線やら優等列車に乗ろうとは一切しない。乗るのは各駅停車ばかりだ。ともかく線路上に居ることを愛し、長い時間乗りまくっている。僕を運んでも、大して儲かりはしない。

「文句言うなって。乗車券くらいは買っているんだ」

一人の乗客が運用に就く車輌を選ぶわけにはいかないから、できるだけお気に入りが走っている路線を捜して乗っていく。全国どこへ行っても似たような高性能の車ばかりだから、どうしても乗りたいという路線は以前より減った。

それでもこの旅で外したくなかったのは、この大糸線だ。この心地よいエンジン音を聴くことのできる路線は、いまや日本中探しても数箇所しかない。大糸線は、その貴重な線区のひとつだった。

耳はしっかりとエンジン音を追っている。DMH17[*3]と呼ばれるこの車のエンジンの唸りは、かつて日本中で聴くことができた。昭和四十年生まれのディーゼルカー好きは、必ずこの音を聴きながら旅をした経験をもつ。

中学校一年のことだったと思う。夏、このエンジン音を聴きたくて、常磐線で水戸まで向かった。生まれて初めての独り旅だった。母に育てられた僕は、男の子の熱狂を語り合える相手を欠いていたのだろう。この音を聴くために、何枚かの千円札を握りしめて、母に内緒で上野駅を発った。

バラ色に塗られた常磐線の車を降りると、水戸駅の西側のホームに目指すディーゼルカーの編成が既に止まっていた。ありきたりのローカル線に似合わず七両もつないだ編成は、お世辞にも均整がとれてはいなかった。二枚のドアを備えた当時の標準車が何両か。車体の大きな急行型が一両。そして、三枚の両開き扉を備えた武骨でちょっとくたびれた通勤型。すべての車が一度は華やかな表舞台に立ったあと、何年かを経て、水戸から北の郡山へ延びる、地味過ぎるここ水郡《すいぐん》線《せん》に、余生を見出して集結していた。

普段なら、俄然格好よく車体の大きい急行型を選んで乗るのが当然なのだが、今日だけは他にお目当てがあった。この中でも一際幅の狭い貧相な車体の車だ。目指すこの車は日本中に数両しか残っていなかった。国鉄のディーゼルカーの歴史の開闢期を飾った、伝説の車だった。

だが、憧れの車を遠目に、僕は一人地団駄を踏んだ。目指す珍車が編成の中間に組みこまれていたからだ。編成の先頭に出ていてくれないと、車輛の先端部が隠れてしまうではないか。

中学生が一世一代の旅の果てに見つけ出した今日のアイドルは、流線形で大きな二枚ガラスの運転席を備えていた。昭和三十年前後に流行った、曲面と二枚ガラスを組み合わせた先頭部は、先駆けだった東海道線の電車の名を借りて湘南型と呼ばれていた。車体の断面積がはるかに小さくて本家の湘南電車に比べるとどうしても田舎臭かったが、それでも水郡線のこの主は、マニアにとっては何が何でも見て乗っておかなければならない相手だった。

ところがその日の編成では、その珍品中の珍品の顔が、半分見えない。隣につながったどうでもいい車に、自慢の美顔をマスクされてしまっていた。流麗な湘南型フォルムを無残にも覆い隠して、隣につながれたまま欠伸を続ける輩は、その頃日本中どこにでもいるどうでもいい車だった。中学生マニアは彼を思い切り呪った。

愛すべき世紀の珍車は、朱色の痩せこけた車体からＤＭＨ17のアイドリング音を夏の風になびかせて、律儀に僕にだけは申し訳なさそうに一休みしている。顔の右半分を欠き取られながら。

オリンパスペンは、フィルム一本で七十二コマ写し込めた。タオルで吹き出す汗を拭いながら、ペンのちょっと重いシャッターにすべてを託す。水戸駅の常磐線ホームは水郡線の編成を全部見渡せる最良の位置にあるのだが、頻繁に本線の列車が前を行き来して、お目当ての気動車を隠してしまう。やむなく常磐線が邪魔しない短い隙を縫って、稀代の人気カメラでアイドルを狙った。邪魔になっていた急行「ときわ」と「もりおか」が出て行くと、対岸のホームからこの珍車、「キハユニ二五の13」[*4]に何度もペンを向けた。

この車で孔が開くほど見なければいけなかったのは、車輪をかかえている台車と呼ばれる部分だ。由緒正しい経歴をもつこの気動車は、登場時はまったく異なる動力装置を抱えていたことを示す、大仰な台車を履いていたのだ。デビュー時の機構は、ＤＭＨ17で発電機を回し、その電力でモーターを回すという代物だった。電気で動く大きなモーターを抱え込んでいた台車はホイールベース二三〇〇ミリ。他の車に比べると、長い定規をひとつ分挿める〝がに股〟だ。

化け物のような台車をファインダーに入れる。ペンで晴天の日に車輛の真っ黒な床下を普通に撮ったら、露出不足で絵にならない。それでも十三歳なりの苦心を重ねて、床下を撮りまくる。肝心なのは、できるだけ台車を含めた直射日光の当たらない暗い部分だけをファインダーに収めることだった。そうすれば人為で露出を調整できないこのカメラでも、勝手に、世の中は暗いもんだと思い込んでくれる。

あらかたフィルムを使いきった頃、水郡線の発車ベルが鳴り始めた。

三十年以上経って、ピントと露出が少しずつ合っていないハーフサイズのネガを透かし見ると、お目当てだった湘南型の前面の右半分を隠してしまっているのは、いまや有り難く乗っている大糸線の車にごく近い同類である。夏の日に、水戸駅で僕に溜息を浴びせられたあの頃の標準車も、現在走っているのは日本中で数えるほどしかない。

「この、眠たくなる遅さが、いい」

北陸の過疎線に生き残った兵《つわもの》がレールの継ぎ目を刻む車輪の音は、吹かしっ放しの大袈裟なエンジン音に対して、ますますのんびりしてくる。いくら軽油をシリンダーに送っても、これ以上速度は上がらない。千分の二十以上の勾配が続くこの山岳線では、明らかに荷が重い。

国鉄以来、車内の塗装に使われている薄緑のペンキと、非力なＤＭＨ17の喘ぎが妙に調和していた。低く唸るエンジンが細長い車体を震わせている。

「そろそろ、この音とお別れか」

ＤＭＨ17は、もうまもなくレールの上から姿を消す。線路上の車の寿命は自家用車やコンピュータの耐用年数と違って、かなり長い。途中で内装を更新したりはするものの、大雑把に三、四十年は使える。この時間は、人間が一生の間に第一線に居る時間の長さと似通っている。だからこそ、人の手で作られる機械としては、エンジニアのみならず、利用者にも深く愛されるのだ。だが、ディスカバー・ジャパンで活躍していた世代は、使命を全うする時期を迎えている。それは少年だった僕が憧れていた車たちが、みな消えていくことを意味していた。

幾分か感傷に浸りながら、下り坂の走りっぷりをレールの刻み目の音で聴き取りながら、僕はつい笑った。

「下りも、思い通りに、走れないか……」

下り勾配にも、老兵は翻弄される。古い気動車は反応の鈍い昔ながらの空気ブレーキが頼りだ。せっかく二つもエンジンを抱えているのに、一たび下り坂に入ると、原始的なブレーキに身を任せては、不自由な走りを露呈する。

鞄から大きな時刻表を取り出した。僕は携帯用の小さな時刻表は絶対に使わない。買いもしない。もともと携帯電話など持ち合わせないが、ネットとソフトで列車の時刻を調べることもない。なぜなら、あの膨大な数字がちゃんと紙に印刷されていないと〝仕事〟にならないからだ。パラパラめくれば目次なしでも確実に目指すページを開けることのできる人間にとって、意欲に応えてくれるのは、分厚くてなんでも載っているあのＪＴＢの完全版の時刻表だけだ。

「昔は表紙に国鉄監修って、書いてあったんだけど……」

完全版の時刻表はすばらしい。これ一冊あれば、日本中を旅することができる。ＤＭＨ17の走りっぷりを漏らさず数字に換えてあるのだ。

ずしりと来る紙の塊を操って、小湊鐵道のページをすぐに見つけた。五井から房総半島の背骨を横切るこのローカル私鉄は、大糸線のＤＭＨ17が無くなったあとは、この音が聴ける最後の砦になる。

小湊鐵道は、ただのローカル私鉄ではない。そもそもこのエンジンをぶら下げた車を、ずいぶん後の時代まで作り続けた。国鉄がもっと大きなエンジンに現を抜かすようになっても、千葉の内陸のタイムカプセルは、このエンジンを愛し、未来へ送り続けたのだ。

まもなく終着南小谷です。大町、松本方面お乗り換えの方は……、と車掌の放送が割り込んできだ。別れの時間だ。おそらく、アルプスの麓でＤＭＨ17を聴くことはもうないだろう。

前に座った二人のお婆さんが揃って立ち上がった。夏蜜柑の袋がはち切れそうだ。僕は昔の田舎のバスにも似たステップを降りて、谷間の小さな駅に降り立った。

旅の終わりが近づいたことを憂鬱に感じながら、少し重い鞄を肩にホームの端まで歩くと、跨線橋の下から振り返った。朱色の気動車が一両、可愛いホームにちょこんと停まっている。

「ディスカバー・ジャパンに……乾杯」

そう。そこだけが、あの日の水戸駅と同じだった。

僕は相棒にカメラを向けると、際限なくシャッターを切り続けた。オリンパスペンじゃなく、しっとり感たっぷりの望遠レンズに、僕の好きな少しだけ明る目の露出を選びながら。

五月二十九日

注釈

1 **液体変速機** 流体（オイル）の慣性力を用いた変速およびトルク増幅装置。機械的クラッチと異なり、多数の動力軸の総括制御が容易で、日本のディーゼルカーの駆動制御のほぼすべてがこの方式を用いてきた。非力な気動車は、急な登り勾配では、液体変速機を使って低速で登り切るしか方法がない。一方で平坦線なら液体変速機を介さずに、動力を直結させて高速で走行することができる。

2 **大糸線** 長野県松本から糸魚川を結ぶ路線。南部はスキーや登山に関連する観光路線として人気が高い。他方、北部の非電化区間は、古いディーゼルカーが最後まで活躍したことで名高い。

3 **DMH17** 戦後半世紀以上にわたって、日本のディーゼルカーに搭載され続けた傑作エンジン。時代とともに陳腐化したが、一九九〇年代に入るまで後継エンジンに傑出した例は乏しく、鉄道用内燃機関の金字塔といえる。

4

キハユニ一五　原型キハ四四〇〇〇型から改造工事を介して最終的にたどり着いた形式。客室と郵便室、荷物室を併せもつ。キハ四四〇〇〇型が戦後初期の電気式ディーゼルカー（エンジンで発電機を回し、動軸を電動機で駆動する）であったため、キハユニ一五型に改造後も原型時に電動機を抱え込んでいたDT18というホイールベースの長い特異な台車を履いていた。

21　良い子が育つ正しい大学

微かな疲労感を覚えながら、玄関脇の事務室を通過する。昼間事務室を横目に三〇八号室へ急ぐときには、いつも秒針を争う生活に追い込まれている。いまはたしか書類を作りに帰って来たはずなのだが、なんの書類を急いでいるのか、僕は用件を思い出せずに自席へ向かった。

椅子にかけると、A1サイズのポスターがいくつも、いまにも崩れそうな文献の山の上に、重なっている。文鎮代わりに、ハングル文字の缶ビールが載せられていた。大分前に本郷の交差点で焼き肉屋の兄ちゃんからもらったやつだ。

のけぞりながら、ポスターをめくっていく。

「今日のキミきれいだね　その一言がそろそろセクハラ」

「エアコンは冬21度、夏28度までに！　地球環境を守る情報創生部アクション21」

「ストップ・ザ・覚せい剤！　クスリは東大生の学歴を破滅させます」

「その自殺、朝9時まで待って！　メンタルヘルス相談は毎朝9時に始まります」

ルールと安全をこよなく愛する情報創生部が総力を結集したと思しき、愉しすぎるポスター類がまとめて配布されてきたのだ。

学問の府を舞台に、幼稚な指導に邁進し、弱い者を隔離するのが、かの部のポスターの得意技だ。このままいくと、「そこの院生！　毎朝歯磨きしてますか？」とか「愛煙家弾圧成功。次は、肥満、酒飲み、鬱予備軍だ！」とか「やっちゃいけない、空き巣は犯罪」とか「反体制思想の改宗は産業医へ」とか「東大生、みんなで学ぼう、オギノ式！」あたりになりそうだ。民間出の経営陣が考えつく〝アクション〟とやらは、七歳児と同じレベルだ。

「殿。これをどこかに貼ってくださいと、会計が持ってきました。悪いのは会計ではなく、この〝情報創生部アクション21〟とかいう連中だと思います。姫」と、ポスターの傍らにメモがある。僕は黒のハイマッキーの太字のキャップを外した。駅前のお受験塾のおばさん先生が近所の幼稚園児に、間違って書いた答案は二重線で消すようにとヒステリックに教えているから、東大教授もそれに倣おう。

「結婚は女21歳、男28歳までに！　独身糾弾アクション1965」

書き直しの出来栄えに悦に入った。あとで防衛医大のF15と人間機雷「伏龍」の絵の間に貼っておこう。優秀な里美姫を抱えて、大奥三〇八号室は絶好調だ。

「さてと……ほんとに急ぐ書類は……」独り言を漏らした。「一体なんだ？」

すぐ作れすぐ出せと言われている文書は常時二十件以上はあるだろう。化学薬品の取り締まり書類、修士論文の中間評価の準備、科学技術政策への提言書、知事への物品譲渡依頼、ドイツの学会への庶務連絡、厚労省の公衆衛生政策への起案書状、動物園動物の死亡診断書、非営利法人の定款、インドネシア人留学生の受け入れ書類、一年生のゼミの評点届、農学系の年報用業績リスト、破綻した民間美術館からの資料受け入れ原義書、床修繕の業者選定理由書、講義スケジュールの議案書、学位論文の評価書、消防署への届け、高額物品購入の本部への説明書、電子ジャーナルパッケージ販売会社への契約書、投稿論文の査読依頼状、非常勤講師のシラバス、出張命令書が四種類、部外者の館内立ち入り許可願への回答、寄付金を募る私信、キャンパス整備委員会への原義書、都の委員会への報告書案、他大学の部局評価書……、おっと、もっとも大切なはずの研究費補助金の申請書も複数件あった。

どれが急ぎでどれがそうでもないのか、とても思い出せない。いやきっとどれも急がなくても大丈夫なのだろう。紙で世の中は変わらない。いま催促されている書類のどれひとつとして、室町幕府の最後の将軍が「信長を討て」と書きまくった書状ほどにも、きっと世の中を変えないだろう。

書かねばならない紙切れの多様性に、苦笑いを浮かべた。

「殿、殿、殿、やっと捕まりました。これにサインを」

扉を開けて駆け込んできたのは、里美さんだ。

「松の廊下じゃあるまいし……」

ぼそぼそと応じながら、座ったまま背伸びをした。

「草臥れたよ。事務室の鈴木さんが美しく見え出したら、もう仕事を終えて帰るほうがいいな」

彼女が手渡してきた紙を、無視して話す。

「鈴木さんは……、す、素敵ですよ、いつも」

「そうかなあ？　で、これ、なんだ？」

「伝票です」

「見れば分かるか？」

「ええ、あと、お財布をお願いします」

「うん」

不正防止のためだそうだ。業者からの研究教育のための物品は、納品を確認すると、僕を筆頭に複数の人間がサインを入れて大学の会計に出す。消しゴム一個から例外なしだから、多いときには一度に二十枚もの伝票に自筆のサインと日付を入れないと、研究費が執行されない。総額はどうせ五千円にも満たないだろうに。

「クメール・ルージュでもやりそうにないことを、輝ける独立行政法人、わが東京大学はやっているね」

「死ね死ね団[*1]でも、消しゴムの伝票に全員でサインはしないかもしれませんよ」

「バドー[*2]は契約書にサインさせていたね。プロフェッサー[*3]・ギルのところは時々入札をやっていた。あ、待てよ、あれはオークションか……」

「バドーって、なんですか?」

「話すには、十八分三十三秒くらい、要るな」

彼女の問いを聞き流して、サインの筆を止めて考えた。

「いまもうひとつ、何か頼まなかったか?」

「お財布です」

「そうか。えっと、これは挑戦的萌芽、この細長いのは基盤B継続。こっちは海外学術。試薬は全部プロジェクト経費、この田舎ピンクのは霊長研の海外学術。千切れそうなのは基盤の繰越三十万円だな……ちょっと待った。さっきのは運営費だ」

「この長谷川商事のは……?」

「中央経費……ん、じゃなくて、共通経費だ」

指示の度に里美さんが頷いた。

零細の研究室は、細かい研究費をたくさんかき集めて研究をする。それぞれの財源が、補助金や寄付金のジャンルや題名で呼ばれている。基盤とか萌芽とか海外学術と呼ばれるのは、すべて文部科学省の有り難い科研費というやつだ。これに運営費と呼ばれる法人に交付される予算や、場合によっては寄付金が加わって、わが研究室の総予算となる。

いまとなっては院生の日々の研究に支給される公式のお金は事実上無いので、教授が毎年自分で獲得してきたいくつもの財源から、彼らのために物品を買ってやらねばならない。学生の現場に公的支援がないのは明らかにおかしいと思われるのだが、大学院生を育てても研究室に予算がほとんどつかないことは、東大の大学院といえどももはや珍しくなくなってきている。

かくして、たかだか十五名の院生を抱えるに過ぎないわが遺体科学研究室に、会計の出納簿が十近くも作られることになる。たくさんの〃お財布〃ができることは悪いことではないが、場面場面で使いこなすには習熟が必要だ。里美さんは勤めて一年。まだまだこの数多い財布を完璧に運用できるスタッフになりきっていなかった。

「これを立て替えると、また本部あたりから何か言ってきますかね？」

里美さんが縫物道具の伝票を見せた。八百四十円消費税込みの糸と針の領収書だ。

腐りそうなアナグマの死体を拾って、すぐに剝製にしようとしたが、針と糸が無い。出張先で必須の道具を田舎の商店街で直接買ってくると、納入業者を通さずに立て替え払いを乱発しているのではないかとチェックが入る。里美さんは似た案件で気を悪くした当事者だった。

「ま、それを仕事に、給与をもらう職員もいるわけだから、させてやればいいんじゃないか、とにかく立て替えよう。いくらでもないといって毎回自腹を切っていたら、大変なことになる」

ここはニッコリ笑う僕だ。笑っているしかないというのが、本当のところだ。

コンピューターの前に腰を落とした。画面の右下にあるサルの小指の爪みたいなスイッチを叩くと、ディスプレイがゆっくりと明るくなった。

〝大学院生渡航許可申請書〟が浮かび上がる。書きかけのワードのファイルだ。

「しまった。これ、出すの、忘れてた」

振り返って、緑の目覚まし時計に視線を投げる。

「里美さんっ！」

部屋に積まれた段ボール箱の横から里美さんが顔を出した。

「なんですか？」

「ごめん、あと三十五分で、ナマの印鑑入れて、理学部八号館まで持っていかないと。すまない、少し手伝って頂戴。福井をアルゼンチンに送る。だから個人情報から何から入れて、大学院へ出す」

画面を彼女が覗き込んだ。

「原野さんの、パプア・ニューギニアのとき、こんなのありましたっけ？」

「……原野の？　……ＰＮＧじゃなくて、どこかインドシナだったな、たしか……」

里美さんがラオスでしたっけ、ととぼけている。

「えっと、海外調査は、農学系は少し書類が軽め。理学系は、たぶん普段からフィールドに出る教員があまり居ないからだろう。不慣れっぽくて、妙に細かいことを聞いてくるんだ」

里美さんのアドレスにフォーマットのファイルを送ると、学生証番号やら実家の住所やら分かるところを入力し始めるように指示した。僕のほうは、そこに貼り込む文面のテキストデータを打つ。

背後のタイプ音が止まった。今日は部屋が静かだったことに気がついた。

「殿、ここ、分かりませえん」

里美さんがデスクから大声を張り上げた。

「いま同じ書類を見てる。研究テーマと渡航目的のテキストは、こっちで打っている。えっとあとは……期待される成果、っていう欄だろ?」

「はい殿。それと、研究業績。雑誌名やら、頁がどうの、巻号がどうのって……」

「どうせ誰も見やしないから、業績の細かい形式はいい加減でいいよ。部屋の業績ファイルから貼り付けておけばいい」

「こんなに面倒だったら、観光旅行として渡航してもらったらどうですか?」

コーヒーカップを口に含んだ。昼過ぎに淹れたコーヒーの残りはしっかりと冷めている。里美さんは細かく気が利く人だ。彼女を雇い始めてから、自分でコーヒーを入れる回数が少しだけ減った。ときにカップが長く冷めているのは、彼女がオーバーワークに追い込まれていることを意味していた。

「うん、ただ、南米往復の航空券は、いくらなんでも研究費から出してやらないと。となると、自動的に公式渡航で、この書類が必要だ」

「なるほど」

僕はとっておきの書類のことを思い出した。荷物の山の向こうにある里美さんのデスクに声をかけた。

「『飲酒届け』って、知ってる?」

「……」

里美さんが顔を覗かせた、時々見せる恥ずかしそうな思慮顔だ。

「アル・カポネとは関係ないぞ」

先手を打った僕に、里美さんが妥当に応じる。

「未成年ジャニーズが女子アナと遊ぶときの、ですか?」

舌を鳴らしながら唇の前で右の人差し指を三往復させた。

「B大学だよ。学生は飲酒するときに大学に届けを出すことが義務付けられているんだ、あそこは。二十歳以上にだぞ。成人でも飲むこと自体に届け出が要るんだ」

里美さんが埼京線で押し潰されたときのような悲鳴を上げた。

「急性アルコール中毒で学生が死んだのがきっかけだそうだ。ま、教授たちも死者が出たからしばらくの間というつもりだったみたいだが、いつのまにか慣例になった」

渡航願も飲酒届も、書類が醸し出す知的空気の薄さはあまり違わないと思いながら、僕は時計を気にした。まだ十七分あった。

「期待される成果の欄、いまからテキスト送るから。適当に貼り付けて頂戴」

「10[*4]-4・10-10。了解でぇす」

三〇八には、また二人がキーを叩く音だけが残った。

「ちなみにB大学だけど、実は父兄会がある」

「……」

「期末試験で単位を落とした女の子の親から、『うちの娘の椅子の上にエアコンがあって、送風音がうるさくて気が散って点数が取れなかった。大学は反省して、単位を出すべきだ』というクレームを処理する場だ」

「それ、言うこと聞いて、単位出すんですか？」

「いや」僕は吹き出した。「担任と副担任が学生の親の家まで行って、謝る。単位を出すのは、謝ってからだ」

「信じられないですね。殿、一応埋められるところは埋めました。テキストが来れば、貼り付けます。……でもこれ遅れても大丈夫と思いますよ。……いざとなったら、我々も父兄会を創ってゴネましょう」

ちょっと嬉しそうな里美さんの声が返ってきた。

「教授たちがボケた親父にプラカード持たせたり、死んだお袋の位牌を担いで、本部へでもデモに行くか？」

「私、骨壺、用意しときますよ。北タイの泥で焼いたいい奴を、基盤Bで買って」

「……僕が基盤Bの骨壺の納品書にサインして……ね。やっぱり、クビになるんじゃないか」

里美さんの笑いが擦れてきた。僕は破滅的な妄想を思いついた。

「あたしの書類が遅れたせいで、福井が南米に行けなくなって、そして論文の引用数が上がらなかった福井が鬱やら分裂やらになり、電子ジャーナルの引用文献統計を証拠に、アカデミックハラスメント委員会に訴える。『教授の怠慢のせいで、僕はダメ人間になった』とね。そして僕が……」

「謝る」

里美さんと声が揃うのは今週これで三度目だ。

「どう転んでも、この書類のお蔭で、クビだな、遺体科学研究室の教授は」

「退職後の残務整理はやっときますから、ご心配なく」

「頼むよ。月曜日は人件費がないから、欲しかったら『非常勤雇用様態変更願』を出してくれ。館長が代理印を押してくれる」

「いいえ、あれは願ではなくて、届です」

いい非常勤を雇ったものだと僕は思った。

「もう姫に教えることは、無いな」

画面上には、期待される成果とやらが形になっていた。一回だけ文頭から目を通すことにする。

「殿、それより、施設だか安全だかが電話で露骨に舌打ちしていましたから、アルコールの貯蔵量の紙、急いでくださいよ。きっと明日には催促の電話が来ます。彼らと話すの嫌だから、かかってきたら、すぐ子機、渡しますね」

「あの近藤だか……安藤だかが、担当のだろ？」

「ええ」

「あいつは普段から昆虫並みにジージーと音が出る。電話の向こうで、アブラゼミみたいだ、あいつ」

僕は、出来上がったテキストをメールに添付すると、人差指でマウスを思いきり叩いた。

「いま、送ったよ。もう確認しないから、文面を貼り付けたら、すぐ理学部へ提出を、頼む」

里美さんがはいはいと返事している。

「で、このあと急ぐのは、アルコールの貯蔵体積の合計ね。お前が一生かかって造っている万里の長城には、砂が何粒くらい有るかという質問だな。了解だ。この韓国の缶ビールも体積に算入しておこう」

デスクの上で埃を被ったままのビール缶を撫でた。

「安藤さんが、ジージー言いながら、この部屋まで調べに来たら、どうします？」

「もちろんその場で飲ませる。安藤の胃袋も体積の計算に入れよう。ちなみに九月に突然現れるあいつの上司は、リストラされた日産の元宣伝部長だ。きっとポスターがますますバカになる」

二人の笑い声が三〇八に響く。一分もしないうちに、里美さんが書類ができたできたと言った。

「……じゃ、いまから理学部行ってきます」

「うん、そうして頂戴」

里美さんを送り出すと、ほっとして椅子に体を投げ出した。

わざと画面を遠くに見ながら、マウスでフォルダを片っぱしから開けて、アルコールの書類のフォーマットを探し始めた。やっと見つけた「アルコール」というフォルダを開く。アルコール使用量試算書、合成エタノール免税許可伺い書、合成エタノール処理報告書、アルコール類防火設備届出書……。どれがいま催促されているものなのか皆目分からない。

フォルダの最後のほうに、「B大学の末法経典」というファイルを見つけて、ちょっと身を乗り出した。これだけはPDFだ。さっき話題にした飲酒届だ。確かにアルコールの書面ではある。

他の大学の〝いっちゃってる書類〟まで丁寧に集めている自分を大絶賛だ。

だが、結局、里美さんが居ないと、肝心の書類のフォームの置き場も分からない。だいぶ前に聞いた、槇原の歌詞のようだ。

「西武を完封してくれる、あの巨人軍じゃないほうのだ。『ハングリー・スパイダー』歌ってたほうのだよ」

構わず過去の独り言の世界に入る。

「待てよ、あの歌詞は、もう帰ってこない女なら知っている、朝飯の調味料の場所を歌っていたんだっけか……？」
アルコール、アルコールと呟いて、僕はずっと書類を探し続けた。ジージーとノイズが混ざる安藤の苦情の電話を想像しながら。

八月一日

注釈

1 **死ね死ね団**　特撮変身ヒーローテレビ番組『愛の戦士　レインボーマン』（川内康範原作）に登場する悪の組織。思想的に日本国に憎悪を抱き、さまざまな破壊活動を展開する。制作が東宝のためか、テレビ番組というよりも映画の作り方が踏襲され、元来年少者向けのテレビ番組ながら、質の高い作品となっている。

2 **バドー**　石ノ森章太郎原作、一九七三年放映のヒーローものテレビ番組『ロボット刑事』に登場する犯罪組織。犯罪者に悪玉ロボットを貸し出す業務を行うため、律儀に貸借契約書を取り交わす描写が重ねられている。

3 **プロフェッサー・ギル**　石ノ森章太郎原作、特撮テレビ番組『人造人間キカイダー』の悪役。悪の組織ダークを率いる。安藤三男が熱演した。

4 **10・4・10・10**　一九七二年放映のテレビ番組『緊急指令10・4・10・10』を受けている。アマチュア無線愛好家チームが、謎の事件や怪奇現象を調査するというストーリー。10・4・10・10（テンフォーテンテン）は無線で通信を終えることを示す用語（台詞）で、劇中の重要な場面転換の際に象徴的に登場した。

22 火を飲む「女」

妖艶な相手だと、勘づいた。いや、事はすでに手遅れで、毒々しい魔女に今夜の僕は虜にされていたのかもしれない。

とある動物園の飼育小屋に取り残されていた。家族経営のこの園は、研究者にまったくのお構いなしだ。ちょっと家の仕事で出かけるから、死体は好きに作業してもらって構わない、ストーブはひとつしかないけどどうぞと、ご主人が言い残して出ていってしまった。禽舎には裸電球がいくつか下がり、冷たい隙間風が入ってくる。もう少し床を掃除していてくれたら助かったのだが、ゴム長で立つ床は、糞と埃が捌《は》けない水と混ざって、まるで泥濘《ぬかるみ》だった。これほど気兼ねない現場も少ないが、僕たちの身は周囲を枯れ草に囲まれた飼育場に寂しく置き去りにされた。

静かな晩だ。

僕は濡れて冷えたコンクリート床にしゃがみこみ、瞼を閉じたキャサワリー《ヒクイドリ》の喉にチューブを

挿し込もうとしている。横たわる亡骸は、真っ赤な肉の襞を喉から垂らし、対照的に顔は凍ったように真っ青だ。冷たい顔で火を飲むその姿は、死の淵に艶めかしい異次元を湛えている。僕は霞む目を擦りながら、今夜の相手の頸を思い切り引き伸ばした。

だが、動かぬ鳥が、生と死の境界に持ちこんできたのは、「女」だった。

これまでも死してなお威厳を見せる死体は珍しくなかった。オオタカ、トラ、セイウチ、コンドル、ヒグマ……。いや、けっして大きくて獰猛な相手ばかりではない。わずか数キロのイタチの親類でも、掌に乗るコウモリでも、猛々しさと凛々しさを生前と寸分違わず保ち続ける死体は珍しくない。骨に腐り果てるまで敗北を拒絶する死体に、僕はいつも声をかけ、皮膚に沈める最初の一太刀で、その威厳と居をともにすることができた。

だが、火食鳥の死体が僕に向ける狂気は、そうしたいかなる死体の叫びとも異なっていた。力強さや破壊性や神々しさと相容れない力をもって迫る「女」に、僕は慄いた。

「刃《やいば》では、この『女』には、……勝てない」

あれほど頼りにしてきたメスを取り出すことなく、僕はプラスティックの管を握りしめている。女の艶やかな笑い声が聞こえる。いつもの刀を自ら仕舞い込んだ男は、もはや深手を負った落ち武者同然だ。

息が白い。

僕は吐息で指先を温めると、魔女の口に強引にチューブを沿わせ、無防備な喉に挿し込んだ。

手探りで気管を見つけ、チューブをゆっくりと前進させた。直径七ミリと三ミリの管が二本並列になった変わりもののチューブだ。「女」に勝つには、いまの僕にはこれしかなかった。

二本の管の標的は、このニューギニアの魔女の妖術の源。胸だ。正しく言えば、肺と、その周辺に発達する気嚢《きのう》というつかみどころのない袋だった。

これだけの巨体に酸素を送り続けるために、気嚢という構造が火食鳥には備わっている。鳥の胴体に広がる、謎めいた大きな袋だ。火食鳥が嘴から吸った空気は、喉を通過して、気嚢に入る。気嚢に閉じ込められた空気は袋の中をさまよいながら、周囲を取り巻く血管に酸素を譲る。

気嚢は肺と違って確かな実体のない構造で、膜でおおわれたエアバッグのようなものだ。胸だけでなくおそらく腹部にも広がっているだろう。もしこの身体をメスで切断して外部からアプローチしたら、刃を入れた途端に気嚢は潰れ、もうその形を視認できなくなる。

苦慮した僕は、チューブを使って樹脂を気嚢に注入し、胸の中で硬化させた後に、樹脂の塊を取り出すという策をひねり出した。いや、ただそうするしかないところに追い込まれただけだ。だが、うまくいけば、魔女の胸の内をすべて模《かたど》って手の内に収めることができる。

この仕事は失敗と隣合わせだ。最大の難問は、樹脂をどのくらい注入すれば「女」の気嚢を満たすのか、想像もつかないことだ。注入量が少なければ硬化させても気嚢の形は復元できない。逆に量が多過ぎたら、樹脂が気嚢から漏れ出て、本当の形が分からないことになってしまう。もちろん注入のチャンスは一回しかないから、ぶっつけ本番だ。僕はいくつかの鳥での経験から、気嚢の大きさを四七〇〇ccと見積もった。

大きな嘴から口腔内に送り込まれていくチューブは、雌性が生み出す艶と悪の奈落に堕ちていく。唯一手に残った武具が、力なくするすると吸い取られていくかのようだ。

僕は「女」の媚薬と闘っていた。気管の中で、何度もチューブの先が何かにつかえて進まなくなる。的確に挿管できない自分にいらだち始めた。

「負けだ」

ついに僕は「女」の頸を持ち上げながら挿入するのを諦めた。そして、紅の魔女の寝床を這いまわりながら、気道をできるだけ直線に引き伸ばして、管の行き先に神経を集中させることにした。

僕は自分に言い聞かせた。

「この管は、鋭い。どんなに研がれた刃物よりも、切れる」

泥濘に汚れるのも構わず禽舎の濡れたセメント床に仰向けになり、勝負に入った。「女」の頸を引き伸ばそうとする左腕に、突き刺すような痛みが走った。その間にも頸に右肘を添わせ、皮膚越しに気管を触りながら喉の位置を確かめる。見境もなく「女」の後頭部を鷲づかみにすると、両腿で肋骨を挿み込み、あと一歩で胸郭にひびが入るほどの激しい力で後ろへ蹴り下げた。

「先生、私と木原さんと二人で、胴体を引っ張りましょうか？　そうすれば、私たちの力でも、先生の手助けになりませんか？」

声をかけてくれたのは田辺さんだった。らしからぬ丁寧な言葉遣いが、すでに彼女をも不安と焦りに追い込んでいることを示していた。僕は床から声のするほうを見上げた。小さな赤外線ストーブの灯りを背に田辺さんが立ち、一回り背の大きい木原さんが中腰で僕を覗き込んでいた。三人が揃って白い息を吐いた。

「ありがとう。いや、できるだけこいつの体をまっすぐに伸ばせば、行ける。挿入だけなら他に方法もあるかもしれないが、このあとの仕事は、管が曲がると、失敗する。こうする以外に、ない」

パドックで他の鳥の分まで食餌をかすめとっていたらしいこの魔女は、体重が八十キロを超えているだろう。人間の女の子が筋力で勝負できる大きさの限界を超えていた。

そのとき、コツンと樹脂のチューブが指先に抵抗の感覚を返してきた。僕は、チューブが肺の近くまで達して行き止まりになったことを知った。

「よし……、入った」

僕は立ち上がると、顔と腕をタオルでごしごし拭いた。

「木原さん、樹脂、準備できる?」

「ええ」

「田辺さん、木原さんを手伝って、樹脂を勉強しよう。あたしも拝見だ。ハイデルベルク仕込みの魔法を」

木原さんがステンレスのタンクから樹脂をポリバケツにあけた。僕も初めて見るその樹脂は、透き通ったピンク色に輝いている。木原さんからバケツを受け取ると、僕は斜めにしながら液体を凝視した。

「色がきれいですね」と田辺さんが言った。

「うん。サラサラだ」と僕は答えた。

木原さんが静かに話し始めた。

「細かいところまで確実に流し込むには、この『Ｇ５Ｄ《ゲーフュンフデー》』が最適です。固まる前はゆるゆるなんです」

僕は頷いた。

「問題は、Ｇ５Ｄは硬化が難しいことです。はじめはまったく硬化しないように見えて、あるとき一瞬で固まります」

道具箱を開けると、木原さんが本来は細胞培養に使う樹脂のボトルを取り出した。中に緑色の液体が入っている。

「硬化剤だね？」

「ええ、先生。溶剤で薄めてあります。この濃度なら硬化速度を微妙に調整できます。ここまではハイデルベルクで教わりました」

「ほほう」

顎をこねくり回す僕だった。

「ここから先は、私だけの流儀です。とろとろに溶かした硬化剤をG5Dのあとから注入すると、その瞬間に全体に行き渡り、すべてが硬化します。攪拌して混ぜる必要がありません。ですが、少しでも注入スピードが遅かったり、硬化剤の量が少ないと、到達した一部しか固まりませんし、チューブが詰まったらそれで終わりです。さらに厄介なのは、G5Dは硬化剤抜きでも、流れが淀むだけでも変質して、ギトギトに硬くなります。注入する流路はできるだけ直線でないと、詰まってしまいます」

僕はもはや感心するばかりだった。

「もう、行けるかい？」

「はい」

木原さんの目が輝いた。ストーブの灯りを浴びて、白く浮き立った彼女の顔は美しかった。

「よし。やっぱり僕はいまみたいに、鳥の頸を都合いい方向へ引っ張るよ。だから、木原さん、硬化剤の注入のタイミングを頼む」僕は樹脂が満たされたバケツを指差した。「成功も失敗も、こいつを知っている木原さん次第だ」

「はいっ！」

彼女の目が躍っている。こんな元気な木原さんを初めて見た。

僕は田辺さんを振り返った。

「田辺さん。いまから鳥を立たせて壁に立てかけるから、死体がしゃがみこんだり手前に倒れたりしないように、腹を下から支えていてくれるかい？」

田辺さんが火食鳥の巨体を見渡して戸惑った一瞬を、僕は見逃さなかった。

僕はもう考慮を終えていた。樹脂を管の途中で詰まらせずに肺まで送り、自然な気嚢の形を保存するためには、死体を生きていたときのように立たせて、死体の頭から胸にかけてをできるだけ水平に保ち続けなければならない。そのためには、僕が床に腰を下ろして死体の頸をつかみながら、胸部を脛に挟んだまま蹴り下げるしかなかった。その間、田辺さんが請け負わないといけないのは、鳥の後ろ半身を腹側から持ち上げて支えることだ。体力的には僕も厳しいが、田辺さんが持たないことは目に見えていた。

「ええ、頑張ってみます」

そう答えた彼女だが、心のうちで彼女は愕然としたはずだ。下から支えなくてはならない巨体は、八十キロはあるのだから。

すぐに木原さんが声を上げた。

「私、田辺さんを助けて鳥の身体を支えますよ」

「駄目だ」即座に僕は鬼になった。「木原さんには、樹脂の充填を、流れ具合を正確に見てもらわないといけない。絶対に持ち場を離れないでくれ」

きつく言い渡すと、すぐに僕は田辺さんに向かって言った。

「大丈夫だ。もちろん、いざとなったら逃げていい」当惑している彼女の目をまっすぐに見て、僕はできるだけ優しく語りかけた。「失敗したら、また次の火食鳥を、どこからかいただいてくれば、いいじゃないか」

田辺さんは僕の嘘に頰を緩めた。希少な火食鳥の死体が今後手に入る可能性など、実際にはまったく無いに等しい。彼女もそのことは承知している。

この大学に来て院生を預かるようになってから、僕は女の院生を、自分の娘のようにしか思えなくなっている。瞬発力であれ持久力であれ、彼女たちに力仕事を頼むときには、労わりと謝罪の思いばかりが先行する。自分の娘にこんな身体を張った無理な仕事はさせないかもしれない、と何度思ったことだろう。

男の教授と女の院生が起居をともにするというのは、いくら学問の場でも、相応の年齢の男女ゆえに本来は難しいことが多いとされる。だが、僕は、男女や上下の下らないハラスメント議論を持ちこまれて管理される以前に、部屋を「家族」に換える努力を、研究の前提に据えた。

だから、僕と田辺さんは父娘だ。たぶん僕がその意識をもつ以前に、二回り下の彼女のほうから、この親父となら学問になるという見極めがあったと、確信している。僕は彼女を命がけで優しく守ると同時に、けっして甘やかすことはない。

切り落としたゾウの鼻を引きずる田辺さんを、ただのか弱い女性だと思ったことは一度もない。が、八十キロの相手を独りで押さえつけていろというのは、辛い仕事のはずだ。僕は、「田辺さん、頑張れ、きっとうまくいく」と心の中で励ました。

僕はさっきからポケットの中で温めていた軍手を、黙って田辺さんに手渡した。

「よし、始めよう」

鳥の胸の右側面をコンクリートの壁に沿わせて立てた。僕は床に座って仰向け気味になりながら、火を食う魔女の胸部を両足で挟んで押し上げ、気道をできるだけ直線状に固定した。両手で「女」の後頭部をつかみ取ると、頸が折れるほどに手前へ引き絞った。

田辺さんは僕の足元にしゃがんだ。両手で鳥の胸の形を生きていたときの形に保つと同時に、胴体がしゃがむのを防ぐためにずっと下から支えている役割だ。もし田辺さんが鳥を見捨てて逃げれば、僕の下半身はこの八十キロの代物に押し潰される。もちろん研究は失敗だ。

木原さんが細い真っすぐなステンレスのワイヤを鳥の右胸に三本刺した。彼女は、樹脂の流れが作る振動を、ステンレス線を触ることで、胸の外部から指先で感じることができるという。G5Dの樹脂の流れを、この方法でどんな場合にも感じ取ることができると、木原さんは主張したのだ。

「先生、私、もう行けます」

三本のステンレス線を指で確かめると、木原さんが促した。田辺さんが鳥の腹の下に両手を差し込んだ。準備は整った。

尻に床の泥水が染みてきた。待っても得るものは何もなかった。

足元から田辺さんの視線が僕を促した。

「よし、始めよう」僕は掛け声を出した。「せいのっ！」

僕が魔女の胸を蹴り上げ、田辺さんが両腕と肩で胴体を持ち上げて固定した。少しふらついたが、数秒で安定してきた。

同時に木原さんがポンプのスイッチを入れた。油切れしたモーター軸の音とともに、ピンク色のG5Dがチューブを介して火食鳥の口から流れ込んだ。僕は改めて膝に力を込めて魔女の頸をまっすぐに伸ばし、胸の形を脛で整える。田辺さんが鳥の身体を真下から支えに入った。

「きっかり、四七〇〇ccになったら、硬化させてくれ」

「分かりました」

火食鳥の死骸は、いまや紅蓮の炎の代わりに、チューブでドイツの樹脂をしこたま飲まされている。メスを持たない不利な闘いの中で、僕は木原さんのセンスに賭けた。

木原さんは、体内に入っていく樹脂の体積を容器の目盛りで読みながら、時々かがんで僕の右膝の上まで顔を寄せる。彼女の仕事はただ一点。硬化剤を入れるタイミングを見つけ出すことだ。

「目盛りを読んでくれないか」

「はい、いま九五〇ccです」

「よし、そのままで」

頸を引き絞る僕の真上を、ピンクの液体が走っていく。悪女の口が、ごくごくと正義の秘薬を飲まされているのだ。

床が冷たい。僕は火照っていく全身の筋肉と裏腹に、服を着たまま腰から背中に冷えた泥水を浴びている状態だった。田辺さんの細い腕が目に入った。僕は「女」の気管を伸ばすのに精一杯だった。その間ずっと田辺さんは両腕で胴体を下から持ち上げている。

「いま、二〇三〇ccです」

「田辺さん、大丈夫?」

「ええ、だ、だいじょぶ、です」

彼女の息は荒くなっていた。

「注入速度、速められるか?」

僕の問いに、木原さんは冷徹だった。

「無理です。急いだら、気嚢の外に漏れ出します。それ以前にG5Dは流れが渦巻くだけで勝手に固まります」

「分かった。そのまま続けて」

自分の顔から立ち上る湯気が、G5Dのチューブの周りで霞を作っている。遺骸から沁み出る魔女の呪いが、僕の身体を蝕んでいった。「女」に左腕が完全に殺された。もはや頭蓋を引っ張っているのは右の掌だけになった。

木原さんが数字を読んだ。

「いま三四八〇です。田辺さん、ごめんなさいね」

「だ、だいじょ……ぶ、……です」

田辺さんは、もう腕ではなく頭と右肩を死体の腹部に委ね、全身で「女」の体重を受け止めて耐えていた。彼女の頭越しに、木原さんが三本の針金を指で押さえる。目を閉じて、数秒立ち止まった。

「先生、樹脂の流れ、この針の震えで拾えます」

仰向けになりながら、僕は首を縦に振った。

天井を見上げた。凍りついた青い顔。空を突き刺すかのようなとさか。そして燃え上る深紅の喉。G5Dの容赦ない濁流が魔女を胸の中から固めていく。この妖術使いを石に変えるのだ。

僕は利かない左手を後頭部から外すと、人差し指と中指を皮膚越しに気管に沿えた。樹脂の流れる勢いが指先に振動として返って来た。魔女の悲鳴、かもしれなかった。

僕は呟いた。

「勝てる、かもしれない。この『女』に」

木原さんが落ち着いた声で数字を読んだ。

「注入量合計四一七〇になりました」

僕は田辺さんを見た。キャサワリーの漆黒の羽毛に埋めた顔が、真っ赤に染まっていた。

「田辺さん？」

「せ、せんせい……」

彼女の体がわなわなと震え出している。

「四四二〇です」

そう言うと、木原さんはまた三本のワイヤを指でつまんだ。

「まだか？」

「まだです」

田辺さんを伺った。汗まみれの顔から涙がこぼれ落ちている。結んでいた茶色の髪がばらばらと散って、全身から湯気が立ち上っている。

「四八五〇」

「針は？」

数秒の間があった。

「駄目です。まだ入りきっていません」木原さんはどこまでも落ち着いていた。

田辺さんの腕と腰に痙攣が始まっていた。僕は決断を下した。

「田辺さん、危ない、そこから離れて。あとはこっちでなんとかするから」

「あ、あたし、で、でも」

僕は怒鳴った。

「いいから、離れろっ！」

田辺さんの小さな悲鳴が響いた。同時に彼女が死体から離れて床に崩れ落ちるのが目に入った。前半身を支えていた僕は、胴体の重さを胸の一点では押さえられない。魔女は後肢を折りながらしゃがみこんだ。僕は腰を捻って、両脛の間に抱え込んでいた「女」の身体の右側面を、できるだけ穏やかに禽舎の壁に寄りかからせた。

胸から首の間の形を保つのはもう無理だった。僕は叫んだ。

「えりちゃんっ！」

「五二二〇です」

「針は？」

その数秒が永遠の時間のようだった。木原さんが今日初めて、叫び声を上げた。

「先生、行けます、いまです」

「硬化剤、入れてっ！」

「はい！」

木原さんが、ポンプを並列チューブの細いほうの管に付け替えた。僕の真上を緑色の液体が走った。

液は、この気高い魔女の胸に止《とど》めを刺す。魔女の振り撒く媚薬が、断末魔の悲鳴に変わる。魔女に潰された僕の脛は、「女」の胸が一気に軟らかさを失っていくのを確かに感じ取っている。これで、妖術の源泉は、石より固く閉ざされていく。

僕は呟いた。

「お前の胸をカチコチに固めてやる。二度と魔力を放つことができないまでに。永遠に」

僕は、いや、三人は、「女」に勝った。

＊

飼育場に静かな夜が戻ってきた。

妖魔の寝床に、どろどろの糞に塗れて田辺さんがひっくり返っている。彼女は、最後まで支えられなくてごめんなさいと謝ったが、すでに立ち上がる力を失っていた。髪は泥で固まり、真っ黒な頬を涙が洗い流していた。

「女」は、いまや、「石」だ。残された喉の真っ赤な炎だけが、この亡骸をニューギニアの密林の命と結びつける唯一の証しだった。

凍りそうなシャツの冷たさに、僕は自分を取り戻した。気がつくと泥濘で全身濡れ鼠だった。感覚のない手の指を温めようと、吐息を吹きかけた。

見上げると、一人冷静な木原さんが、解剖刀を手に、亡骸の左の翼を肩から丸ごと剝ぎ取っている。肘で這いながらやっとのことで死体に近寄ると、僕は今日初めてメスを手にした。

「カチッ」

刃を柄にはめ込んだ。刃先がストーブの真っ赤な光を射返す。

肋骨の間に張った筋肉を削ぎ落としにかかる。一枚二枚と取り外されていく筋肉の板。そこに開いた細長い窓から、硬化したG５Dが顔を見せた。ピンク色に固まった樹脂は、「女」の胸の内を正確に模っている。僕は肋骨の間に五箇所、腹壁に四箇所の穴を開けて、樹脂が確かに気嚢のコピーを作り上げたことを確かめた。

気力の果てた僕だったが、それでも道具箱から小さな保温瓶と紙コップを三つ取り出した。真っ黒い手の跡が付いてしまったコップに、温かいココアを注いだ。湯気が三筋立ち上った。そして、その場に大の字にひっくり返ると、寝たまま二人の名を呼んだ。

真っ黒になった田辺さんが、床にひっくり返ったまま白い歯を見せた。大きな黒い翼を腕に抱えながら、笑顔の木原さんが僕を見下ろした。三人が白い息を吐いて笑った。

「これ、飲まないか?」

僕は温かくて甘いココアを、二人に勧めた。もし娘をねぎらうとしたら、このくらいのことしかできないだろうと思いながら。

二月四日

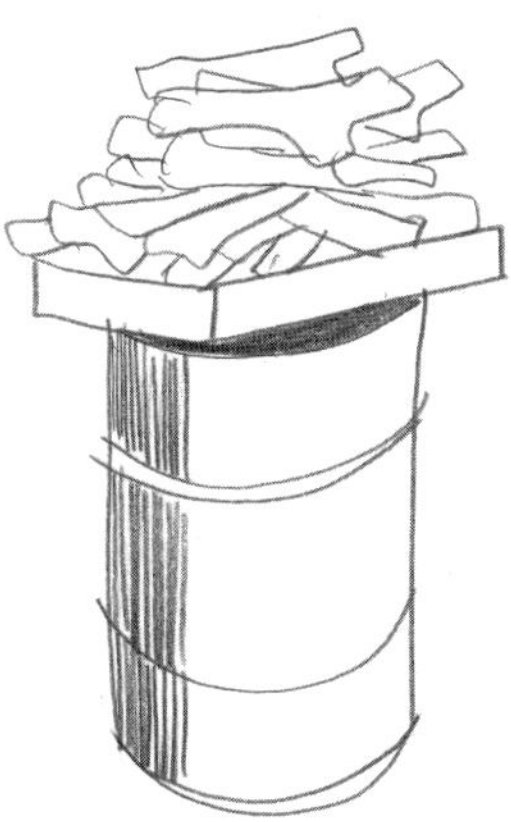

23　時を継ぐ展示室

I

十九歳のとき、入ったばかりの教養学部で高沢先生に出会った。

「どうした？　理学部で苛められたか？」

会うのはその日で三度目だったが、高沢先生はそれまでと同じように、にこにこ笑って僕を自室へ迎え入れた。

ニス塗りの天井まで届きそうな木製の戸棚が、親子ほど齢の離れた二人を囲んだ。棚の小さな引き出しの一つひとつには、アルファベットと番号の並んだ青と赤のダイモテープが貼られている。中には先生の発掘した珊瑚や貝の化石がぎっしりと詰まっていた。

僕はほっとして答えた。

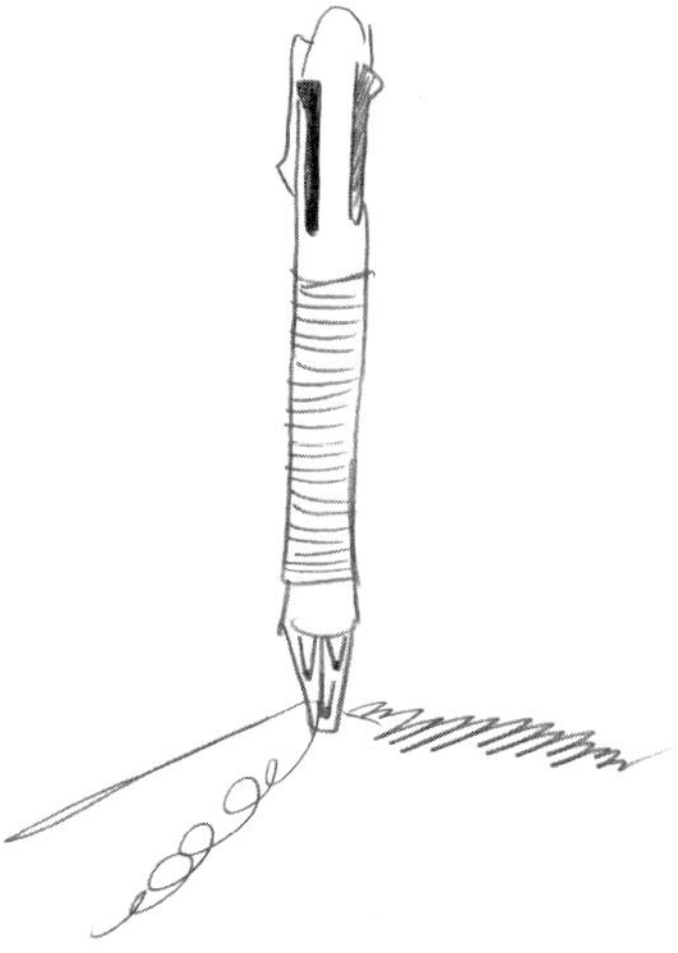

「ええ、『なんでいまさら解剖だとか博物館だとか言うのか』と。それに、『一九二〇年代の谷津[*1]直秀教授の時代から、動物学は分子生物学の実験に置き換えられる運命と決まっていて、それに逆らっても意味はない。だから、解剖学や形態学なんて古臭いお遊びはここではやらない』と言われました」

先生はにこやかに僕の話を聞いている。

「そうだね、谷津教授は確かに優秀だ。博物学の蓄積のないこの国で動物学をやっていくには、実験室に頼るしかないことを感じ取ったんだろうね。だけど、それじゃあ、クロード・ベルナー[*2]ルが半世紀遅れてやってきたのと同じだ。博物館を大切にできない国に、動物学は成立しない」

僕は頷いた。

「やっぱり、農学部に進学しようかと思います」

手にしていたペンをデスクに置いて、高沢先生がこちらを見た。

「理学部の先生にその話もしてみたかい？」

「ええ」

「農学部に進学すると、蟹の缶詰工場しか就職がないとか言われなかったかい？」

「はい、まあ、それに近いことを……」

「だろう？　思った通りだ」先生は金歯を見せながら笑った。「いずれ専門分野の進学先は決めなきゃいけないだろうが、ま、それはそれとして考えて、どうだ？　これを見てみないか？」

先生は大きな石の塊を指差した。

「なんですか？　これ」

「ウミユリの一部分だよ」

まるで茹でたふきが無秩序に暗灰色の泥に埋まっているようだ。目を凝らして見た。偶然に任せて切り落としたかのような、グレーの細長い円柱状の物体が、折り重なって固まっている。〝ふき〟の断面は一際明るい灰色に目立っていた。

先生が嬉しそうに解説を続ける。

「最近秋田で見つかった洞窟があるんだ。幻霊洞《げんれいどう》っていうんだけど。そこから大量の四放《しほう》サンゴと一緒に掘り出されてきた」

ウミユリの概略は知っているつもりだったが、こんなに高密度に集積した化石を見た経験はなかった。

「銀行で両替したばかりのコインの束みたいだろう？」

「ふき、かと思いました」

二人は顔を見合わせた。三方を取り囲んだ木の棚が笑い声で揺れた。

ウミユリは漢字で考えれば〝海百合〟だが、花を咲かせるあの植物とは関係がない。何か近い親戚はいないかと問われれば、ヒトデやウニだ。太古の海には広い範囲に分布していて、いままでも少数の末裔が粘り強く深海に生きている。大昔から形がほとんど変わっていないので、「生きている化石」と呼ばれてきた。

高沢先生がルーペで化石の表面を見始めた。

この動物は岩に固着しながら、まるで植物の茎のように柄を伸ばし、その名の通り、花が咲いたような姿を見せる。ふきやマカロニや積み上げたコインに見えなくもないのは、この動物の細長いパーツが化石化するからだ。大昔は浅い海にもたくさん分布していたらしく、一箇所でまとめて化石になると、まさにコインの山盛りだった。

面相筆を手に、先生は化石の〝掃除〟をし始めた。レンズの下で筆先を動かして土埃を払っていく。

進化学におけるウミユリの重要さは揺るぎない。いま深海底からウミユリを採取して解剖すれば、化石になった大昔のウミユリ類の生きている姿を、テーブルの上で観察しているに等しい。「生きている化石」は、動植物の歴史のまさに生き字引なのだ。それに、古代から形を変えていないということは、化石が産出するその時代その場所の自然環境を推測する強力な手掛かりになる。

恐竜や鳥、獣の化石を研究するときのような派手さはないが、ウミユリの墓場を精査すれば、生き物と自然の歴史に直接切り込むことができる。社会に広く一般受けする題材ではないだろうが、ときにこのコインの山は、ティラノサウルスの派手な歯よりも雄弁だ。ウミユリの化石だけで、その場所の古環境《こかんきょう》を語り尽くすことも夢ではない。

筆を動かしながら、先生が話してくれた。

「この化石、時代は、二億五千万年よりちょっと下りそうだ。ま、その頃は、世界中の海がウミユリだらけだけどもね。この化石は、とっても熱心なアマチュア化石研究家が持ちこんできたんだ。僕がいま文献を揃えていて、尚子が記載している。現地に敬意を表して、地名にちなんだ名前を付けてあげたいと思っているんだ」

尚子さんは教授についている弟子の一人だ。オーバードクターでブラブラしていたが、化石の記載に関しては素晴らしい腕前の持ち主だった。

「ウミユリって、幼生は、浮遊しているんですよね?」

僕は初歩的なことを確かめた。ルーペを覗きながら先生が答えた。

「うん。いわゆるウミユリとして知られる形は、成体だね。幼体は小さくて、海中を浮遊している。実は、幼体は、形も生態もあまり研究が進んでいないんだ」

僕は先生の虫眼鏡の真下を凝視した。

「この塊から、どんな事実が見つかりますか?」

ルーペから目を離して、先生は僕に答えた。

「当時の動物相と物理環境ぐらいは、かなりの確度をもって推定できるよ。少なくとも、これだけの量のウミユリを育てることのできるプランクトンが湧く海だったに違いないんだ」

先生はルーペを胸ポケットに放り込んだ。

「この化石たちで体系的な研究が確立されたら、この標本は駒場の博物館に飾ってみたい。この国のことだから、どこまで博物館を大切にするか、未来は分かったもんじゃないけどね」

先生が声を上げて笑った。

「ウミユリ研究は日本が世界を先導しているところがある。とにかくたくさん化石が出るんだ。きっといい研究の結果につながってくることは間違いないよ」

感心しながら、僕は折り重なった〝コインの山〟に目を奪われるばかりだった。

「さてと」先生はウミユリの前を離れ、僕に向き直った。「今日は、いいところに来たね。できたばかりの絵だ。全部見せよう」

先生は隣のテーブルに、机いっぱいの大きな紙を広げた。大きな建物の図面と、それの完成予想図だった。どこを見ていいのか分からず、僕は新聞紙よりも大きな紙の上に視線を漂わせた。

「これ、なんだか分かる？」

まだ定年まで間があるのに、髪のほとんどない頭に手をあてて、先生が謎かけをしてきた。

「い、いいえ」

「これはね、今度、Oという町に作る博物館の図面」

出来上がる前の博物館の設計図など見たこともなかった僕は、驚いて紙を真上から眺めた。

「ま、図面なんていうのは、どうでもいいものなんだ。問題はここで何を見せるか、だね」

「先生が」うきうきして僕は尋ねた。「この博物館を創っているのですか？」

「そうだよ」

子供のような笑顔で答えてくれた。

「僕が手掛けるのは、今年三つ目だ。もっとも、尚子が大半を仕切っているんだけどね」

僕は一際鉛筆書きの多い場所を指さした。鉛筆でぐるぐる巻きに三つの印がつけられ、いくつかの数字が書いてある。数字は展示物の大きさを示しているのかもしれない。

「あ、それはねえ……」先生は懐から抜き出した金縁の老眼鏡をかけた。「動刻だ」

「ドウコク……?」

「ううん、『動く』に、『彫刻』のコクと、漢字で書く」

先生は、空気に人差指で字を書く真似をして、答えた。

「その、ドウコクって、何を見せるものなのです?」

「まあ、見てのお楽しみだ。いまから二八四番教室に来てごらん。実際に、動刻を見られるから」

僕は半信半疑で、先生の後ろをついていった。二八四番教室は、高度成長期の粗悪な海砂で拵えたという代物で、柄ばかり大きいが窓は小さく、照明は暗く、部屋さえあればそれでいいという教室だった。文科二類の三五〇人を入れても十分足りるくらいに座席は多く、床は部屋の後方に向かって高くなっている。そのせいで、部屋の後方の入口は二階にあった。

先生の背を追いかけて、二八四番の錆びた扉をくぐる。扉がきしむ音が背後で聞こえた。いつものように薄暗い、じめっとした大教室。

その教壇に登っていたのは、三体の恐竜だった。

気が動転した僕は、一番近くに居たトリケラトプスの足元に走った。

「おいおい、いまからここで講義だから、触ってもいいけど、壊さないでよ」

「はあ……」見たこともない玩具を与えられたチンパンジーのように、恐る恐る指先でトリケラトプスの鱗を触る。鱗は煎餅のように固いのだろうと勝手に思っていたが、指で押すと圧力を返すことなく、鱗のほうがつぶれた。まるでマシュマロのように柔らかい皮膚だ。

茶色く塗られたトリケラトプスは、大人しい瞳で僕を見つめている。

おっかなびっくり今度は眼に触れてみた。眼は硬い。どうやらマシュマロみたいなゴムのなかに、ガラスの義眼が埋め込まれているらしい。振り返ると、赤っぽいティラノサウルスと黄緑色のイグアノドンがこちらを見ている。

中生代の主たちに、壇上の僕は取り囲まれていた。

「遠藤君や、いまからこいつらを動かすから、ちょっとこっちへ来てちょうだい」

先生のところに駆け寄ると、何やら黒に塗られた機械が演壇の下に運び込まれていた。よく見ると、機械から白色の硬質チューブがそれぞれの恐竜に伸びている。

「これをね、押すんだ」

赤く塗られたボタンを、先生が指差した。

「押してごらん」

促されて僕は、そっと赤いボタンに触れると、力を入れて押し込んだ。

甲高い破裂音とともに、ティラノサウルスが上半身を下げ、僕を威嚇するように首を回すと、また、元の姿勢に戻っていく。上手を見ると、三本角と鎧を思いっきり突き出してくるトリケラトプスがいた。胸から頭にかけてを、前に向かって押し出している。肘から上がぐっとせりあがる様子が迫力に満ちていた。

恐竜たちの動作と一致するように、排気音が聞こえる。演壇下の黒い装置に、緑に塗られた大きなエアータンクが備わっているのが見える。僕にもやっと、圧縮機と空気管の組み合わせが、この動作を生んでいることが推測できた。恐竜たちの身体の中に、マシュマロを空気で動かす仕組みが組み込まれているのだ。

「いいでしょう？」

「え。ええ」

少し慌てて答えた。

「これを動刻っていうんだよ。これをO町の博物館のフロアに置いてみることにしたんだ」

先生の目は最高に輝いていた。

「ド・ウ・コ・ク……」

目の前のトリケラトプスを見上げた。先生に尋ねてみることにした。

「先生、これは古くから博物館にいる人々に批判を受けませんか。博物館は本物を飾るところだ、と」

先生は数秒、間を置いた。

「さすがだね。遠藤君や。いくつかの館は絶対に置かないと言っている。上野の館もそのひとつだ」

先生は空気圧縮機を止めた。二八四番教室に静寂が戻った。

「もちろん、これは本物じゃない。これに値段がついて、内装業者がまた儲けることを考える。どうせ税金を使うなら、化石を買ったほうがいい」

子供のように輝いていた先生の目に、至極落ち着いた深みが見えた。

「それはもう分かっているよ。ただ僕は」先生が一呼吸入れて、三体を順番に見渡した。「展示には無限の可能性があると思っている。まっとうな社会教育を背負うのだという覚悟が決まっていれば、あとはいかなる手段も最初から排除するべきではないだろう。その挙句、消えるものは消える。もちろん、これを買ったことで、真面目な化石の研究が阻害されるくらいなら、初めから提案しない」

僕は頷いた。そして、ちょっとだけくだけた質問をすることにした。

「これ一頭、いくらくらいなもんでしょ？」

先生が笑い出した。

「ヒ・ミ・ツ、だ」

げらげら笑いながら女の子が四、五人、二八四にやってきた。恐竜、もとい動刻を見つけると、めいめい歓声を上げ始めた。

「今日は、動刻をネタに講義をしよう。あとで、これを作っている会社の社長さんも聴きに来る。ナイスガイだ。紹介するよ」

「ありがとうございます」

僕は、一番前の席に陣取った。そして、空気を失ってただのマシュマロの塊に化けた三本角の巨体を、もう一度見渡した。

2

一九八四年五月の、とある日

「O町立博物館は、新年度より指定管理者制度のもとで、新たな発展の道を歩み始めます……」

壁に貼られた公示文が虚しい。高沢先生が嬉々として作り上げた博物館は、来月から名前も聞いたことのない民間の温泉旅館経営者によって運営されることが決まった。教育の責任を素人に放り投げて、行革の〝成果〟として差し出すという茶番だ。これがいま日本で普通に起こっている博物館破壊の実態だ。

そのことを承知の上で、僕は館の展示更新のデザインを引き受けることにした。高沢先生は、もういない。そして、あのときの先生と同じ場に、いま僕がいる。時代と社会が変わっても、学者には闘わなければならない相手が必ずいる。

どこからともなく現れた僕を、「解剖をしたい」とか「博物館を創りたい」などと意味も分からずに言っていた僕を、先生は駒場の研究室に招き入れてくれた。僕は、あの頃の高沢先生のように、次の世代に博物館の新しい考え方を見せることができているだろうか。

目の前に、あのときのトリケラトプスが、心なしか申し訳なさそうに突っ立っている。茶に彩色されたマシュマロの皺の窪みに、埃が薄黒くたまっている。鋭く見えた足の爪は、来館者にいたずらでもされたのだろうか、大きな切り傷が付けられていた。鎧の縁は、かつてのオリジナルの出来映えと違って見える。正面から見て対称性が悪い上に、どうも部分的に千切られているかのようだ。もしかすると、メンテナンスの際に職員が何かをぶつけて損傷した跡かもしれない。

ふっと息を吐くと、僕は動刻に止めをさすことにした。

動刻は高沢先生の博物館づくりと相まって、好況に合わせて日本中で建設された博物館の展示室に広まった。玩具は飾らないと嫌っていた博物館の多くも、十年もすれば目くじらを立てずに受けいれるようになった。上野の山の企画展で動刻を見るようになるのに、あの二八四番教室の日から五年と必要なかった。時を置かずして、孫請けの三流展示デザイナーが、必要に応じて設計図上に起案する手の内のひとつに化けていったのだ。

パイオニアたるもの、一通り受け入れられたとき、挑戦という使命を終える。けれど高沢先生の力説した展示の可能性を求める挑戦は、日本中、世界中の博物館で今日も続いている。だからこそ、動刻はここで終わろう。僕には次なる挑戦のアイデアがあった。脇にかかえた新しい展示場の図面を縦長に広げた。あの日とあまり変わらない平面図だった。僕の視線の先の図面には、鉛筆で打たれた三重丸があった。

もう一度、高沢先生の笑顔を思い浮かべた。先生のあの迷いのない姿が、何度も頭を過ぎっていく。あのとき先生が指を落としていた図面の上に、僕がいま立っていた。そして、この床と空間の運命を、僕が決めなければならなかった。

「遠藤先生、お久しぶりです。外、雪なのに、ありがとうございます」

突然後ろから声をかけてきたのは、もみあげに髭を蓄えた倉持だ。今年三十になる。元々高沢先生のいた研究室を出て、ここの学芸員になって間もなかった。

「よっ、がんばれよ、指定管理者っ！」

「先生って、口が悪い」倉持が笑う。「新社長と揉め事があって、職員が一人退職しましたけどね。僕は頑張りますよ」

倉持はどこまでも前向きだ。

「どうだ、展示場は？」

「M社、内装の平米単価ですが、ざっと百万円で金を取っていきますね」

僕は腹を抱えて笑った。

「文化施設のプランニングから施工まで、すべてお任せの、M社、だろ？　小菅の町工場でインド人にゴム風船をただ同然で作らせて、展示場の壁に貼る。あとは入札で、フロアに諭吉先生を敷きつめる勢いで自治体から金を取る。丸儲けだ。日本の博物館が、ギラギラした公共事業なのは、大学で教わった通りだろ？」

倉持が苦笑している。

「ところで、ぜんぜん違う話なんですが」

倉持が尋ねた。

「先生、この動刻、どうします」

「撤収だ」

僕は間髪を入れずに答えた。

「……」倉持が少し口ごもった。「先生はそう言うと思いました」

「だろう？」と僕も笑い返す。

「実は……」

「なんだ？　倉持」

「今度の経営者、つまりあの女社長ですが」

「あの温泉婆女将か？　ドラマなら菅井きんとかにやらせたいな」

倉持が吹き出した。

「ええ、その、彼女が、『動刻を高性能のものに買い替えて、目玉にして飾ろう』と言っているんです」

「その理由は？」

「彼女、好きみたいですよ、トリケラトプス。『客がたくさん来るから経営にはこれがいい』、と。それに……」

「それに？」

「『自分の孫が、動刻を見て大喜びだった』と」

倉持と目が合った。

「よし、なおのこと、即刻撤収だ」僕は三本角を見上げると、声に出した。「博物館は、経営者の孫を楽しませるためにあるんじゃない」

倉持が顎を引いた。倉持に、できたばかりの図面を広げて見せた。僕は鉛筆の三重丸を指差した。いま動刻がある位置だ。

「先生、動刻のあと、ここに何を置くんですか？　何か、いい考えはありますか？」

倉持の目を見た。図面の裏に左の掌を添えて、胸ポケットから三色ボールペンを抜き取ると、赤の芯を繰り出した。

「百や二百の化石は置くつもりだ。だけど、まずはこの展示物から頼む。直接の説明役は部下のお前しかいない。説明できるか？　婆女将の前で、学芸員の職責を賭けて……」

僕は念を押した。

「……やれるな？」

そう尋ねながら、僕は三重丸の傍らに、大きな赤文字を書き入れた。

「ゲンレイウミユリ」と。

一月十八日

注釈

1　**谷津直秀**　一九二〇年代から三〇年代を中心に、東京帝國大學理学部動物学教室の教授を務めた人物。世界的に優れた実験生理学者だが、日本動物学における博物学と博物館の不在を許した張本人であるという厳しい批判が成り立つ。

2　**クロード・ベルナール**　十九世紀のフランスの生理学者。『実験医学序説』を著したことで知られる。それまでの博物学や解剖学を陳腐であると断じ、これからは生理学と還元主義が医学・生物学をリードすると宣言した。定量性・再現性を生物学に持ち込む功績があった一方、自らの知の矮小さゆえに、博物学・博物館を軽視する考え方を助長したと批判される。

24 〝オブジェ〟の晴れ舞台

エントランスに置かれたオブジェは、静止した空気の中で黒く沈み、暖かいフィラメントの光が、シルエットの不規則な曲面に黄色くまとわりつきながら、この異界からの御物に艶を与えた。命を失い、血潮を忘れ、微動だにしなくなったとき、オブジェは意外にもどこからか別の生命を与えられたかのように、躍動し始める。

オブジェが湛える力感に、僕は十分過ぎる自信をもった。二、三歩離れてエントランス全体を見渡すと、入口の壁にある「禁煙」の赤文字を、その真下にある消毒用アルコールの瓶を、そして、僕を真正面に捉えている天井の監視カメラの箱を、順に睨みつけた。

オブジェの正体は、牛の胃袋だ。

牛は、こともあろうに四つもの胃袋を腹部に忍ばせている。庶民の浴槽に匹敵する巨大なその袋を引きずり出して、樹脂をたっぷり浸み込ませたら、まったくもってプラスティック製の成型物のようになった。含浸《がんしん》と呼ばれる標本作製術の賜物である。

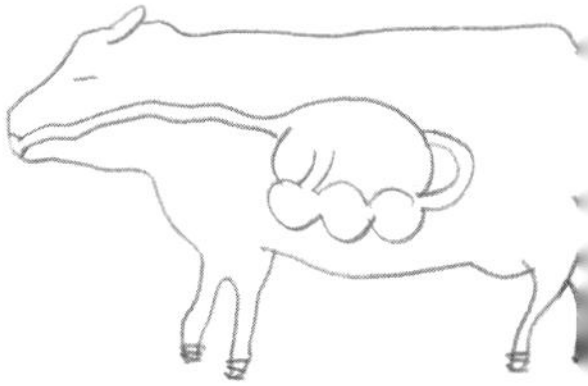

地球上でもっとも崇高な被造物が、新橋やアメ横のガード下でサラリーマンに〝雑巾〟と呼ばれては、誇り高き元の持ち主も無念だろう。四つの胃袋の最初にある、専門家が第一胃と呼ぶこの袋の造形は、世界一の彫刻家にも現出させることのできない、奇蹟を創り上げている。何せ、ここを通過するだけで、地に生えるただの草が、満点の栄養物に変換されるのだ。〝雑巾〟があれば、地にお天道様が降り注ぎ、雑草が茂るだけで、おらが村の赤べこは絶対に、飢えない。

「この胃袋は、神の手が成した、奇蹟だ」

その奇蹟に向かって、僕は畏れを知らぬ小刀を振るい始める。〝雑巾〟に、横六十ミリ、縦三十ミリの四角い孔を開けていく。含浸された胃袋は、浸みこませた樹脂と正直に同じ性質を示してくれる。樹脂は適度な硬さに硬化してくれるので、ナイフで切削するには都合がよかった。

「ん？」

ケガキ線通りに刃先に力を入れ、胃壁の縁を削り始めると、含浸樹脂と一体化した〝雑巾〟の一部が外れ、切断面からパラパラと粉が散った。

「何か……聞こえる」

プラスティックの粉が飛んだだけではなかった。

「……？」

手を止めて、呼吸を整えた。

「えっ？」

もう一度刃を止めた。

「そうか」そのとき、僕は気がついた。「命の、声だ」

それは声にならない声。樹脂で固まった気高い形から、その声は聞こえてきた。それは咆哮でも慟哭でも絶叫でもない。喜怒哀楽とはまったく無縁の、眼前の形に残された、穏やかな命の声だ。

僕は耳を澄ませて、声を聞く。あのとき解剖場の床に横たわっていた艶やかな胃袋が送り続ける生の証し。その声と、いま、刃先を通して交流している。

「ありがとう」

胃壁の声を聞きながら、ナイフに少しだけ力を込めた。彼の声に付き合うことのできる解剖学者として、感謝の気持ちをささげながら。

持ち主が生きていたときの左側面の背中側から腹側へ向けて、胃壁を少しずつ切り下げた。三センチくらい切り込みを入れるたびに、ピンセットで挟んで小刻みに剝ぎ取っていく。

生の臓器を切断するのと異なって、樹脂含浸の〝解剖〟はプラスティックの切削工作の雰囲気が漂う。何より、血も体液も滲み出ない。あの、僕の刃よりほんの少し遅れて湧き出てくる真っ赤な吐露が、何も無い。

プラモデル全盛時代に育った僕には、解剖といっても今日の作業は模型作りを思い出させるものがあった。

「でも……」僕は感じた。「刃が……、躍らない、か」

この〝切削〟は、七百分の一の航空母艦や、三十五分の一の戦車や、七十二分の一の戦闘機を削っていたときのあの嬉々とした感覚とは違っている。模型作りのときの刃先は、自分の指が新しい形を作り出しているという、創造の喜びに跳ねていた。それがどうだ。いまの僕の刃は、静かに静かに、胃壁に埋没していくのみだ。

「そうだな、あんたは、刃と仲良くしたいわけか？」

かつて、作られていく模型たちが僕のカッターに伝えてくれたのは、嬉しさだった。三十五分の一のジオラマに置く消火器の握り手でも、百分の一のヘリコプターのテイルローターの歯車箱でも、僕の指とピンセットの上で、模型は揚々と躍ったものだ。だが、緑色の胃袋の壁は、刃を躍らせることはない。ただただ、刃を自分と同化していく。

「これが、あんたの」僕は尋ねた。「命の表現、なんだな？」

ゆっくりと沈ませていく刃の先端を、含浸された胃壁がしっとりと包み込む。その感触が、人差し指の腹に伝わってきた。ただ淡々と、命からの静かな歓迎を、刃渡りたった八ミリの金属を介して受け取った。

僕は、刃の先に待つ命に目をやった。平滑な胃壁は緑がかったクリーム色を呈しているが、これから刃の先端が向かう、十センチくらい先のところで、がらっとその色調を変えている。筋柱《きんちゅう》だ。胃壁はただの広げた〝雑巾〟ではない。生きていさえすれば、この庶民の浴槽は自分で自分の運動を統御し、かつ単純な型崩れを防ぐ柱を備えている。それが、筋肉でできた筋柱というネットワークなのだ。

刃が図太い筋柱にかかると、先へ進むことができなくなった。厚い断面を作る筋肉の柱は、左右からナイフの刃先を止めにかかる。このまま力を強めて刃を引けば筋柱を切断できる確信はあるが、力を入れた刃先を僕が制御できなくなって、筋柱の先まで大きく傷つける可能性がある。

「よしよし、ここでやめてあげよう。あとで……」

名残を惜しみながらナイフの刃先を抜いた。

「ここは、別に糸鋸で引いてみるよ」

僕は何本も走る筋柱をあとに残して、容易に切れる壁面だけにまずは刃を沈めることにした。胃壁はどこまでも僕を受け入れてくれている。胃壁に気持ちを吸い取られ、僕自身がこの形の一部に取り込まれていくようだ。ひたすらに心地よく、僕は胃の歓待に、刃先の律動で応えた。

また次の筋肉の柱が僕の刃先を食い止めた。

やむなく刃を抜く。そして筋肉が再び薄くなったところを見つけてナイフを沈める。

「あと三十センチ。次の筋柱まで、またあんたと付き合うよ」

新しい断面ができると、カッターから鑢《やすり》に道具を持ち替えて、樹脂の塊を削り込んだ。

「体系を無視した展示というのは、われわれ長く大学に勤める者からして、いかがなものかと思います。いろいろチャレンジしているのだとは思いますが、それは伝統ある博物館としての本来の大切な役割を果たしていないのではないですか?」

「真剣に展示を見てくれてありがとうございます。伝統はもちろんいいものです。と同時に新しい展示空間に挑戦して、日々検討と試行を重ねてまいりますので、どうぞともに議論してまいりましょう」

僕は数か月後にどこかの会議の余興で起こりそうなそんなやりとりを思いつき、独りほくそ笑んだ。

古いものがよく、新しいものが受け入れられない人間は、街中のみならず安田講堂や竜岡門の周辺にも、数知れずうごめいている。そういう人間の発する声のなかみは二千年経っても変わらない。

「なあ、あんたの命、預かるのはあたしだ。だから、あんたをいちばん新しい表現の空間に置くのが、あたしの仕事なんだ。不変を墨守する輩に、付き合っちゃいられないよ」

僕は鑢に力を入れた。

「体系ね、そんなことは、もうとっくの昔に分かっているんだよ、お年寄りの皆さん」

削り取っていく開口部には、あとで小形の液晶画面を埋め込む。ディスプレイをまず展示場に置くことのない僕が、神の創りたもうた奇蹟の造形に三か所も穴を開けて、画面をはめ込む。当然だが、設置される小形ディスプレイには、よくある博物館のような生物学の説明はけっして映らない。

代わりに躍るのは、砂漠の民が丹精込めて育て上げた家畜を自らの手で屠殺していくシーンの、モノクロの静止画だ。あのカザフスタンの映像だけが、僕をして神の壁に風穴を穿たせる。

「なあ、あんた」僕は八百番の耐水ペーパーで断面を擦る。「あんた、明後日が、デビューだ。せっかく開けた穴だから、ここには最高の小道具を用意させてくれないか？」

ノギスを開口に順番に当てていった。何箇所か仕上げ磨きをこなすと、ぴたりと平行が出ていることを確認した。

「なあ、あんた、それでいいよ。ばっちりご機嫌だ。それにしても、あんた、ぜんぜん緊張してないな」

一歩引くと、僕は全体を見渡した。

「よし、また、来るよ。ちなみに、明後日からのあんたの役。びっくりするなよ。実を言うと、主役だ。舞台にはたくさんの人がやって来るんだ。サラリーマンも主婦もご老人も、そうだな、牧場のあんたより後に生まれてきたヒトの子供も。ええっと、ちなみに最初の祝賀にやって来るのは宮様だ。大丈夫だよ、家畜を研究している学者だから。あんたのことはすぐ分かってくれる。次は学長と元大臣。彼らとのんびり話をしてほしいんだけど」

電燈の黄色い光が胃壁に鈍く反射している。

「がんばるんだぞ」

激励の気持ちを込めて、指で筋柱を撫でた。

「ありがとう」

指先に言葉が返ってきた気がした。

ふっと息を吐くと、ナイフと鑢を胸ポケットに放り込んだ。展示室の奥へ進み、大工さんを呼んで、工作が終わったことを告げた。

「先生、すみません、床散らかしたままで」

そう言われて目をやると、床にはドライバーやペンチやヤットコが転がっている。

「それに、標本加工なんて、こちらがやるべき仕事までしてもらって。教授先生に鑢がけされちゃあ、申し訳ない」

僕は笑って答えた。

「いや。標本の仕上げはこちらでやらせてください。こいつを血の海から引きずり出したのは僕だから、最後まで面倒を見たい。それに……」

僕は胃袋を指差して正直に打ち明けた。

「こいつの声を、聴きたかったんだ」

グレーの繋ぎをまとった棟梁が僕の目を見た。初老の大工は、底抜けの笑顔を見せた。昨日から準備に追われて殺気立っている展示室が、暖かい光に包まれて、一瞬だけ和んだように見えた。

「液晶、もう来るよね」

「ええ、さっき届いていています」

「胃の奥の壁にタップを立てて、固定を頼みます」

棟梁が承知した。

腕時計に目を落とす。七月二十一日月曜日。時計の液晶の、日付を示すボックスにキリスト教の十字架のような印が出ているから、今日は〝祭日〟だったのかもしれない。僕も僕の創る展示場も、権力者の手で最近作られた祭日の存在など、一切認めていない。

「水曜日の夕方には、レセプションで人々を迎えることになっていますから、このあと、念入りにお願いします。小言を言って申し訳ないのですが、第四室の壁紙、一番手前の柱の側面ですけど、前の展示のグラフィックのゴム糊が残っています。あとで、洗浄をお願いします」

「ああ、すみません。放ったらかしで。あれ、有機溶剤でちゃんと落としますから」

恐縮する棟梁が、ブルーの手拭いで汗を拭った。展示室は日光を遮蔽した暗室になっているが、なお熱気が生み出されている。

エントランスへ再び戻る。玄関口には誰もいない。もう一度、僕は周囲を見渡した。

禁煙、消毒用アルコール、監視カメラ……。さっきと同じ順番で見渡すと、小さく舌打ちをした。

僕はアルコールが置かれた台に近づいた。小さな看板が立ち、文言がプリントされた薄いブルーの小綺麗な紙が貼ってある。

「インフルエンザが流行っています。リスクゼロ活動に取り組んでいますので、適宜、手の消毒を励行してください……」

　僕は消毒用エタノールのボトルを取り去ると、置いてあった台を物置に運び込んだ。最後に看板を片付けると、ブルーの紙を取り外し、くしゃくしゃに丸めておばさんが毎朝片付けてくれるゴミ箱に投げた。

「まずは一件落着」

　すっきりした入口の床を見て、呟いた。

　次は禁煙の看板だ。禁煙と赤で書かれた四角い板の下辺に、細かい字が見える。

「煙草はあなたの健康を害します。あなたのみならず、喫煙者は周囲の人々の健康までも……」

　マクドナルドの安物の蛋白質をたくさん食べた結果、何より偉いメタボ検診が肥満ぎりぎりと烙印を押す自分の腹部をさすった。

「アメリカで裁判でも起こすか」

　そのまま禁煙のプレートの右上隅に指をさし込むと、思いっきり、引き剝がした。メキメキと物が割れる音がして、アクリル板が剝がれ落ちた。少しだけ残った壁のゴム糊を指先で撫でまわす。

「棟梁に溶剤を借りて拭こう」

　一呼吸つくと、次は入口の自動扉まであとずさりする。最後に見上げたのは、監視カメラだ。

「三十年前なら、学生が叩き壊してる」

僕は一番背の高い脚立を持ち出すと、監視カメラのすぐ近くに据えた。棟梁が床に置いたままにしているドライバーとペンチを手に、僕は脚立を登った。ちゃんと綺麗に外してあげるのが、キュレーターの礼儀だろう。

僕は呟いた。

「ここは、あたしの展示室だ。それに……」

ドライバーを手に、下を見る。そこには、神の奇蹟が鎮座していた。

「あんたの晴れの舞台じゃないか」

スポットライトを三点から受けたその曲面は、艶やかに美しい。

プラスドライバーの先をビスの溝にかけると、力いっぱい左に回した。

「ここに……、余計なものは、必要ない」

僕の背中から、また、命の声が聞こえてきた。

七月二十一日

25　残雪のＪＯＬＦ

Ⅰ

目線をＱシートに落としながら、何もせずにＣＭ明けを待った。有楽町のこのラジオ局では、番組のあらゆる進行をいつもＵさんに任せっきりだ。僕は時計を確認することさえなく、もう一度、周囲の壁を見渡した。

「注意。ロック歌手Ｍ・Ｎ覚せい剤所持容疑で逮捕。判断出るまで全楽曲の放送を禁止します」

「円高止まる、なお先行き不透明。次の介入は？」

「震度５強以上観測の場合、速報に切り替え」

「放送事故撲滅に努力願います」

「３Ａ最多セーブ男、百五十キロ右腕、巨投を救うか？」

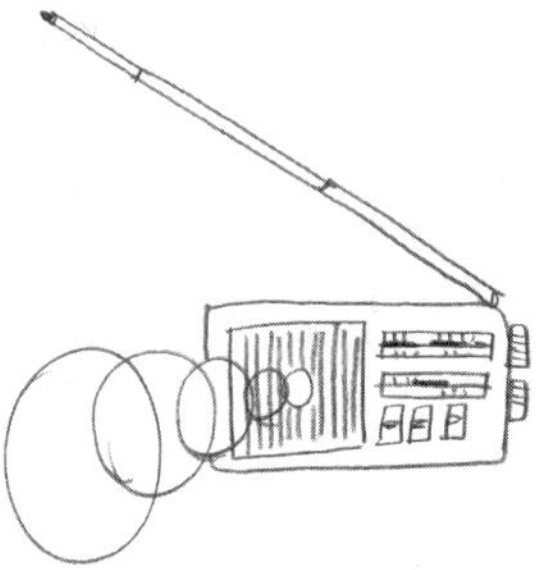

「午前8時48分まで。天気予報は轡田（くつわだ）広美さん。男性です」

木質の落ち着いたスタジオにペタペタと注意事項と時事ネタが貼りまわされている。新聞のコピーと、ディレクターさんが太字マジックで記した注意書きが入り乱れている。

Uさんの左奥に、灰色のビルの群れに囲まれて新幹線の高架が覗く。街路樹が一昨日の大雪に白く埋もれたままだ。雪雲は抜けたものの、まだ薄暗い都心だった。

僕は雪の街に独り取り残されていた。無機質な冷たいコンクリートのグレーと、汚れ始めた雪のファウンデーションの白と、低く垂れこめた雲の黒が、寂しい三重奏を奏でている。

白熱球が灯るCスタジオが、今朝の居場所だ。小さな別れの日の朝に、ここに座っていられることに意外なほどの幸福を感じていた。建物は一枚新しい皮を被っているが、このスタジオ自体が、幼い日の朝を僕の胸に思い出させてくれる。

左耳たぶに力なくぶら下がるイヤホンから、唐突に図太い声が聞こえた。今日の担当は城川さんだ。このベテラン女性ディレクターは、男勝りのしわがれ声の持ち主だ。見た目は僕と一緒に慌ててくれるので気楽なパートナーだ。だが、実のところはどんな状況でも綺麗に番組を終わらせることのできる、優れた力量の持ち主だ。丸い顔に細い目に……。彫刻刀で引っ掻いたようなあの細い目に、何度も助けられてきた。

僕はゆっくりとカフ[*1]を滑らせた。Uさんが滑らかに電波に導く。

「今日のお客様、なぜかクリスマスの朝にこの人です。お馴染み、東京大学総合研究博物館の遠藤秀紀、先生と言うと叱られるから、遠藤秀紀さんです」

「はい。改めましておはようございます。神にもキリストにも縁もゆかりもない、アフリカでサルから進化した遠藤です」

他人事のようにもう番組が始まっている。言葉が意識もなく普通に自分の口をついて出ることに気がついた。そこに危うさを感じながら、マイクに齧りつく。

「さっそくリスナーからです。『待ってました遠藤さん。鉄道ネタはさておいて、遠藤さんなら動物のことだって分かると思うんですが』という東村山市の里崎さんです。この人はねえ、来ましたよ、週末の有馬記念。来ますねぇ、この時期、馬券の予想のお願いが必ず……」

ここ数週間、馬券も宝くじも買っていなかった。今日一日のこれからのことをぼうっと考えながら、Uさんの目に応えた。

「……このウマはね、絶対負けないですね。見てみてよ、この骨盤の位置。外から見ると……」

「遠藤さん、普通、ウマは外からしか見ませんよ」

「うん、そうだな、確かに。でもまあ、内側から見るともっとよく分かるんだけど、この腰骨が突き出したところ見てよ。これ、腸の骨に翼って書いて、腸骨翼《ちょうこつよく》っていうんだけど……」

「誰も聞いてないって」

「この腸骨翼がね、他のウマと全然違って、低い位置にある。この位置から地面を蹴られたら、他のウマは追いつかない」

「ということは、このおそらく単勝一番人気の一点ガチガチというわけですね」

「間違いないですね、このウマはウマじゃありません。議論の余地なしです。走りはウマの次元を超えています」

「どのくらい堅いんですか」

「うーん、そうだな、土曜ワイド劇場で、中山忍さんが喪服着たときくらいに、堅い」

Uさんが眉をひそめた。

「それって、何ぃ？　遠藤先生っ？　いや遠藤さん？」

普段通りの自分が喋りを進めていく。

「真犯人ですよ。二時間ドラマの。昔のルドルフやディープインパクト並みに銀行馬券、いや個人向け国債なのが、九時台に喪服で登場する中山忍さん。この人は、他に怪しいのが、たとえば団次郎とか、羽場裕一さんとか、前田亜紀ちゃんとか、益岡徹さんとか、小沢真珠さんとかがいても、絶対に殺している犯人は、中山忍さんなのですよ。で、このウマは、喪服の中山忍ちゃんと同じくらいに、堅い」

横目で城川さんの様子を伺う。とても女とは思えないほど顎を大きく開けて笑っているのが見えるので、勝手にこのまま行こうと決めた。心の底では何も人が死ぬ話題を今日しなくてもいいのにと、少しだけしっかりした自分が言う。

Uさんからの突っ込みだ。

「あの、大学の先生っていうのは、難しい政治とか経済のニュースとかしかテレビで見ないというイメージもあるんですけど……」

すぐに遮る僕だった。

「それは、赤坂のテレビ局のドラマに出てくる二枚目の教授先生でしょ。村上弘明さんとか唐沢寿明さんとかが演じるやつね。本当の教授のルックスはあんなに格好良くなくて、どんなにがんばっても、あたしくらい」

Uさんが大笑いする。

「で、その本物の先生は好きなんですよ、これが。二時間ドラマっ。あれね、ラジオに似ていて、絵を見ていなくても、聴いているだけでも楽しめる。だから、論文書こうが、書類書こうが、娘と遊ぼうが、かみさんといちゃつこうが、二時間の内職にすると、捗るんだ、これが」

「ほんとですか?」

「まあ、あたしに限ったことかもしれないけど。世界的に有名な学術雑誌の原稿でも、喪服着た忍ちゃんが出てきているときは、いいのが書ける」

「いや、それは遠藤さんの場合だけでしょうが。そうか、ひょっとしたらノーベル賞も、中山忍さんの喪服で行けるんですかね」

「いや、それは無理だ」

「無理なものは、無理ってことですかね」

「そういうこと」

イヤホンから城川さんが、ちょっとUさんに任せようと一息入れてくれた。横目で左の細長いデジタル時計の数字を確認した。今日は時間に余裕がある。上場企業の倒産でもあれば、報道部デスクが登場して僕のトークの時間はニュースに奪われているところだ。ニュースはニュースで楽しいのだが、さすがに聖夜明けの社会面に派手なネタを作るほど、世の中も荒んではいないのだろう。

これでいい。いつもどおりで、いいと、胸の内で僕は自分に言い聞かせた。

「いや、今日は教授先生に、いろいろ学問の凄さを伺おうかと思っていたら、なんのことはない、ただのテレビ好きであることが判明……」

わざと大きな笑い声をマイクに流し込んだ。笑いながら、対面に見えるUさんの進行表に赤マジックで添えられた文字を、天地逆さまに読み解いた。「文化庁か三重の電車か?」とあった。〝文化庁〟とあるのは、文化財が輸送中に壊れる案件が増えてきたという昨日のニュースを受けた話題だろう。税金を食い潰してばかりで文化財を守れないのかと学芸員を罵る反公務員サイドのアジテーション報道が多いだろうから、いまのうちに話すべき論旨を決めておく。文化財も標本も使えばいつかは壊れるんですよ。博物館が展示企画を増やして市民に文化財を見せるということは、必ず増える破損のリスクを国民全体が背負わなくちゃいけない、少なくとも壊した学芸員個人がけしからんという大新聞の報道は、根本的に不勉強で間違っている、とでも言おうかと、ぼんやりと考えた。

僕の笑いが途切れるのを待って、Uさんが淡々と流れを整えた。

「さてもうひとつ、リスナーからです。『英虞湾《あごわん》に浮かぶ、なんと、ボートの上で聞いています。これから貝を拾うんです』というお便りです。『遠藤さんは、おっしゃること歯切れがよくて、気持ちよく聞いています』……」

〝三重の電車〟のほうがきたか、と理解した。ところで、〝三重の電車〟って一体どんな話題なんだと疑問に思いながら、与えられた前ふりをしっかりと受け止めた。

「えっ！　ちょっと待ってくださいよ。英虞湾！　そんなとこまでこの電波届いているんですか？」

僕の驚きにUさんが落ち着いて応じた。

「そうですね、雑音で聴くのは難しいのかもしれないけれど、たびたび名古屋の先からもお手紙いただきますね」

「うーん。犬山の京大の霊長類研究所に居た頃、ニッポン放送が聞こえなくてねえ。塔の上のチンパンジーと睨めっこしながら、五階の研究室のベランダに怪しいアンテナを張って、フェライトの異様に大きなラジオを買って、それでも聞こえなかったんですよ……」そこまで喋ると、自分で播いた小粒のネタはすぐに刈り取ることに決めた。「ま、これからはｒａｄｉｋｏなんでしょうけどねえ」

「遠藤さんね、冬場は意外に聴こえやすいんですよ」とUさんが進める。「で、その英虞湾の福桜さんの質問です」

「フク……もう一度。なに？」と邪魔を入れた。

「フ・ク・ザ・ク・ラ。幸福の福に、桜」

「そりゃあお目出度い名前ねえ。で、ボートで貝を拾うって、なんですか？」

「この方ね、三重県は株式会社福桜、真珠さん、真珠屋さんです」

「なるほど、えっと、真珠貝のお仕事ですね」

「で、その福桜さんが、ですね。『真珠はもちろんまん丸いのを作る難しい技術があるのですが、細かく見ていくと、実は大きさも形もまちまちなんです。で、ほとんど関係ないのですが、遠藤先生、動物はどうでもよくて、鉄道の質問です。三重県の鉄道はレールの幅がまちまちだと聞きました。一体これはなぜですか？』」

いろいろなリスナーがいるものだと思った。これは動物も鉄道も絡められる話題だ。

「電車もいいんだけど、ちょっと待ってよぉ。福桜さんはお詳しいと思うんですけど、丸い真珠を作る技術は実は百年以上前の箕作《みつくり》佳吉《かきち》っていう、帝大の教授のアドバイスで始まったと言われてるんです」

「大学の先生が関わっていたのですか？」とUさんが僕の投げたボールを的確に拾ってくれる。

「ええ、貝に、核と呼ばれる小さな真珠の芯を最初に仕込むと、そこに真珠ができるという技術なんですけれど、この先生は、一八〇〇年代の終わり頃に、真珠の養殖屋さんと丸い真珠ができないかと論議したそうでね。当時、これが難しくてね……」

城川さんに目線を送る。一分四十秒、時間をもらうことにした。

「で、真珠の形も難しいんだけど、Uさんねえ、これ、三重県のレールですよ。あそこはレールの幅も難しいんだ」

桑名という駅へ行ってみるといい。その近辺で、一〇六七ミリと一四三五ミリと七六二ミリの三通りのレール幅が見られるとざっくり話した。伊藤博文の頃の愚策で、日本は輸送力の劣るレール幅一〇六七ミリで国中に鉄道を敷いてしまったこと。反逆するかのように関西の私鉄が一四三五ミリを好き好んで敷いた理由《わけ》。その結果、名古屋大阪間を、私鉄側が一四三五ミリで直通運転したいというのが悲願になったこと。そこにやってきたのが伊勢湾台風。台風で被災した近鉄が、一〇六七ミリだった愛知三重側のレールの幅を一気に一四三五ミリに広げたこと。けれど養老線というのがあって、国鉄と乗り入れていたいので、この養老線だけは一〇六七ミリで残すことにした。で、最後に三重の宝、いや日本の至宝、*2三岐《さんぎ》鉄道が、天涯孤独の極端に狭いレール幅で営業を続けている。

と、順を追って話した。僕にとっては、六千五百万年前に隕石が降ってきて恐竜が滅び、地球が哺乳類の世界に変わっていくのを話すことと、まったく差のない、偶然に彩られた三重歴史談笑だ。ここまで一分十八秒でストーリーを喋り終えた。

「こういうわけで、三重はレールの幅が三種類。滅茶苦茶なのですよ、で、福桜さん、今度三岐鉄道で収録をして、この番組でUさんと三岐鉄道だけの番組を二時間くらい放送するので、また聴いてくださいね……」

　とまとめかけると、Uさんが割って入った。

「こらっ！　この東大の先生はっ！　動物学者なんでしょうけど、この人は明らかに鉄道マニアでして」

「いや」おいしい流れを受けて、口を挿んだ。「鉄道マニアじゃなくて、プロです」

城川さんの笑顔が見えた。他のスタッフも笑いをこらえずにいる。Uさんが話題を転がしてくれた。

「さて次の人。わざわざファックスで可愛い絵を描いてくれたこの人の質問は、『最近のパンタグラフは、なぜ、こんな形をしているのですか？』大田区の小池さんです」

　手書きの紙をスキャンして添付で送ってくれたらしい。女子高生張りの花文字の本名の下に、花びらで飾られた[*3]シングルアームのパンタグラフを載せた京浜東北線らしき車が描かれている。末尾の「二十三歳、主婦」というところを黙って指さして、Uさんが僕に見せた。

「小池さん、パンタグラフはいいから、こんど一緒にお茶飲みましょうか？」

「こらっ。教授っ！」

城川さんの丈夫そうな指のオーケーマークを横目で見て、二人でマイクを笑いで満たした。あとは、電車の屋根だの架線の高さだのと、いつものようにトークを続ける。残り二十秒ですと、城川さんの巻きが入った。

いつも通りの朝を、いつも通りの番組で経過していく。僕は窓の外に雪を見て、暗い空をちょっと寂しく仰ぎ見た。

2

赤鼻のトナカイ風のジングルが左耳に届く。次のシークエンスの始まりだ。Uさんは、三、四枚のプリントアウトを次から次へと指先で繰っている。

城川さんが割り込んだ。

「CM二つ、続けてさばきましたので、ニュースのあと、五十三分三十秒まで続けて結構です」

「ありがとうございます」カフの隣のボタンを押しながら、城川さんに答えた。Qシートに目をやった。「Uと遠藤先生のなんでもトーク」と書いてある。

気象会社の天気予報を挿むのはどのへんだったかと念のため確かめる。

と、そのとき突然、ビルの陰から太陽が顔を出し、窓ガラスから光が差し込んだ。白熱灯に朝陽が混ざって、部屋全体が柔らかくなる。スタジオが暖まったかのようだ。Uさんの出番だった。

「東京有楽町、いまきれいに晴れ上がってきました。ちょうどこの時間、背中のほうから陽射しが差し込んできて、いや、急に明るくなりましたね。まだまだ都心に雪は残っているんですが、残り雪と青空が祝うクリスマスという感じでしょう」

Uさんがそっと僕を見た。僕は黙って頷いた。

「さあ、今日の『なんでもトーク』なんですけれど、今日は、ちょっと、ここで、皆さんにお話をしておきたくなりました」

僕は陽光と残雪の絡みを窓越しに見た。

「遠藤さん、実はつい先日お母様が亡くなりまして、今日はご葬儀の日でいらっしゃるんですねえ」

天井へ向けて音をさせずに息を吐くと、僕はきちんと役目を果たそうと、口を開いた。

「……ええ、あの……三日前の大雪の降った月曜日に、母を亡くしまして……」

喋りながら、左目でディレクターを探す。城川さんが驚いてこちらを見た。

Uさんが続けた。

「そんなお忙しい日にスタジオにお呼びするのはとても恐縮だったのですが……」

Uさんの言葉をそのまま受け取る。

「いえいえ。今日、今朝ここでお喋りできるのは、あたしには最高の幸福なんです」

僕は続けた。

「母はあたしをいわゆる女手ひとつで育ててくれましてね。昭和四十七、八年頃からの記憶ですが、あたしが小学校に行こうと朝起きると、すでに母は起きていて、小さな商店を切り盛りしていたんですが、その準備もしながら、あたしの朝ご飯を準備してくれていました、日本の朝の風景の、味噌汁をつくるあのトントントントンという俎板の音ですよ」

一呼吸入れた。

「そのトントントンのバックに聴こえていたのが、ニッポン放送、当時の周波数一二四〇の『おはよう六時です』でしたね。村上正行さんの」

「村上さん、村上さんねえ」

Uさんが一拍置いた。

「村上さんは、私の最高に尊敬する喋り手ですよ。若い頃から憧れの的でしてねえ」

「で、その村上さんのお喋りを聴きながら、毎日あたしは朝ご飯を食べて、学校へ行きましたね。いま思えば、当時の母には辛い日もたくさんあったと思うんですが、あたしも母も、ラジオの声に救われていたに違いありません」

Uさんが声に出さずに、僕に二度三度と首を振ってくれた。

「だからあたしの思い出す家族の光景には、いつもずっとこの有楽町の放送局から流される放送があるんです。本当に今日は、皆さん、聴いてくださってありがとうございます」

自分の声が詰まり始めてしまった。

「とても嬉しいお話です」とUさんが助けてくれる。

「こちらこそ、ありがとうございます。いまそんな自分が、かつてと同じ朝の時間に有楽町のマイクの前に座っていることを、とても感慨深く思います。母は入院はしていたのですが、今日スタジオにお邪魔する前に亡くなるとは思いもよりませんでした」

Uさんが掌を見せて、そのまま話すように合図をくれた。

「でも、これも何かの縁を感じるのです。今日は、母が天に昇っていくのを見送る、あたしには特別な朝なのですが、リスナーの皆さんと一緒に、そういう時間を過ごすことができて、本当に幸せです。いま雪の中の、温かい朝の日差しを見つめながら、そう感じています」

一呼吸おいてUさんが喋ってくれた。

「私などは、ラジオが世代を繋いでいくという気持ちで喋っているのですが、今朝は遠藤さんと一緒に、聴いてくださる皆さんと私たちが何十年も続く間柄であるということを強く感じます。この日にありがとうございます……」

「トントントントン……」

Uさんがコーナーの締めに入ってくれた。僕はマイクを見つめながら、母の面影を追った。

母と僕の朝の傍らに、いつもラジオがあった。ぼそぼそっと、いまよりもずっと聴こえにくい古ぼけたラジオがあった。

「トントントントン……」

少しだけ、Qシートが滲んで見えた。

城川さんの指示と一緒に、軽やかな音楽がイヤホンから流れてきた。窓の外に目をやると、さっきよりまた少し高くなった朝陽に、残りの雪が眩しく光った。

十二月二十五日

注釈

1 **カフ**　スタジオ内でアナウンサーや出演者の席にあるマイクのスイッチのこと。

2 **三岐鉄道**　三重県の地方私鉄。特に北勢線は、国内では現在非常に珍しいレール幅七六二ミリのいわゆるナローゲージで運行されている。

3 **シングルアームのパンタグラフ**　電車の屋根上にあって架線から集電する装置「パンタグラフ」は、長く側面観が菱形であった。しかし、近年技術の発達に伴って、菱形の半分の二辺のみで「くの字」型に上昇するパンタグラフが普及。これをシングルアームと呼ぶ。

26　茶請けの紙製品

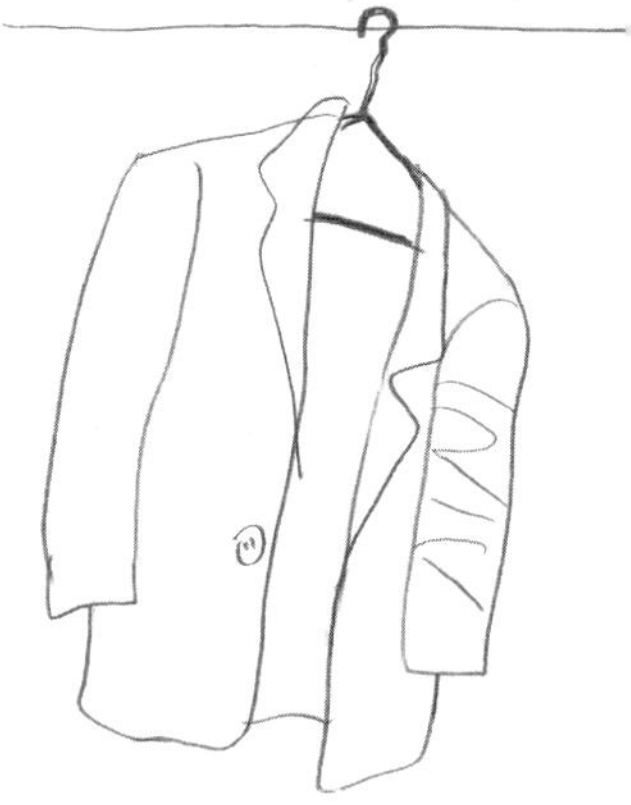

羅列された印字が、厚さ一センチほどに重ねられた白い紙の上を占めている。珍しく緑茶を淹れた僕は、湯呑を二つ、海の家のテーブルの縁に並べた。

「みる、ひづめ、海生、ずがいこつ、反すう、胎子、ネズミ類……」苦笑いを含めながら、僕は諳んじた。「ま、いつものことだな」

青ボールペンの右下がりの几帳面な字が、コメントを喋る。誰に対して吐き出したいのか分からない注釈が、空気の中に転んで見える。分厚いゲラを、僕は目の前の雀田《すずめだ》さんに手渡した。雀田さんは、人差し指と中指の間に挟んだ鉛筆の根っこでゲラを小さく叩いてから、口を開いた。

「は、は、は、はんすぅっ、ねえ。反芻を平仮名で書かないと、著者は、し、し、し、叱られちゃうんか?」

入口の貼り紙を見て、この特攻兵器はフクリュウっていうんですか、と問う。これじゃあ、江戸時代のお庭番のほうが破壊力ありそうですね、などと言うものだから、ここにもっとすごいものがあるといって校正ゲラを見せたところ、雀田さんが夢中になった。

「いや、正確には、自称編集者が叱られる」

僕がそう答えると、雀田さんが、小さく欠けた前歯を見せた。

よくあることだった。きっと、ゲラの上には、もう少しページをめくれば、「学術用語集」とか「常用漢字」とかいう、お墨付き系の言葉が躍り始めるはずだ。そして、紙面に「お原稿」とか「ご執筆」とか、紙より薄い敬語のパレードが開幕するのも見えている。

校正というのは、僕の日常的な仕事だが、雀田さんが胡散臭そうに眺める紙束が、形式的にいつもと少し違うのは、それが辞書の校正紙だということだ。

「七、八、九……」

左手の指を何度か折って数を数えた。

「十一、十二、十三……。雀田さん、これで、あたしの十四冊目の辞書だ」

折った薬指を止めたまま、頭を軽く振った。雀田さんが呆れ顔になった。

関わりの深かった辞書もあれば、そうでないものもある。今度のは付き合いとしては軽いほうだろう。

僕は雀田さんにお茶を勧めた。

担当は、「正社員じゃありませんから」とか「正式に編集者としては雇われていませんから」

とか、実際に二言目には言ってくる。青い字でコメントをつけてくるその人の上司や雇用主と話したことはない。僕は常日頃からそういう人間と話をして、その心を炙り出してみたいと思うのだが、先方にそうされようという気がないのだから、事は始まらない。

「でも、確かだな」

僕は呟いた。

「本屋がこれを出す動機は、トヨタの車や、ソニーのコンピューターや、キリンのドリンクのCMと同じだよ。いや、それに輪をかけて志は低い。ただ会社名を図書館の本棚の背表紙に並べたいだけなんだ」

雀田さんが黙って首を縦に振った。

「それが、辞書というものさ。二十一世紀のね」

編集者も出版社も、やめればいい仕事をやめずに続ける。それが辞書というものだ。二十一世紀の〝辞書〟に暗躍しているのは、辞書をデジタルの紙製品に貶める編集者と出版社、そして、それに十四回落胆する軽過ぎる存在の物書きだけだ。

「だ、だ、だから、辞書なんか、ひ、ひ、ひ、引き受けるんじゃないよ」

雀田さんの声が、言葉の内容とは裏腹に、異様に元気に三〇八号室に響き渡った。

「ちょっと、渋かったね。これ」

僕が湯呑を睨むと、そんなことはないよと雀田さんが言った。

雀田さんは、気が向くと三〇八号室を訪ねてくれる作家さんだ。彼の作品らしい作品が印刷されたところを見たことはないのだが、生き方への執着と一見される風貌は、確かに少しくたびれた人気薄の作家のものに見えなくもなかった。

彼の訪問は必ず日曜日の午後。鈴本で落語でも聴いていたらどうするんだと脅かしてみたが、遠藤さんが平日に机に座っている可能性はほとんどなく、日曜日は講演会を開いていなければ結構三〇八号室にいるのだと、逆に行動パターンを読まれていた。だけど、最近は日曜日によく動物が死んで、遠くの動物園に出かけているねえ、と付け加えられた。本当は文部大臣に会うより雀田さんとお茶する時間が大切なんだと、僕は詫びる。

「じ、じ、じ、辞書なんて、自分の人生の、か、か、か、影も形もないだろう？　なんでこんなもん、ひ、ひ、ひ、ひ、ひ……」

「引き受けるのかって」

「そう、そう、そう。む、む、昔の金田一さんはすごかった。じ、じ、じ、辞書の前書きに、『暖衣飽食、辞書から辞書を作る。そんな、い、い、い、芋辞書は蹴散らしてやる』って、書いてあったもんだ」

僕はひび割れた湯呑を手に、苦いだけの茶をすすりながら、ゲラの束を雀田さんから取り返して、もう一度文字列に目を落とした。

「鯨が海に暮らすときのかいせいのせいは、木に妻って書いちゃいけないんだ。生きると棲むは違うだろうになあ」

雀田さんは湯呑を舐めてから眉をひそめ、またすぐにゲラに目を落とした。

「見る、は、なんで、ひ、ひ、ひ、平仮名なんだい？」

「簡単に言うと、ワードで検索かけて、見つけ出して、全部平仮名にする。建前は、複数著者で作られる辞書の言葉の統一。統一とか銘打って、著者が本気で喜ぶとでも思っているのか、この青ボールペンは機械的にコメントするんだ。そして社員だかフリーターだかにそういう仕事をさせることで、このT社の〝責任ある本作り〟は成り立っている」僕は壊れかけた背もたれに背中を預けた。「それが、見るがぜんぶ平仮名に化ける理由さ」

「ひ、ひ、蹄も、片っぱしから平仮名だよ。なんで？」

「きっと常用漢字じゃないとか、なんとか用語集が平仮名だとか、ま、この芋辞書では蹄という漢字を使う人間は相手にしないっていう、開き直りだろうな」

「そ、そ、その、学術用語集って、何ぃ？」

文末の声を極端に高くする雀田さんだ。

ページを見ると、偶然三か所に「学術用語集では……」という編集者のコメントがあり、そこに雀田さんが鉛筆で律義に三回疑問符を書き込んでくれた。

「文科省の作っているあのリスト、のことだろう、おそらく」

「それ使わないと、しょ、しょ、しょ、小学校の先生が減俸になったりする、そ、そ、卒業式の君が代みたいな、そ、そ、そういう類のやつかい？」

僕は思わず吹き出した。

「ま、学者が関わっていることになっていて、その時代時代の妥当な言葉遣いがまとめてあることにはなっているんだけど」僕は一息ついた。「中には、とんでもない記述もある。とても使わない言葉に、時には間違っている言葉に、お墨付きを与える効果もある。それにこれだけ学問が分断されていると、理学部の先生と農学部の先生じゃ、言葉遣いが違うんだ」

「り、り、り、り、理学部だと排泄物で、農学部だと、じ、じ、じ、人糞尿だったりするわけかい？」

二人の大笑いが三〇八号室の壁を揺らした。笑いを懸命に抑えながら、雀田さんがやっと真顔に戻った。

「で、この本屋は、そ、そ、その、反芻のすうだけを平仮名にしたり、齧歯類をね、ね、ね、ネズミ類って言わないと気がすまないわけやね？」

「うん、いや、正確に言うと、自称編集者はそれで給料の対価分の仕事をしていることを証明しようとし、出版社は何かトラブルが起きたときに、霞が関と専門家が作った表の通りに本を出しただけだと、逃げ回ることができる」

「と、と、とっ、と、トラブルってぇ、何？」

「うちの孫が高校受験で齧歯類って答えを書いて、間違いにされたかもしれない、それで高校に不合格になったのは、お前の辞書が悪いからだとか、鼻垂れの悪ガキのお婆ちゃんが言ってきたときさ」

十秒は沈黙があった。

「あほらしっ」

雀田さんが、鉛筆を机の上に放り投げた。

「え、え、え、え、遠藤さん、で、こんなの引き受けて、結局、何するの？」

間髪入れず、僕は応じた。

「うん、はんすうを漢字に戻し、ネズミ類から齧歯類を復帰させる」

「このか、か、か、か、会社の社員と社長を相手に、そんなことしてたら、じ、じ、じ、じ、人生にならんぜ」

分かっていた、そもそも引き受けたときから。辞書など、こういう仕事だ、と。いま赤で反芻と書き込んだところで、三月もすれば、「反すう」と書かれた大手出版社の偉い辞書が店頭に、もとい図書館に並ぶ。

僕は苦笑した。

「十万語収録！　言葉の含意にこだわった画期的編纂‼」とくることだろう。きっと右下には、「万能細胞」か「鳥インフルエンザ」の見出し語が、例として印刷されるに違いない。いや、待て。かなりの確率で仮名に開くから、「トリインフルエンザ」だ。僕には、三省堂のエスカレーターの脇に貼り出される販売チラシの、感嘆符の数から見出し語例の割り付けまで、すべてが手に取るように思い浮かんだ。この辞書の売り上げを繕おうと熱を上げるT社営業部門渾身の快作、販売チラシのデザインなら、その有り様を確信をもって予想できる。

「これが辞書と書き手、いや辞書とそれを取り巻くすべての関係の二十一世紀の顚末というものだよ」

言葉というより、吐いたのは溜息だった。雀田さんが、上目づかいに僕を見た。

「も、も、もっと、いい仕事、選びなよ」

雀田さんの目を見て、僕は恥ずかしそうに笑むしかなかった。

「なあ、こんど、お、お、俺の作品、読んでぇくれないか？」

「まさか、生物医学辞典じゃ、ないよね」

「馬鹿言え！」

僕は身を乗り出して尋ねた。

「何かに、載るのか？」

「いや、まだ書き上げ少し前だ」

雀田さんに小説を渡されるのは四度目になる。三回とも面白いと思った。

「で、こんどは、どういう話？」

「ぶ、ぶ、舞台は、ニューギニアの島」

僕は彼を凝視した。

「なんで……また？」

「し、し、し、島は、ニューギニア。主人公は、日本軍にうるさい博物学者。つ、つ、つまり、遠藤さんを描いたんだ」

黙って、雀田さんを見た。

即座に言葉が返せず、僕は湯呑をただじっと見つめた。澱んだ部屋の空気と同じ温度の液体が、僕を見上げている。僕は、文字盤をこちらにだけ向けている緑の目覚ましの針を横眼で読み取った。

「……そりゃあ、すげえ」

「だろ？」

「いや、ありがとう。感謝するよ。ぜひ読ませてくれないか」

「もちろん！」

雀田さんが底抜けの笑顔を見せた。

「よしじゃあ、そろそろ近江屋行って、コーヒー飲もう。ケーキご馳走するよ」

雀田さんを、本郷の交差点近くの、ちょっとレトロな洋菓子屋さんに誘った。

「あ、ああ、そ、そ、それはいい。あそこ、日曜は混んでないかな？」

「うん、駄目ならサイゼリヤだな。とにかく、その作品のこと、ゆっくり聞かせてくれないか」

鞄の中をごそごそやりながら、雀田さんが天を仰いだ。

「し、し、しまった。今日、原稿を持ってくるの、忘れた」

笑いながら彼をなだめた。

「いや、いいんだ。今日は話だけで、十分さ」

静かな日曜日だった。窓からすっかり弱々しくなった西日が遠慮がちに射し込んでいた。鞄を手に立ち上がりながら、ふと、雀田さんに尋ねることにした。

「ひょっとして、原稿は手書きかい？　今度も」

「も、も、も、もちろん。俺は、ど、ど、ど、どうでもいい仕事のときしか、わ、わ、ワープロは叩かない」

僕は頷くと、近江屋のメニューを頭に浮かべ、いつもの苦いホットにはどんなケーキがいいかなと、思案し始めた。

九月三十日

27　アトリエよ、幸福なれ

五十メートルくらい先の小さなパチンコ屋の途切れがちなざわめきが、少し擦れたＦＭラジオのノイズを突き破って、ガラス窓の向こうから侵入を企てていた。酔っぱらいの叫びと嬌声が、不規則に間を埋める。大田区のちょっと寂しい町並みにある工房《アトリエ》は、やはり騒々しかった。

一徹入魂の陶芸家が粘土を捏ねては投げ壊しているというよくある工房の描写は、糊の利いた白衣をまとうドラマの二枚目大学教授くらいにあり得ないものだ。教授は自動車工場のつなぎを来てウシの糞尿を浴び、陶芸家は朝から八一・三ジェイウエーブを耳が痛くなるほどの大デシベルで聴き続ける。実際、机上に投げ出した糸鋸の弓が反響するのを聞かされる静寂の工房よりも、少し裏返った声を張り上げる喋りの下手な女ＤＪのほうが、僕の耳には快適だった。

油粘土のナガスクジラの顎に指三本で摘《つ》み取った粘土を加えると、須藤さんは竹のへらで無造作に擦りつけた。

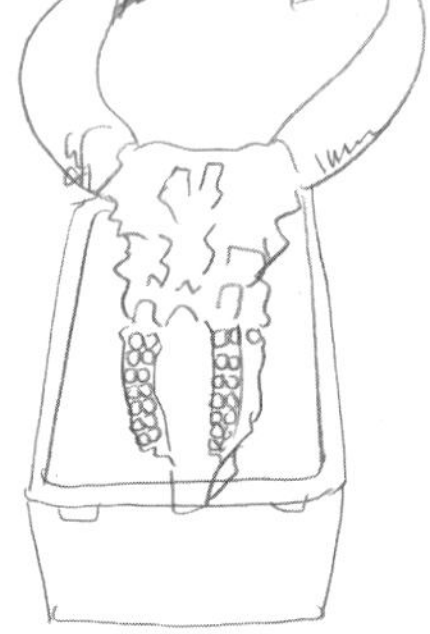

須藤さんの起伏のない顔には、まん丸い目が付いている。もしゃもしゃの黒髪に、もみあげから顎に薄く無精ひげを生やし、今日もジーンズにグレーのウインドブレーカーをひっかけていた。いつ風呂に入ったのか分からない風体だ。

「ちょっと違うなあ」

へらが止まった。僕はナガスクジラに顔を近づけ、話し始めた。

「口に水をしこたま入れて、クジラひげで濾し取るから……」

須藤さんが遮った。

「その……プランクトンを濾し出すのね？」

「うん、口の上の天井は口蓋《こうがい》っていって骨でできているから、いくら水を吸っても変形しない。形が変わっちゃうのは下顎《かがく》、ううんっと、人間でいう唇の周辺から下なんだ」

須藤さんが手に持ったナガスクジラの粘土模型の支柱を、強引につかみ取る。口のラインより上は普通のクジラに似て平らなままで、下側がゴム風船みたいに膨れることを身振りで説明した。

「流線型の格好いいクジラじゃないんだ。喩えると、マラカスかなあ？　あるいは南米のモンゴロイドが大事にしそうな物入れ、かな？」

「こうかい？」

須藤さんが二分くらいで拵えた粘土細工は、僕の欲する奇妙な体つきのクジラではなく、ミシシッピワニから四肢を取り外して翼をつけたみたいな形状だった。僕はしばらくそれを左右の手でくるくる回しながら、あらゆる方向から見つめた。

口を開いたのは須藤さんだ。

「表情を見ただけで、お好みの形をしていないのはすぐ分かるんだけど、少しでも何か気に入る点はあったかい？」

子供が飛行機のおもちゃで遊ぶときのように、僕は須藤さんの土くれのアダムを手で宙に飛ばした。

「うん、まだこれだと、格好よすぎる。もっと水の抵抗をもろに受けるような、不自然な形なんだ」

ナガスクジラが水を口に入れてパンパンに膨れ上がっている航空写真を封筒から何枚か取り出すと、彼に渡した。

「よく写っていないんだけど、これで参考になるかな」

ピンぼけの写真を手に、須藤さんの指が小刻みに震えている。

「これ、ほんとにクジラ？」

「ああ」僕は応じた。「オタマジャクシに見えたかい？」

彼が頷いた。

「どちらかというと、明後日あたり、カエルに化けそうだ」

スミソニアン博物館にある、シロナガスクジラの頭部が顎を開いている原寸模型の写真を見せた。だが、肉も舌も付いていない頭蓋骨の運動を見たところで、ナガスクジラが柄杓に化けるのは信じてもらえなさそうだ。

「だけど、驚いたな。粘土で大ガマの孫を作るつもりはなかったんだが……」

須藤さんは笑ったが、僕は真顔だった。

あり得る喩えかもしれなかった。実際にはクジラの頭も顎も、体全体に対して、カエルのそれほど大きくはない。ただ思いっきり海水を口に含んだクジラなら、シルエットはガマガエルのようなものだ。

「飢えて飢えて飢餓に陥ったクジラが、プランクトンを、自分の何百分の一しかないプランクトンやらオキアミやらを貪ろうとしているんだ。その気持ちが、流麗なクジラのフォルムをガマガエルだかオタマジャクシだかに変えてしまう」

腹が減ったときにここで粘土を捏ねてクジラを変形させてくれれば、それできっと似てくるよと励ました。

「目の前のプランクトンに、喰うぞ喰うぞと迫る気持ちでいいんだな?」

「そう、その通り」

僕は順を追って説明していくことにした。

「これを作って、和歌山の博物館に置く」僕は小さなグレープジュースの箱から伸びるストローをすすった。「スケールは五十分の一。全長四十センチのオタマジャクシだ。それなりのインパクトだよ、間違いなくこいつに感動する人が……」

須藤さんが大袈裟に手を挙げた。

「待てよ。反対！　いや、冗談だが。とにかく、これじゃあ、正確な縮尺で拵えても、誰もクジラだと思わない。サンリオのテーマパークになっちゃう。四十センチのスケール物なんて滅多にないから、大きさからしてすぐに飛びつきたいけど、もっと普通に世の中にあるものでないと、普通の博物館では辛いよ」

二人の喋りが、FMラジオのいまひとつ盛り上がらないトークを掻き消した。

「腐って膨れたキティちゃんだと、和歌山の人が嫌ってくれればまだ幸いさ。もっと深刻なのは、うちの情報創生部室の応接机にでも誰かが間違って持ち込んで、『いいキャラクターじゃないか、東大に相応しい親しみのある秀才オタマジャクシだね』と、おじいちゃん経営陣が言い始めちゃったら、どうする？　責任取ってくれよ」

須藤さんはクジラのボディをいじくりながら言葉を返した。

「知らんが、それはそれで面白そうだな、そうなったら。安田講堂が『奥様は魔女』のダーリンの職場みたいになる。ラリー・テイト[*1]のオフィスになれるぞ」

僕は叫んだ。

「おいおい、やめてくれっ、冗談じゃぁ……」

「待った」突然須藤さんが低い声を出した。「できそうだ」

彼はもう二塗りくらい粘土を継ぎ足した。ちょっとした粘土の厚みでシルエットがかなりいい線になってきた。プランクトン欲しさに膨れあがった地球最大の被造物は、断面が真円でないだけに、体軸を中心にゆっくり回しながら、あらゆる角度から曲面の輪郭線を確認しなければならない。グレーの粘土が見えやすいように、壁に貼った黒い模造紙の前で、須藤さんは巨大なカエルの子供を捻り回した。

「いい感じになってきたなぁ」

と話しかけると、

「うん、もうちょっとかなぁ」

と、彼はクジラの体の側面を透かし見た。

だんだんと飢えが粘土の曲面にも現れ始めている。このフォルムなら、あと二、三歩で合格点だ。

僕は須藤さんを休憩させる口実を見つけようと、話を振った。

「このDJ、広瀬香美、もう三曲目だよね」

僕が来る前から彼はここに座りっぱなしのはずだから、もう作業時間は三時間を超えているだろう。これ以上根を詰めても、造形はよくはならないことを、僕は経験から知っている。先が見えているときこそ、休んだほうがいいに決まっているのだ。

「……いや」彼が答えた。「四曲目だ」

僕は吹き出した。

「なんだ、ちゃんと聴いているんじゃないか」

「まぁね」

と彼が言う。

「なあ、ちょっと休まないか?」

僕は須藤さんの前に手を伸ばし、少し強引に粘土のクジラをもらい受けると、そっと台座に戻した。彼が両足を投げ出す。僕はすっかり冷えてしまった缶コーヒーを二つ、彼に見せた。

「黒いほうが、いい」

須藤さんが僕の左手から黒ラベルの缶を奪い取った。

部屋の隅から丸椅子を勝手に運ぶと、僕は粘土クジラを挟んで須藤さんの対面に座り、鞄から薄いブルーのプラスティックのファイルを取り出した。裏紙を四十枚ほど連ねた企画書を、彼から見えるように天地を逆にして、スイッチの入っていない百ワットのハンダごての上に置いた。そして文字で一杯に埋まったコピー用紙を三枚ほどめくると、無造作に赤ペンで書かれた文字を指差した。

「こんどは、これだ」

「『技術の……異形』……か」

僕は頷きながら尋ねた。

「うん。どう思う？」

「普通に変換したら、違う漢字が出る。ソニーの開発とかが思いつくのは、違うほうのイギョウだ」

「確かに」

苦笑する僕の前で、須藤さんが展示物の一覧表に見入った。黙ってしばらく目を走らせると、紙を何枚かめくって、口を開いた。

「それで、その偉くないほうの技術が……」コーヒーの缶を一口含みながら続けた。「[*2]ブロム・フォスと、[*3]ギガントと、[*4]震電《しんでん》なのかい？」

「その通り」

眉をひそめながら、彼が首を捻った。

「こいつらを、どこに置く？」

「東大の博物館に新しく出来る展示場だ」僕はわざとさらっと言ってのけた。「そのこけら落としが、『技術の異形』だ」

須藤さんが苦笑いを浮かべた。

「枢軸国の秘密兵器とスターリンの失敗作で、オープニングを飾るのかい？　……、大丈夫か東大は？　とみんな思うぞ。……もちろん犯人を知っている僕は納得ずくだが」

柄にもない彼の〝市民感覚〟を、僕は笑った。

「情報創生部長に向いているよ、須藤さん」

僕は話題を戻した。

「震電もブロム・ウント・フォスも、ろくに写真が無いんだ」

彼が唇を噛みしめた。

「カーウェー2も、同じだろう」

彼は常に作品を作り始める前に写真を見たがる。二次元はけっして立体にできないと強情を張る陶芸家がたくさんいる一方で、彼の感覚はある意味で分かりやすかった。

持ってきたクリアファイルを須藤さんに渡す。どれもこれまでに発表されてきた、この三大珍兵器の、マニアなら一度は見て愕然とした写真群だ。

「ブロム・フォスは、下面からのカット、知っているよね？」

ぱらぱらとファイルめくっていた須藤さんは二、三度首を振ると、案の定、時間をかけずにページを閉じた。

「こいつらは、『技術の異形』の中盤の出し物なんだ」

「主役じゃないな、きっと」と上目遣いに彼が絡んだ。

僕は黙ったまま笑みを浮かべた。彼が尋ねた。

「サイズは？」

至極淡々と僕は答えた。

「震電とブロムフォスは七十二分の一。カーウェー2は三十六分の一」

彼は無表情を決め込んでいる。他を当たってくれという悪態が、いまにも唇から漏れそうだ。

僕はすぐに冗談を終わりにした。

「嘘だよ」

造形師の頬が少し震えた。

「どれもその六倍だ」

須藤さんの肩がピクリと動いた。

「おい、ちょっと待て。六倍って、ギガントは……？」

「五百四十ミリ。砲塔の背面までで。この三つは展示の主役だ」

この孤独な芸術家の顔がみるみる高潮した。

「ひ、引き受けるぞ、誰にもやらせないでくれ」

「もちろんだよ。だけど……」

「分かっている、どうせ大学法人の規定通りの手間賃だろ？」

「鐚も買えない値段でお願いしている」

「結構だよ。トウダイか何か知らないが、元株屋や元広告屋の二流部長たちに、俺の作品を値踏みされるくらいなら、手間賃なんて要らない。私企業のリストラ野郎に、創作の何が分かるっ」

僕は黙った。須藤さんは、作品が飾られる大学にじわじわと巣食い始めた恥部を、見通しているからだ。

彼は一度閉じたクリアファイルをもう一度開くと、中の写真を一枚一枚引き抜いた。僕は後ろに立ち、彼が取り上げるその一枚一枚にコメントを加えていった。いつのまにか、作業台の上にはA4に引き伸ばされた写真が大量に敷き詰められていた。

前後が逆さまとしか思われない旧日本軍の最終兵器が、日の丸を付けて滑走路上に寂しく静止している。巨人のような明らかに不安定な六角形の砲塔をもつ赤軍ソ連の戦車が溝に落ちて横転している。そして、一見飛ぶはずもない左右非対称の物体が、鉤十字をつけて軽やかに飛んでいる。その脇には、腹を上にして、少し干からびたオタマジャクシのようなナガスクジラの粘土が二人を見ていた。

溜息ともつかぬ須藤さんの声がもれた。

「異形……か」

僕は黙って頷いた。

たくさんの写真を拾い上げていく須藤さんの指がぶるぶる震えだした。新しい挑戦のチャンスを見つけ出したときの彼は、いつもこうだ。

「ん?」

作業台の右隅にちょこんと置かれていた一枚の写真を、須藤さんが取り上げた。左右非対称の化け物が写っている。首を傾げた彼が喋り始めた。

「このＢＭＷの排気管の出方、よくあるこのエンジンのと、違うな。正確にはこの角度の写真じゃあ分からない。こいつを十二分の一で作ったら、この排気管の開口が、命だ……」

彼の呟きを、今日は右から左に流すことにした。ＤＪの地味な喋りに続いて、あまりに普通のユーミンの冬の歌がかかる。

彼の悩みはすでに遠いところにあった。

「……これ、きっと、この排気管、一度真円でカウリングを飛び出してから、薄くすぼまるんだ。やっぱり斜め後ろからの写真が一枚も無いと辛いな……」

いつのまにかパチンコ屋が店仕舞いしたことに気がついた。須藤さんの独白を聞きながら、僕は赤いコーヒー缶を指に挟んで、そっと席を立った。

「また明日、来るよ」

返事はなかった。振り返ると、手にした写真を上下左右に回しながら食い入るように見る彼が、本当はどう口を開けているのか分からない焦げた鉄色の排気管に向かって、盛んに声をかけている。

十二月四日

注釈

1　**ラリー・テイト**　『奥さまは魔女』の、ご主人ダーリンの勤める広告代理店の上司。

2　**ブロム・フォス**　ここでは、一九三八年に初飛行したドイツ軍の試作偵察機ブロム・ウント・フォス141を指す。ドイツ航空省の開発要求に応えて設計されたが、左右非対称の外観が航空機としてはあまりにも異様だった。要求される水準をクリアするなかなかの高性能機だったとされるが、量産に至らず。BMWのエンジンを一基搭載。

3　**ギガント**　ここでは、第二次大戦のソ連の重戦車、KV（カーウェー）-2の俗称。巨人の意。巨大な六角形の砲塔を備え、全高は三メートルを優に超える。

4　**震電**　終戦間際に日本海軍が開発していた戦闘機。前翼型とかエンテ型と呼ばれる機体形状で、後方に主翼とプロペラを配置、通常のレシプロ戦闘機を大雑把に前後逆向きに作ったような奇妙な外観の持ち主。

28　小さな願い

I

電熱式の大鍋の蓋を開けた。油圧の低い唸りとともに、自慢の棺桶が口を開いた。猛烈な蒸気を退けて姿を見せたのは、大角《おおづの》をひけらかす、信玄の兜も気圧されそうな化け物の頭蓋骨だ。天下無敵の生首がどっぷり浸かっていた熱湯は、きっかりと八十三度。電気で正確に温度調節された鍋は、どんな命をも最後には骨に換えてくれる、黄泉の国への渡し舟だ。

立ち上る真っ白い煙の間から、二宮さんの血色のいい顔が現れては霞んだ。呆然としたその顔から、彼がこの場を楽しんでいるとは読み切れなかった僕は、少し慌てて言葉を継いだ。

「骨格標本は、こうして作られていきます。いまここにあるのは、ガウルといって、タイやカンボジアにいる野牛です。これは動物園さんからいただいた死体ですが……」

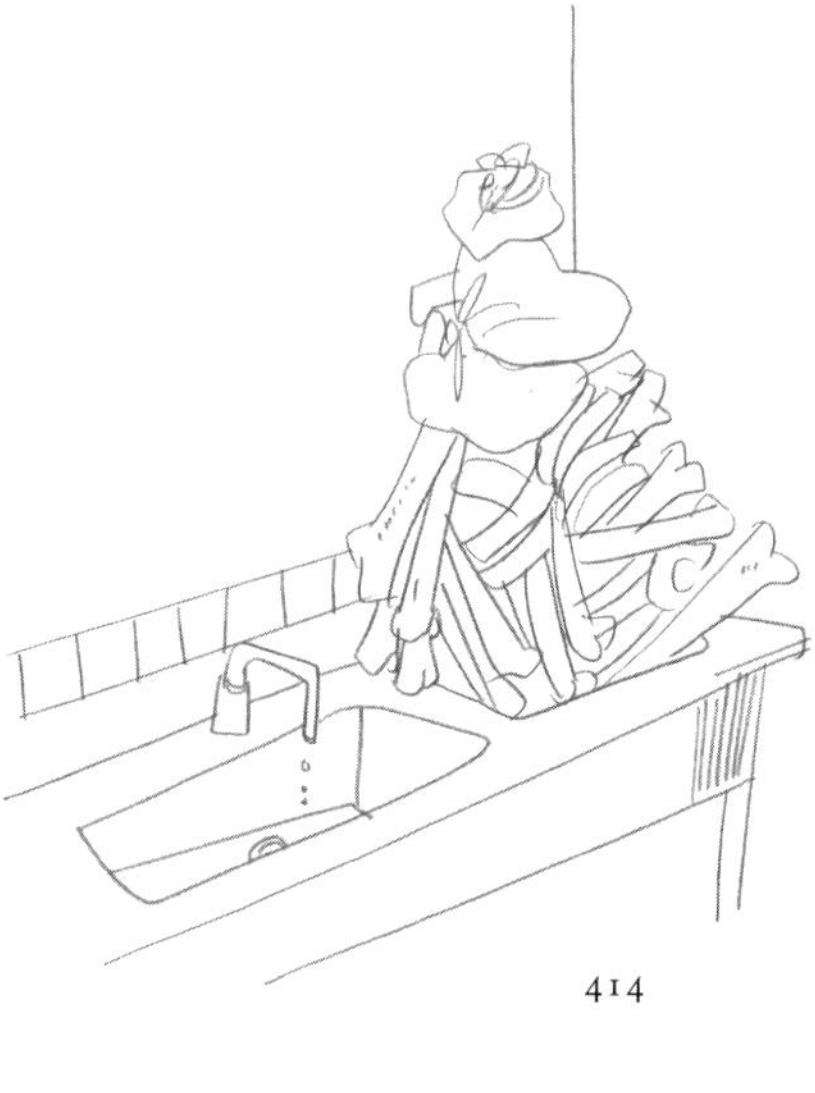

二宮さんの裏返った声が遮った。

「いやあー、えらい、大きいですなあ」

「ええ。これは雄ですが、体重でいうと生きていたときに八百キロ以上はあった個体ですね」

二宮さんは呆気に取られ、ガウルの角を見ながら、言葉を失った。

ウシの類の死体にまとわりつく臭気はけっして吐き気を催すような悪臭ではないのだが、一トンからの肉と血の塊を加熱すれば、それ相応の蒸気が湧き出し、身体の蛋白質が変性するので、普通の人が日常では感じることのない死の熱気が漂う。

「この蒸気で、気分を悪くする方がいるのですが、大丈夫ですか？」

二宮さんが激しく首を振った。動作では感情を見せない人かと思っていたので、意外な反応だった。

「このサイズの頭蓋骨が、この機械で煮て骨を作れる最大のものになります。ええ、正確に言えば、もっと大きな動物の骨を煮ることが可能なんですが、ウシのなかまは、角が妙にかさばりますので、一度に処理できるのはこのくらいが限界ですね」

二宮さんが、顔を鍋の真上までもってきている。白い湯気に彼の胸から上がすっぽりと隠された。一トンの死骸の臭気に圧倒されて、普通の素人なら、あの位置には顔を寄せない。僕は逆にちょっと心配になってきた。

「あ、火傷しないように」

「どおもない、どおもない」

「いや、あたし、ちょっとびっくりしたんですが、臭いや熱は大丈夫ですか」

僕は率直に尋ねた。

「若い頃、ガラス工場で働いてたさかい、毎日火の中に顔突っ込んでましてん。せやから熱いのはどおもないんですわ。しかし、この臭いは独特でんな」

「潔癖症の人なんかだと、この臭いで解剖を直視できない人もいま……、おられます」

いつもより丁寧な言葉を遣おうと思っていながら、なかなかうまくいかなかった。

「こっちは、またなんやろ?」

鍋の奥の床では、洒落気のないオリーブドラブのつなぎを着こんだ福井が、恐縮しながら、ダチョウの骨盤を洗っていた。来賓が来ると聞いて作業をやめましょうかと言うので、かえってそのままのほうがいいと伝えていた。

「ダチョウの腰の骨ですね」

二宮さんが両手首を肩に付けて翼の真似をしてみせた。

「こうやって走りよる、あのダチョウ、でっか」

「ええ」

僕は顎で福井を促した。

「説明、してみて」

「あ、はい、院生の福井といいます」

「二宮いいます。ただのじいさんです」

晒骨《しゃこつ》部屋に笑いが満ちた。福井が肉片のこびりついた腰骨を床に転がし、ここが股関節でここから先が尾でと、解説を始めた。

「これはなんでんの？」

二宮さんが指さした先には、カフェオレ色の軟らかそうな円柱が十五センチくらい、ぶらさがっていた。

「あ、それは……」福井がちょっと躊躇ってから、順を追って話し始める。「腰の部分なので、脊髄が中を走っています。熱をかけると、脊髄が煮えて、背骨のトンネルから脊髄だけ剝離してくるんです」

二宮さんが夢中になってダチョウの残骸を手に取っている。僕が会話に加わろうとすると、二宮さんが福井を指差した。指先が福井の胸に当たりそうなほど近かった。

「あんた、わしにも、あんたみたいな感じの息子がおるんやけどね。いや、もう四十になるさかい、歳はだいぶ違っとるけど、見た感じはそんな感じじゃや」

「……」

福井が答えに戸惑っている。僕は助け船を出した。

「福井みたないご子息でしたら、さぞ楽しい家庭でしょう？」

「親に似てハンサムなんやけんど……」二宮さんが鼻筋に皺を寄せた。「いやあ、あいつ自分勝手で、いまや、一番の願いは、わしが死ぬことや。死ぬのを待っとるんや。息子いうのは、みなそんなもんかいな?」

答えに窮して、僕は下を向いて聞き流した。

骨づくりの場は、いつにない賑わいである。二宮さんと僕を囲むように、博物館長、事務長、それに会計の係長と非常勤の事務員が二人。バックヤード見学会の様相を呈していた。

向かいに立つ事務長が、腕時計を見る仕草を送ってきた。僕は二宮さんを促して骨格作製エリアから外に出た。僕の後ろに二宮さん、さらに後ろに館長と事務方がついてきた。

見学の一行が、晒骨室の出口に横並びになった。

「いやあ、えらい楽しいとこでんなぁ、博物館ちゅうとこは」

二宮さんが皆に向かって話す。

「そうですか。これはみんな、教授の遠藤が十五年も前から考えてきた設備の類で、興味をもっていただけたら、嬉しく思います。ありがとうございます」

館長がすぐに応じてくれた。僕は相槌を打ちながら、二宮さんの表情を横から盗み見た。博物館を真に楽しく過ごしている〝おじさん〟だった。

「次、ですが、遠藤先生、骨格収蔵室はいかがでしょう?」

事務長が促した。

「え、ええ、そうですね、こちらへどうぞ」

隣に立っている二宮さんは、六十過ぎに見える。シルバーグレーの髪をきれいに分け、襟の大きな紺のポロシャツに、動きやすそうなズボンを履いている。目と鼻と口が狭い範囲に集まって、細い目をより小さく見せている。若く感じられるのは、たぶん余分な皺が少ないからだ。

足元に目をやると、シンプルな黒のゴム長を履いている。今日は死体置き場を見るから楽な服装でとお願いしたところ、現場にぴたりと融け込んだ出で立ちで現れた。四十年も昔から死体を煮て生きてきたようにさえ見えた。

そんな外見からでは、二宮さんがここ三か月、博物館で話題を独占した人物だとは、にわかには信じられない。むしろ、安月給で血だらけになる、昔からの僕の同業者のようだ。

2

「どうぞこちらが収蔵庫です」

高さ二メートル五十センチのアングル棚の上から、僕たち一行をアカゲザルの頭蓋骨が見下ろした。

「おう、こら、従兄弟のようなもんやな」

それを聞いて館長が笑った。両手を広げて見せながら、僕は説明を始めた。

「今日最初に、ヒマラヤの植物の押し葉をご覧いただいたわけですが、残念ながら動物のほうは、まだまだこの通り、標本も少なく、収蔵庫もエアコンが十分でないなど、建物を整備する余地が残っています」

二宮さんが頷いた。奥に大きなビニールのエプロンをまとった女性が立っている。

「彼女が木原といいまして、標本を作っている、いわば職人です」

「こんなとこに……」二宮さんが、棚を見回しながら、言葉を濁した。「ここは、地下室やと思うんやけど、こんなべっぴんさんが骨を触ったはるんでっか？　いまの女の子は強いでんなあ」

事務長が苦笑いを漏らす。

「はじめまして、木原愛理といいます」

少し恥ずかしそうに、木原さんが俯いた。

色白の肌に短めの黒髪、はっきりした目尻が凛々しい。頭を上げると、ピアスがきらっと光った。

「彼女はじめ、若い職人は少数ですががんばっています。標本作りをする人は館を長く支えていく人材でなくてはなりません。素人さんを雇って育てていく余裕はなくなっています。彼女の場合、動物の骨もたくさん作っていますが、ここへ来る前に、造花を作ったり、仏像の補修をする勉強をしてきています」

「ほほお」

仏様も拵えるのかと、二宮さんが感心している。僕は木原さんを促した。

「えりちゃん、最近の作品を、見せてくれるかな?」

木原さんが微笑んだ。

「あ、はい」

彼女が棚の列の奥へ入って、ごそごそやっている。とっておきのものが出てくる予感が僕にはあった。

「こういうたくさんの人たちに支えられて博物館は成立しています。大学博物館の教授なんて、実際には大したことはできません。博物館は、彼女のような職人が働く場でもあります。それぞれが、それぞれの人生を歩んできた、プロが集う場ですね。問題は、いまの国の仕組みでは、お給料を上げたり、安定的な雇用を提案することができないのです」

二宮さんが頷いた。僕は少し小声で続けた。

「いま彼女の年収は百七十万円。金持ちのご主人でも現れればいいですが、普通に考えたら、人生設計ができません」

館長があとを受けてくれる。

「それこそ、寄付金が何よりの命綱になってきました……」愚痴をこぼしながら話すのを、僕は笑顔でやり過ごした。「もう国にも大学にも原資が枯渇してしまっています。いま当館は、教育産業のD社、博物館デザインに関わるF社からの寄付で、二つの研究部門をお蔭さまで立ち上げていて、彼女、木原の場合も、F社の寄付でできた研究室に属す形になっています」

アングル棚の隙間に、ゲストを招く。館長と事務長は少し離れたところで待機だ。僕は目に入る物を片っ端から説明していく。

「あれが、かつての捕鯨で獲れたミンククジラの腕の骨です。腕というより、鰭《ひれ》の一部ですが」

二宮さんの目が輝いている。

「あちらが、ネパール探検隊が四十年前に持ち帰ったヤクの頭。これはあたしが運んできたキリンの掌……」

「これが、キリンの掌でっか！」

幼児の背丈ほどもあるまるで野球のバットのようなキリンの掌が、二宮さんを見上げていた。

「ええ、この通り、滑車の付いたただの棒に見えますが、紛れもなく掌です」

キリンの骨を眺めまわしながら、二宮さんの細い目が瞬きを繰り返した。こういうときは機関銃のように、宝物を見せていくほうが来客は喜んでくれることを僕は知っている。

「このオオコウモリは日本占領下のマレーから来たもの。あの高いところにずっと並んでいるのは、イノシシです。イノシシのコレクションは七百体の頭骨からなっています。こちらは小さいですが、世界最小の哺乳類で、正体はモグラの仲間。生きていたときの大きさは五百円玉くらいですね」

親指くらいしかないモグラの親戚が輝いていた。傍らには、浜菊の白と紫陽花の紫が顔を見せていた。その奥にはひと抱えもあるピンク色の成型物が鎮座している。火食鳥の胸部だった。

二宮さんがイノシシの頭を指差した。

「しゃれこうべに数字が入っとりまんな」

「あ、ええ、たくさんの骨を整理するために番号を振っています。図書館の本と同じで、番号を見ていくと、どの骨がどういう由来か、いつどこで死んだかを台帳で確かめることができます」

「ほほお」

「ちなみにこの数字ですが、さっきの彼女が特殊なインクを使って書き込んでくれています。骨からは死んで何年経っても脂が染み出してきますので、落ちない丈夫なインクで番号を書いておく必要がありまして……」

僕は手近なところのネコの頭を取って数字を書き込む真似をしながら、話した。二宮さんが顎を撫でながら感心している様子だ。

「……次は、ええ、こいつは……、いえ、ここにありますのは、トラの頭蓋骨。加藤清正の虎退治のときのものだという禅僧の坊主、その、僧侶の書面がついていますが、もちろんそれは嘘です」部屋の入口のほうから笑い声が聞こえてきた。館長だろう。「嘘の書面も一緒に残すのが我々の仕事ですので」

「すごいもんでんなあ、大学っちゅうとこは。びっくりしましたわ」

来客の褒め言葉にお礼を返した。

木原さんの声が聞こえてきた。

「先生、これでどうでしょう？」

棚の隙間から出て、皆で木原さんを囲む。よたよたしながら彼女が両手でやっと抱えてきたのは、世にも奇怪な〝石畳〟だ。透明な厚めのアクリル板に座り込んだドーム状の物体は、ざっと千個はありそうな玉砂利を敷き詰めてできあがっている。

木原さんの手の中で、かのドームは作り手同様にはにかむどころか、来客に向かって大見得を切っている。

二宮さんの小さな口がぽかんと丸く開いたままだ。

「先生、これは一体、なんですか？」

こういう場面では黒子に徹することを十分に身につけてきた事務長が、声を擦れさせながら尋ねた。

「世界最大の……アルマジロ……です。鎧の塊です」

二宮さんが目を瞬かせた。僕はすぐに言葉を継いだ。

「南アメリカの、ご覧の通り、一メートルを超えようかという大きな動物です。オオアルマジロといいます。地面に穴を掘って暮らしているんですが、やっぱり問題はこれ。この玉砂利風の鎧ですね」

僕の指先で、名もない小惑星もびっくりの、異界から来た鎧が笑っている。百センチからの身体全体が、硬くて細かい鎧の板に覆われているのだ。地球上で、こんなに堅固でこんなに精密な構造物はないだろう。まるでお化けだ。鎧のドームとは不釣り合いに可愛らしい頭蓋骨が、その片隅から申し訳なさそうに顔を出していた。

「せんせぇ……」

一オクターブ高い関西弁だった。

「二宮さん、驚くのはまだ早いですよ」木原さんに目配せすると僕はアクリル板の一端を持ち、彼女とタイミングを合わせながらオオアルマジロを天地逆さにひっくり返した。

一行にどよめきが起こった。

木原さん特製のオオアルマジロは、反転して裏から見ることができるように作られている。アクリル板を透過して、この奇怪な主人公の背中を真裏から見ることができるのだ。

「う、う、うぉお……」

声を上げたのは二宮さんだ。

「こ、これ、背骨に、肩に、腰に、それに爪でっか？　鎧の内側の……」

「はい」

僕は満面の笑顔で答えた。木原さんも最高のえくぼをつくっている。地球最大の鎧を裏から見渡せるのはこの標本だけだ。

「わしは、これ、あの亀さんがありまっしゃろ。あれの大きい親戚か思いましたわ。そやけど、この爪は、えらいこっちゃ」

「ははは……。この動物はあまりにも珍しいので、専門家でも見たことのある人間は少ないですね。特に裏からは見られません、なかなか」

木原さんが自分の掌とアルマジロの爪をアクリル越しに並べて見せた。人の手より、かの主の爪のほうが大きく見えた。

「オオアルマジロは、この大きさでこんなに念入りな鎧で、身体を背中側からの攻撃から守っているんです」

僕は自分の首筋から両肩の間、そして腰骨までを二宮さんに指し示しながら、説明を加えていく。

「たとえば肉食獣やヘビや猛禽なら、これにちょっかいを出すことはあるでしょう。でもこれだけ念の入ったガードなら、最初の一撃で脊髄をやられる可能性は低くなる」

「あっ」

二宮さんが叫んだ。

「セキヅイって、さっきのなんや、あれ……」拳をまた両肩に当てている。「……ダ、ダ、ダチヨウの腰にぶら下がっとった、ほうとうみたいな……」

僕は吹き出してしまった。

「そうですそうです。先程は仙骨というあたりの脊髄が、煮上がってぶら下がっていましたよね。

その脊髄が、この動物だと、この辺に隠れていることになります」

裏返しのオオアルマジロを木原さんに持ってもらって、僕は得意げに指で示した。

「なるほどなぁ、こりゃあ、トラなんかに外から噛みつかれても、確かにセキヅイまでは壊れんかもしれへんなぁ」

二宮さんが振り返って、木原さんを指差した。

「あんた、こんなすごいもん作ってて、死体見て怖くないんかいな？」

木原さんが自信なさそうに返答を探した。

「……もう……慣れていますから」

「……まあ、何事も仕事っていうことかな……」

僕が助けると、二宮さんが首を横に振っている。

「いやあ、そやかて、こんな娘さんがなぁ。骨やら、この鎧やらの、番をなぁ」

木原さんがにこやかに僕を見た。二宮さんの骨談義が絶えない。気づくと事務長がまた時計を指差している。もう二時間も館内を案内していたのだ。僕は一行を館長室へと導き、最後の挨拶の場にすることにした。

3

館長室の少し殺風景なスチール什器を前に、館長が立つ。今日の見学行事の終幕だ。僕は配布されている十枚ほどの資料を繰った。資料の表紙には、「東大総合研究博物館学術収蔵高度化プラン」とタイトルにある。おそらく原本は五十枚くらいある一連の書類だろう。だが今日の資料はこの計画の基本理念と財務部分だけを取り出したものだ。四頁目で僕は目を止めた。財務テーブルを見つめる。

……

寄付総額：三〇〇（但、単位：百万円）

寄付者：二宮太一郎氏

……

館長の声が聞こえてくる。

「二宮さん、この時勢にこれだけのご寄付を賜れるなど、これはもうどういうふうにお礼をお伝えすべきところか、分かりません。二宮さんからの寄付金は、もちろん金額においてもこの時代に望めることのあり得ない大きさでありますし、また……」

二宮さんという男を、僕はもう一度よく見た。小柄で、ラフなシャツを着た、確かにただのおじさんだった。普段、彼の目は覗き込めないほど、細い。

二宮さんが立ち上がり口を開いた。

「いやいや、ええねん、今日で言うんやったら、押し葉を大事そうにしたはる学生さん、死体を洗ってはる戦闘服の男の子、それに骨や鎧を大事に守ったはるべっぴんさん……。そんな人らの仕事振りを初めて見せてもろて、わしは自分の気持ちをああした若い人らに喜んでもろたら、それでええんですわ」

二宮さんが部屋にいる全員を見渡した。澱みなくかつ謙虚さを含んだ一続きの動作から、彼が多数の人の前で喋り慣れた人間であることが見て取れた。周囲の人間をリードし、同時に愛してきた人物なのだ。経歴を見ると、自社の経営に四十五年携わったとある。

「お金は、なるべくやったら、若い人の人生に、なんか影響を与えるように使ってもろたら、ええなと思うてます。博物館の、目ぇ輝かせてる若い人らを見て、わしはえらい清々しい思いがしましたわ。この博物館やったら、安心してお任せできます」

この人物が眩しく見えた。返す言葉が見つからない僕は、ただ自席から二宮さんを見つめるばかりだ。誰にも真似のできない、いい笑顔だった。必ずやいい博物館を未来に残すと、僕は改めて誓った。

「ではこの先もどうぞよろしくお願いします」

お茶一杯の談笑を終えると、館長が自席を立って頭を下げた。時計を見た。すでに予定を七十分も過ぎている。僕はすぐに席を立つと、館長室の扉を開けて、何度も会釈しながら二宮さんを待った。

二宮さんを促して、部屋の外に出る。廊下に立つなり、二宮さんが立ち止まって僕を振り返った。

「……」

目が合った僕は、ただ棒立ちになる。

「せんせぇ。いえ、遠藤教授」

「はい」

間近に見る二宮さんの瞳は、どこまでも澄んでいた。

「わしを、あの鍋で煮てくれへんやろか」

「……」

「あんたに、骨、託したいんや」

「……」

「自分の骨を、やな」

目の前が真っ白になった。

「息子にな、彼岸のたんびにな、形だけ拝まれるくらいやったら」二宮さんが腰を深々と折り曲げた。「ここで、あんたや、あの若者らに、骨、洗ってもろて、あのアルコールで落ちひんインクで、番号付けてもらうほうが、わしは嬉しいわ」

僕は唇を無意味に震わせるだけだった。後ろの館長も事務長も、沈黙の中に佇んでいる。

二宮さんが歯を見せた。

「びっくりさせてすまんかったな」

僕は辛うじて笑顔を作ることができた。唇は空気をもごもごと送り出すばかりだ。

「せやけど、ただ、驚かしたんやないで」

二宮さんが、もう一度僕を見た。

「わしは、この場所が、博物館が、好きになったんや」

それだけ言うと、二宮さんは、館長と事務長に最敬礼した。そして、僕に右手を挙げてさよならの印を見せると、振り向いて歩き出した。

十月七日

あとがき

　欠伸をしかけていたときのことだ。

「日記を書いてみてくれませんか？」

　なんとなく恥ずかしそうに、目の前の田中さんが口を開いた。そのときに、僕とこの本の運命は決まっていたのかもしれない。次の来訪者を先送りしながら九十分くらいは話していたと思うのだが、何をもちかけられたのか、僕には分からなかった。もっとも、原稿依頼や企画説明に来る編集者の四十五％くらいは、相当にいい加減な状態で研究室の扉を叩くものだ。だから僕も、田中さんに何を頼まれたのか理解しないままに、何かをすることを引き受けた。

　小説でも随筆でもなく、科研費の申請書でもなく確定申告書でもなく、しかもやはり日記でもなく……。ときに限りなく実話の光景で、躍りもすれば落ち込みもする。ときに虚構の舞台で、自信家にも臆病者にも化けよと勧められた。真によく分からないから、最初は百％虚構の編から手を染めて、少しだけ事実を挿んだ。

「あれっ……」

　五編ほどの試作版に筆を入れているうちに、原稿が可愛く見えるようになってきた。深奥まで口をつぐむ小説家気取りの自分と、学生運動のアジビラもびっくりの饒舌に吐き捨てる自分が、一冊の本の中で、まったく無意味とも言い切れないような混沌をつくり始めているのだ。

本来誰も受け取らないような桝紙が、深夜になるたびに増えていく。ただ書き捨てた紙くずが自室の床に積もっていくだけなら、珍しくもないことだろう。

「いや、待て……」

この紙束は、ちょっと違う。

紙の上で、東大教授が夢を見ている。


大なり小なりの差こそあれ、東京大学でも京都大学でも慶應大学でも早稲田大学でも、大学教授が、オドオドと後ろを振り返りながら歩いている。何に怯えているのかは鈍感な僕にはよく分からないが、怯えた大学教授は、痩せた相撲取りくらい、絵にならない。それが二〇一一年のそこら中のキャンパスに共通して見出せる、現在進行形のアカデミズムの奇観だ。

マルクス主義者が親米思想に負けたとか、文学部の田舎童心学者が工学部の財閥テクノロジー部長にかなわなかったとか、そんなよくある事実を安田講堂の前に見るだけなら、さもありなんだ。だが、いまの教授がおしなべて怯え震えているのを見るにつけ、経営だの運営だのサービスだの法人だのゼロリスクだの説明責任だのを問う前に、永劫普遍の教授人物を描けないものかと思い始めた。

だから、たった一人だけ、教授に夢を見させてみた。

この教授は、たぶんキャンパスの中では凡庸だろう。あえていえば、価値観世界観の新しさを恥ずかしくないくらいに人類にもたらしてはいるだろうが、かなり平凡な一人に過ぎない。ただ、独り彼は、ひとつだけ大切な使命を帯びて、今日を生きているはずだ。

「えっ？」ちょっと咳き込む僕だ。「彼が背負っている使命は何かって？」

答えを言うのは、あとがきでさえ、野暮というものだろう。その使命を、読者と一緒に感じていきたいのだ。それがこの本の、在るか無いかも分からない、存在意義というものだ。


大学は、そして大学教授は、確実に変わっている。そしてその変わり方の多くの部分に、僕は賛同していない。だから、僕の筆が生み出す彼は、使命を負って読者の前に現れ続けるはずだ。

ひょっとすると、いつのまにか大学はつまらなくなっているのかもしれない。大学を眩く見る十八歳の受験生が知らないうちに、学理に辟易しながら金の魅力に気圧された二十二歳の投資顧問の卵が知らないうちに、大学を税金を無駄使いする諸悪の根源だと糾弾する三十二歳の純粋無知な新聞記者が知らないうちに、家事の合間になんだか楽しいことを発見しているのが大学なんだなと感じている四十歳の主婦が知らないうちに、宝くじが当たったら会社を辞めて大学院で天文学を学ぶんだと叫ぶ四十九歳のサラリーマンが知らないうちに、昨日見たドラマの人殺し教授みたいなのがここに居るんだろうと赤門を見透かす五十七歳の蕎麦屋さんが知らないうちに、特許以外は必要ないという科学技術政策を大学に実現してしまおうと誓う六十五歳の代議士が知らないうちに。

そう、世界中の誰もが知らないうちに。

だからこそ、機会をつくって、また会おう。この東大教授は、きっと不特定多数と話す時間を、他のどんな場面より、大切にしているだろうから。そして何よりも、社会を大学を文化を面白くしようとして、夢を見ているだろうから。

東大夢教授

二〇一一年新緑の日に

東大夢教授

2011年7月24日　初版第1刷発行
2013年7月25日　初版第2刷発行

著　者　　遠藤秀紀

イラストレーション　長崎訓子（PLATINUM STUDIO）
装　幀　　名久井直子
編　集　　田中祥子
発行人　　孫　家邦
発行所　　株式会社　リトルモア
〒151-0051　東京都渋谷区千駄ヶ谷3-56-6
TEL 03-3401-1042　FAX 03-3401-1052
印刷・製本　図書印刷株式会社

Printed in Japan
ISBN 978-4-89815-314-7 C0095
JASRAC 出 1106422-101

http://www.littlemore.co.jp